D1993083

*Über dieses Buch* Der Erstlingsroman der Mailänderin Fiorella Cagnoni, einer Verehrerin von Agatha Christie, ist eine typische Who-dun-it-Geschichte englischer Prägung: Alice Carta und Elena Noja haben eine sehr enge freundschaftliche Beziehung zueinander. Als man Elena des Mordes an ihrem verheirateten Geliebten bezichtigt, den man erstochen in ihrer Wohnung findet, wird ihre Freundin Alice zur Meisterdetektivin und macht sich energisch daran, den wirklichen Täter zu finden. Das ist nur »eine Frage der Zeit«, denn ihr fallen Details auf, die den Herren Polizisten entgangen sind, und sie kennt das Ambiente, in dem sich die Tat abspielte, aus allernächster Nähe. Ein Ambiente, in dem Männer eher Randfiguren bleiben und deshalb auch zur Aufklärung des Verbrechens nicht gerade viel beizutragen haben.
Daß die frappierende Auflösung der Kriminalstory selbst etwas mit dem Faktor Zeit zu tun hat, läßt der Titel ahnen. *Keine* Frage der Zeit ist es übrigens, bis frau Lust darauf verspüren wird, sich mit den selbständigen, selbstbewußten und auch selbstironischen Protagonistinnen des Romans zu identifizieren, mit ihrer freien und tatkräftigen Art, das Leben anzupacken und es zugleich in vollen Zügen und mit allen Sinnen zu genießen.
Ein spannender, hintergründiger Roman mit viel Sinn für Zeitkolorit und stimmige Details.

*Die Autorin* Fiorella Cagnoni, geboren 1947, studierte während der heißen Zeit der Studentenunruhen an der Mailänder Universität Philosophie. Für ihren ersten Roman erhielt sie 1985 den Premio Mystfest wegen der »starken Spannung« und der »Originalität, mit der die Autorin die Lebensgewohnheiten der Frauen ihrer Generation unter die Lupe nimmt«.

Fiorella Cagnoni

# Eine Frage der Zeit

Kriminalroman

Aus dem Italienischen von
Gisela Bonz und Traudel Sattler

Fischer Taschenbuch Verlag

Die Frau in der Gesellschaft
Lektorat: Ingeborg Mues

Veröffentlicht im Fischer Taschenbuch Verlag GmbH,
Frankfurt am Main, Februar 1992

Titel der italienischen Originalausgabe:
»Questione di tempo«
© 1985 La Tartaruga edizioni, Milano
Lizenzausgabe mit freundlicher Genehmigung
des Verlages Beck & Glückler, Freiburg i. Br.
Für die deutsche Ausgabe:
© 1987 Beck & Glückler Verlag, Freiburg i. Br.
Umschlaggestaltung: Ingrid Hensinger, Hamburg
Umschlagfoto: Elke Weiss, Offenbach
Gesamtherstellung: Clausen & Bosse, Leck
Printed in Germany
ISBN 3-596-10769-5

Die Passion des Erzählens
erfordert Genauigkeit
im Detail

Agatha Christie,
»Murder on the Links«

# I

Das Wetter war keineswegs besser geworden, gegen neun hatte es sogar angefangen zu regnen. Alice Carta war schon den ganzen Nachmittag bei Elena, ihrer besten Freundin. Gleich nach dem Mittagessen hatte der Chef des Übersetzungsbüros angerufen, dieser fürchterliche Carlo, von dem sie die Aufträge bekamen. Er wollte die Artikel für die Enzyklopädie unbedingt bis Montag haben. Es war Freitag, aber das Wetter lud nicht zu einem Wochenendausflug ein. So hatte Elena Alice angerufen, und die beiden hatten sich getroffen, um den ganzen Nachmittag zu arbeiten.

Sie redeten auch über Alices Reisepläne. Alice wollte nämlich in zwei Wochen nach Südostasien fliegen. Und außerdem hatten sie sowieso immer viel zu bereden. Sie wohnten nicht mehr zusammen, aber Alice war fast jeden Tag da, schon seit Ewigkeiten. Schon seit Ewigkeiten gab es viel Gemeinsames in ihrem Leben – Gespräche, Disco- und Kinobesuche, Joints, Alkohol, Politik und unterbezahlte Übersetzungen. Da gab es Kartenspiele, verrückte Ideen, kleine Tricks und liegengebliebene Strickarbeiten. Da gab es Männer, Frauen, Pastaciutta, gemeinsame Ferien und Schlankheitskuren; Kämpfe, Träume, Szenen, Krimiprojekte.

»Je öfter, desto besser.« Alice schaltete den Fernseher ab.

»Wie?«

»Ich finde den Film immer noch unheimlich gut.«

»Ja, stimmt. Wahnsinnig gut. Wollen wir noch ein bißchen arbeiten?«

»Wie spät ist es denn?«

»Zwanzig vor elf. Noch Zeit genug. Es gießt, vielleicht solltest du besser hierbleiben. Schlaf doch hier. Morgen gehe ich erst zur dritten Stunde – nein, zur vierten, ich muß mal nachschauen – jedenfalls spät, wir können ausschlafen.«

Elena war Lehrerin. Auch Alice arbeitete in einer Ganztagsschule, in der Provinz, wo sie für die Organisation der Freizeitgruppen zuständig war; deshalb fing sie nie vor zwei oder drei Uhr nachmittags an zu arbeiten – *wenn* sie arbeitete. Sie hatte ziemlich viel von ihrem Vater geerbt, und die schlechtbezahlten Übersetzungen hätte sie eigentlich nicht nötig gehabt. Aber Alice gab extrem viel aus. Außerdem hätte sie ganz ohne Arbeit überhaupt nicht gewußt, was sie mit ihrer Zeit anfangen sollte. Alice und Elena machten zwar nicht direkt gemeinsame Kasse, aber letzten Endes lief es doch darauf hinaus.

»Jetzt noch weiterarbeiten? Wir haben doch sicher schon fünfundzwanzig Stichwörter geschafft, und dabei ein paar ganz lange. Das ist doch ein guter Durchschnitt. Komm, morgen werden wir fertig, und Sonntag ruhen wir uns aus.«

»Aber morgen wollten wir doch zum Kartenspieler gehen und hatten auch sonst noch einiges vor.«

»Hm. Ich weiß nicht. Mal sehen. Ich habe den Film noch im Kopf. Essen wir was.«

Beim Kochen diskutierten sie wieder einmal begeistert über die Geschichte mit dem Kartenspielertrick. Eine ihrer gemeinsames Leidenschaften – ihre größte vielleicht – war das Glücksspiel. Elena hatte den Verdacht, Alice fliege nur deshalb nach Südostasien, weil sie einen Abstecher nach Macao machen wollte – in die Spielhöllen. Und Alice ihrerseits war sicher, daß Elena ihren Amerikaurlaub im letzten Sommer nur deshalb verlängert hatte, weil sie noch etwas in Las Vegas bleiben wollte. Sie nahmen diese Sticheleien selbst nicht ernst, aber etwas Wahres war doch dran. Ob Poker oder Black Jack, Roulette oder Pferdewetten, sie fanden alles gleich spannend. Und vor ein paar Wochen hatte Alice zufällig einen Mann auf dem Markt entdeckt, der dort jeden Samstag mit dem Drei-Karten-Spiel auftauchte. Vor kurzem meinten sie durchschaut zu haben, wie man bei diesem Spiel gewinnt.

Sie aßen gegrillte Hamburger, mit Salz, Pfeffer und Senf ge-

würzt, dazu Toast und Tomatensalat, und probierten eine neue holländische Biersorte, die Elena im Supermarkt bei ihrer Schule entdeckt hatte.
Während Alice das Geschirr spülte, füllte Elena zwei Gläser mit Whisky und Eis und verschwand aus der Küche. Kurz darauf kam Alice ins Wohnzimmer, sie krempelte sich die Ärmel runter. Elena legte gerade den Hörer auf.
»Wen hast du denn angerufen?«
»Ich? Niemanden. Giovanna hat angerufen.«
»Komisch. Ich habe das Läuten gar nicht gehört.«
»Der Apparat war leise gestellt. – Aber was soll das denn? Warum bist du so mißtrauisch?«
»Entschuldige. Ich dachte, du hättest mein Geschirrgeklappper ausgenutzt, um Michele anzurufen.«
»Also ehrlich, Ali! Gib mir mal mein Glas. Ich glaub', du hast sie nicht mehr alle. Und was wäre denn dabei, wenn ich ihn angerufen hätte?«
»Hm. Ich verstehe nur nicht, warum du das gerade dann machen mußt, wenn ich Geschirr spüle! Als wolltest du nicht, daß ich dir zuhöre.«
»Ach, lassen wir das lieber. Jedenfalls war es nicht Michele.«
»Und wer ist diese Giovanna?«
»Giovanna Grandine. Die neue Kollegin von mir. Das heißt, eigentlich Noras Kollegin.«
»Ach so. Was war mit der noch mal?«
»Bist du etwa schon besoffen?«
»Wer? Ich? Kein bißchen.« Am liebsten hätte sie noch gesagt, daß sie das neue Bier nicht besonders fand und daß sie lieber beim Pilsner Urquell geblieben wäre. Aber sie verkniff es sich, denn nach diesem Anruf herrschte sowieso schon dicke Luft.
Sie durchforschte ihr Gedächtnis: Was hatte ihr Elena nachmittags über diese Giovanna erzählt? Eine Lehrerin ohne feste Stelle, die Nora – eine gemeinsame Freundin – bei einer Aktion gegen die geplanten Stellenstreichungen kennengelernt hatte. Kampf dem Abbau der Arbeitsplätze, spukte es

Alice durch den Kopf, und sie fragte sich, ob sie nicht doch etwas besoffen sei. Mit dieser Giovanna hatten sich Nora, Elena und die anderen Lehrer der Initiativgruppe in der letzten Zeit häufig getroffen. Dann hatten alle irgendeinen Vertrag an der Schule bekommen. Elena, die immer für die anderen kämpfte, obwohl sie fest angestellt war, sah Giovanna von da an nur noch allein.

»Du setzt dich immer nur für die anderen ein!«

»Wieso meinst du, daß ich mich immer nur für die anderen einsetze?«

»Das sieht man doch! Wir haben hier tausend Stichwörter zu übersetzen, und du hockst immer im Oberschulamt und schlägst dich mit dem grauenhaften Schicksal und den Arbeitsplatzproblemen von irgendwelchen Lehrerinnen rum!«

Elena antwortete nicht. Sie setzte sich an den Tisch, wollte arbeiten. Alice spannte ein neues Blatt in die Schreibmaschine, und sie begannen wieder.

Bei der Übersetzung der Stichwörter »Mord« und »Haschisch« fiel Alice plötzlich ein, daß Elena und Giovanna ja an einem Wochenende zusammen in die Toskana gefahren waren, wo Giovanna ein Haus hatte. Vielleicht hätte sie doch nicht so ruppig sein sollen. Gegen eins schlug sie vor, einen Espresso zu machen. Bei dieser Gelegenheit nahm sie das Gespräch wieder auf.

»Was wollte Giovanna denn? Du hast mir gar nichts weiter erzählt.«

»Nichts Besonderes. Ich hab's dir doch schon gesagt: Seit letztem Donnerstag, als ich mit ihr im Kino war und du bei Dolores zum Essen – ja, genau, seit diesem Abend – habe ich sie nicht mehr gesehen. Aber das habe ich dir doch schon erzählt!«

»Stimmt. Aber ich hatte es schon wieder vergessen.«

»Sie ist anscheinend verschwunden.«

»Was heißt – verschwunden? Sie hat doch angerufen?!«

»Das schon... Aber vorher waren wir ständig zusammen, haben uns jeden Tag getroffen... letzten Mittwoch bei der

Versammlung, da habe ich von weitem sogar ihre Mutter gesehen, die sie ein Stück begleitet hat. Dann Donnerstag im Kino. Aber dann... ich weiß nicht. Bei den letzten Versammlungen war sie nicht. Und sie hat mich auch nicht mehr angerufen.«

»Warum hast *du* sie denn nicht angerufen?«

»Sie hat kein Telefon. Sie ist umgezogen und wohnt jetzt ziemlich weit weg, draußen am Stadtrand, bei den Kanälen.«

»Sie wird schwer beschäftigt sein.«

»Nein, du hast mir heute wohl überhaupt nicht zugehört! Ich hab's dir doch schon erzählt: Eines Abends finde ich einen Zettel von ihr im Briefkasten, sie entschuldigt sich sozusagen, daß sie nicht kommen kann, schlägt mir ein Treffen in der kleinen Bar an der Piazza Missori vor und hinterläßt mir auch die Telefonnummer ihrer Mutter...«

»Na und? – Was dann?«

»In der Bar war sie nicht. Über eine Stunde habe ich gewartet und dann bei ihrer Mutter angerufen, sie aber den ganzen Tag nicht erreicht.«

»Das war gestern?«

»Ja.«

»Na ja – offensichtlich eine schwer beschäftigte Frau.«

»Ach Ali! Laß doch die blöden Bemerkungen! Ich mache mir wirklich Sorgen.«

Alice goß den Kaffee ein, fast hätte sie ihn bei diesen Worten verschüttet. Wer war diese Giovanna überhaupt, daß die Leute ihretwegen rumrannten und sich Sorgen machten?

»Wieso denn Sorgen?«

»Ich weiß nicht, wirklich nicht; heute abend am Telefon war sie völlig fertig. Sie sagte, ich solle mit niemandem sprechen, sie würde mir alles erklären, ich solle niemandem was sagen. Da muß irgendwas Schlimmes gelaufen sein.«

»Hat sie vielleicht was mit Drogen zu tun?«

»Nein. Ich glaube...«

Alice mußte plötzlich lachen: »Weißt du, warum ich lache? Mir ist gerade eine Geschichte eingefallen, die mir mein

Schwager erzählt hat. Beim Kassenarzt traf er zwei alte Mailänder, die ganz abstruses Zeug über den Sohn irgendeines Bekannten faselten: Er ›piekste‹ sich angeblich.«

»Was? Was machte er?«

»Er fixte.«

»Hm. Was wollte denn dein Schwager beim Kassenarzt?«

»Er hat sich einen Finger im Banktresor gequetscht, gleich am ersten Arbeitstag nach dem Urlaub.«

Alices Gedanken schweiften ab – zu ihrem Schwager, ihrer Schwester, ihrer tollen kleinen Nichte, die gerade in die Schule gekommen war, zu ihrem kleinen Neffen, der am gleichen Tag wie sie geboren war, allerdings fünfunddreißig Jahre später. Er war jetzt fast zehn Monate alt und hatte die grauen Augen einer trägen Katze. Sie hörte gar nicht mehr genau hin, als Elena versicherte, daß Giovanna Grandine nichts mit Drogen zu tun habe.

»...deshalb würde ich so was nicht denken, weißt du. Ich vermute eher, sie sitzt wirklich in der Patsche, aber wieso? Jedenfalls haben wir morgen eine Verabredung, um zwei, gleich nach der Schule. Wir gehen zusammen was essen.«

»Soll das heißen, daß wir nicht zum Kartenspielen gehen?« fragte Alice – dabei hätte sie sich am liebsten auf die Zunge gebissen.

»Also Ali! Dann gehen wir eben nächsten Samstag! Wie kannst du jetzt nur ans Kartenspiel denken! Manchmal bist du wirklich zynisch!«

»Entschuldige. Ist auch besser so, dann sparen wir einen Haufen Geld.«

Sie machten sich wieder an die Arbeit, allerdings ohne große Begeisterung. Gegen halb drei gingen sie zu Bett. Alice duschte noch und wusch sich die Haare. Als sie aus dem Bad kam, schlief Elena schon. Auch sie schlief sofort ein, nachdem sie nachgeschaut hatte, ob Elena das Ohropax nicht vergessen hatte. Alice schnarchte nämlich, und oft genug waren ihre Nächte die wahre Hölle, weil Elena nicht an die Ohrenpfropfen gedacht hatte. Beim Einschlafen erinnerte sie sich daran, wie sie zum ersten Mal bei Elena geschlafen hatte, vor Urzeiten. Sie kannten sich damals schon seit ein paar Monaten. Alice war zuerst ins Bad gegangen; Elena wußte noch nicht, wie lange sie immer brauchte, und hatte ihr als Gast den Vortritt gelassen. Und als sie dann ins Bett gekrochen war, hatte Elena gesagt: »Weißt du übrigens – alle, in dic ich verliebt war, ließen die Zahnpastatube offen. – So wie du.« Alice hätte nicht sagen können, ob sie die Tube offenließ oder nicht, antwortete aber sofort leicht gekränkt: »Das ist wohl so eine Angewohnheit von mir.« – »Ich sagte: alle, in die ich verliebt war, und nicht: alle Typen, die irgendwann mal bei mir im Bett waren!«

## 2

Als Alice am nächsten Morgen aufwachte, war Elena nicht mehr da. Es war fast elf. Sie stand auf, zog sich in aller Ruhe an, räumte das Schlafzimmer und das Wohnzimmer auf, machte sich einen Kaffee und ging noch vor zwölf aus dem Haus. Dann ging sie kurz bei sich zu Hause vorbei, um eine Platte von Edith Piaf zu holen, die sie bei Elena nicht gefunden hatte. Außerdem wollte sie nachsehen, ob Post gekommen war. Im Briefkasten steckten ein Werbeprospekt für Qualitätsweine, die man auf Raten kaufen konnte, eine Karte von ihrer englischen Freundin Joy, einer Journalistin, sowie die Stromrechnung. Die Pförtnerin erinnerte sie daran, daß ihre Pflanzen noch im Hof standen und an einem der nächsten Tage, noch vor dem ersten Frost, ins Haus gebracht werden mußten. Sie versicherte, daß sie sich nach Alices Abreise um die Blumen kümmern werde. Oder die Putzfrau, die viermal in der Woche kam und Alices Wohnung auf Hochglanz brachte. Eine perfekte Wohnung – wären da nicht ein paar versengte Stellen im Teppichboden neben dem Sofa gewesen, von irgendwelchen unachtsamen Gästen hinterlassen. Die beste Wohnung, die sie sich vorstellen konnte! Sie brachte die weißen Hosen und eine Leinenbluse in die Wäscherei. Dann kehrte sie in Elenas Wohnung zurück. Nach einem weiteren Kaffee, diesmal mit viel Milch, machte sie sich an die Übersetzung und hörte dabei Edith Piaf. Diese sang gerade »quand tout le monde a froid... devant un téléphone, pour entendre une voix...«, als Elena gegen Viertel vor fünf die Tür aufschloß.

»Bist du's? Alles okay?«

Elena war ganz blaß. Ohne zu antworten legte sie sich aufs Sofa, streifte die Schuhe ab, hustete. Dann sagte sie: »Sie war nicht da. Sie ist nicht gekommen.«

»Was? Nicht gekommen?«
»Einfach nicht gekommen. Ich habe bis eben gewartet. Umsonst.«
Alice stand vom Tisch auf und stolperte über das Kabel der Schreibmaschine. Sie nahm zwei Gläser und ging in die Küche, um Eis zu holen. Aber im Kühlfach war keins mehr – zu dumm, die beiden Behälter standen leer im Spülbecken. Noch von gestern abend. Dann trinken wir ihn eben pur, dachte Alice. Pur ist besser, wenn's Probleme gibt. Sie ging ins Wohnzimmer zurück und goß zwei Glas Whisky ein. Elena trank schweigend. Dann ging sie auf den Balkon und hantierte mit den Geranientöpfen herum. Es fing wieder an zu regnen.
»Bist du mit dem Auto da?« fragte sie, während sie sich die Schuhe auf der Fußmatte abstreifte.
»Ja, natürlich. Warum?«
»Ich will Giovanna suchen. Kommst du mit?«
»Findest du das nicht etwas übertrieben? Was haben wir denn damit zu tun? Ist sie dir denn so wichtig? Vielleicht ist sie nur ein bißchen durchgedreht. Vergiß es.«
»Wenn du nicht mitkommst, gehe ich eben allein. – Sie ist nicht durchgedreht! Ich kenne sie doch. Und du hast sie nicht mal gesehen! Sie ist absolut nicht durchgedreht. Gestern abend am Telefon war sie nur völlig fertig, und heute ist sie wieder nicht gekommen. Ich will endlich wissen, was los ist! Was kann da passiert sein?«
»Woher soll ich das wissen? – Also gut, gehen wir.«
Sie fuhren bis zum Stadtrand. Überall Kanäle, überall Wasser. Ein ziemlich heruntergekommenes Haus. Im Hausflur hing der Geruch von Tomatensoße. Die Pförtnerin kochte wohl schon ihre Pastaciutta. Sie war eine kleine, mürrisch aussehende Frau mit faltigem Gesicht. Ein kleiner Junge machte am bereits gedeckten Tisch seine Hausarbeiten. In der Soße mußten Unmengen von Zwiebeln sein.
»Machen Sie die Tür zu, es wird kalt hier.«
»Entschuldigen Sie bitte, in welchem Stock wohnt Frau Grandine?«

»Wer?«
»Giovanna Grandine, eine Lehrerin.«
»Die Grandine... Ach ja. Falls Sie wegen der Post kommen – es ist keine da.«
»Nein, wir möchten zu ihr. Könnten Sie uns bitte sagen, in welchem Stock sie wohnt?«
»Sind Sie Verwandte?«
»Nein, Freundinnen. Warum?«
»Weil die Grandine ausgezogen ist, Ende Juli, nicht, Gino?«
Inzwischen war ihr Mann dazugekommen. »Ja, am zwanzigsten, glaube ich, die Fulginis haben die Wohnung doch im August übernommen. Warum?«
»Die beiden hier suchen sie.«
»Sind Sie sich wirklich sicher? Ich habe Giovanna doch selbst hierhergebracht, vor höchstens zehn Tagen, und sie behauptete, sie würde hier wohnen.«
»Das muß ein Irrtum sein. Die Grandine ist vor mindestens drei Monaten hier ausgezogen.«
Damit schien die Angelegenheit erledigt; offensichtlich wollten sie sich jetzt zu Tisch setzen. Elena und Alice verließen das Haus, der Küchendunst hing noch in ihren Kleidern. Sie sahen sich lange an.
»Bist du wirklich sicher, daß wir im richtigen Haus waren?«
»Na klar! Absolut sicher! Fahr los, wir können hier ja mal eine kleine Runde drehen.«
Die Straße war menschenleer, es war kühl. Alice sah blaß aus, Elena fühlte sich elend.
»Jetzt müßte ein Cognac her, ein doppelter.«
»Genau. Und Philip Marlowe. Du bist dir wirklich sicher?...«
»Wie oft fragst du mich denn noch!« Elena schrie fast. »Ausgeschlossen, daß ich mich irre. In diese Straße habe ich Giovanna nach dem Kino gebracht, und in dieser Haustür ist sie verschwunden! Hier wohnte sie. Ich erinnere mich noch genau an diese schreckliche Pizzeria an der Ecke.«

»Na gut, dann ruf noch mal ihre Mutter an.«
»Aber da meldet sich doch nie jemand!«
»Ist doch absurd, Elena! Wenn du sicher bist, daß das hier ihre Wohnung war, gibt es nur zwei Möglichkeiten: Entweder redet die Pförtnerin Unsinn oder Giovanna – und sie hat gar nicht hier gewohnt.«
»Warum hätte sie mir denn was vormachen sollen?«
»Und warum die Pförtnerin? Welches Interesse könnte Giovanna denn haben, dir was Falsches zu erzählen?«
»Keine Ahnung. Höchstens, daß sie ...«
»Was?«
»Ich weiß nicht recht... Vielleicht bilde ich mir das nur ein. Es könnte was Politisches dahinterstecken, vielleicht hat sie was mit den Roten Brigaden zu tun... naja, vielleicht nicht direkt, aber irgendwie schon, verstehst du?«
»Was hat sie dir denn erzählt? Wie kommst du überhaupt darauf?«
»Weiß ich nicht mehr genau, irgendwie eben. Nur so ein Eindruck. Ist doch möglich, nicht? Vielleicht ist sie deshalb in Schwierigkeiten.«
»Na ja, möglich ist alles. Weißt du, eigentlich tut's mir leid, daß ich diese Giovanna nie kennengelernt habe. Ich finde das alles ziemlich komisch.«
Nach ihrem Abstecher in diese triste Vorstadt kam ihnen das Zentrum jetzt geradezu schön vor. Das Wettbüro in der Via Torino war schon ziemlich voll. Alice und Elena gingen rein, setzten ein paarmal, aber ihre Gedanken kreisten ständig um Giovanna. Oder vielmehr um ihr Verschwinden. Schon nach zehn Minuten verließen sie das Wettbüro und gingen essen, ins ›Lepre di Primavera‹. Dort trafen sie ein paar Freunde und Bekannte; alle kannten Giovanna, man sprach aber nicht von ihr. Elena gab Alice zu verstehen, daß sie das Thema lieber nicht anschneiden wollte. Was auch immer los sein mochte – auf jeden Fall hielten sie besser den Mund. Giovanna hatte sie schließlich darum gebeten.
Schon vor zehn Uhr gingen sie zu Elena nach Hause. Sie beschlossen, sich sofort an die Arbeit zu setzen und nicht

mehr herumzudiskutieren, weder über Giovanna noch übers Essen.
Gegen Mitternacht läutete das Telefon. Sie fuhren zusammen. Diesmal war es Michele. Michele Saveri, ein Architekt aus Bologna. Er war verheiratet, hatte ein Kind und war seit ein paar Jahren Elenas fester Liebhaber. Er war groß, robust, immer braungebrannt, fast weißhaarig, obwohl er gerade erst vierzig geworden war, und hatte strahlend blaue Augen. Und eine Vorliebe für Champagner, Filetsteaks und Brot, drei Dinge, die auch Alice besonders liebte. Weshalb sie sich mit ihm recht gut verstand – zumindest bei Tisch. Ansonsten hatte Alice an dieser Liebschaft immer etwas Neues auszusetzen. Ihre moralistischen Angriffe nahmen kein Ende. Sicher, in Elenas Augen war Michele ein faszinierender Mann, aber andererseits... Alice konnte einfach keine Sympathie für ihn aufbringen, obwohl er immer äußerst liebenswürdig und herzlich war und Elena unter Alices distanzierter Haltung litt. Man kann eben nicht alles haben, zumindest nicht immer, dachte Alice. Das wußte auch Elena.
Elena legte den Hörer auf, kehrte zum Tisch zurück, sie seufzte.
»Alles okay?« fragte Alice.
»Ja. Er kommt am Dienstag.«
»Hast du ihm was von Giovanna erzählt?«
»Nein. Ich wurde plötzlich unsicher, und da dachte ich, lieber nicht. Sie will es ja selbst nicht, und womöglich bauschen wir alles auf. Außerdem – was hat er damit zu tun, er hat sowieso schon genug am Hals, die Arbeit...«
»Hm.« Alice nahm sich einen Zigarillo und bot auch Elena einen an.
»Nein danke. Ich möchte keinen mehr. Ich bin ohnehin schon heiser. Mein Gott, wenn ich daran denke, daß fast schon wieder Winter ist. Und dann der Nebel! Du fährst ja weg. Wie ist in Thailand überhaupt das Klima?«
»Weiß ich nicht. So wie hier. Vielleicht etwas feuchter. Wie soll es schon sein?«
»Ich hab' ja nur gefragt.«

»Wenn ich zurückkomme, ist es hier bestimmt schon eiskalt. Komm, machen wir weiter.«
Auch diesmal arbeiteten sie bis spät in die Nacht. Und am Sonntag saßen sie bis zwei Uhr nachmittags an der Arbeit. Dann beschlossen sie rauszufahren, da das Wetter besser geworden war. Alice wollte reiten. Sie fuhren an den See, wo sich Alice – in dem kleinen Reitstall eines deutschen Ingenieurs – ein Pferd hielt, ein scheues, etwas störrisches Tier. Während sie durch die Wälder ritt, setzte sich Elena auf die Terrasse der kleinen Gastwirtschaft, trank Tee und las. Später wollten sie dort wie üblich zu Abend essen.

Die nächste Woche verging, ohne daß sie etwas von Giovanna hörten. Am Samstagabend kam Elena zu Alice. Sie schimpfte vor sich hin, weil der Aufzug besetzt war. Da sie es eilig hatte, kam sie zu Fuß die Treppe hoch. Alice öffnete ihr mit einem Lächeln. Erst vor ein paar Stunden hatten sie sich getrennt, nachdem sie den Kartenspieler aufgesucht hatten. Sie hatten den Trick zwar immer noch nicht durchschaut, dafür waren sie aber mit dem Chef des Unternehmens, einem schlitzohrigen Süditaliener, ins Gespräch gekommen. Dieser hatte gemeint, sie sollten lieber mit ihm eine Pizza essen gehen, als sich an Tricks mit jahrhundertelanger Tradition die Zähne auszubeißen. Sucht euch lieber reiche Freunde und nehmt die aus, hatte er gewitzelt. Nach diesem Tip hatten sie endgültig aufgegeben.
»Welch freudige Überraschung! Ich dachte, du wolltest Klassenarbeiten korrigieren.«
»Giovanna hat angerufen.«
»Mein Gott.«
Seit Tagen hatten sie nicht mehr von ihr gesprochen; Alice steckte mitten in den Reisevorbereitungen.
»Und was sagt sie?«
»Sie wüßte nicht, wie sie sich entschuldigen soll, sie wäre jetzt in Rom und käme morgen abend um halb elf in Mailand an. Sie will sich mit mir treffen und mir alles erklären.«

»Dann ist es ja gut.«
»Ja. Was machst du denn gerade?«
»Ich lese. Setz dich doch. Eben hat Valentina angerufen und mich zu ihrer Cocktailparty eingeladen. Die feiern heute ihren Hochzeitstag. Kommst du mit?«
»Ja, warum nicht?«
Valentina Vanini, eine jüdische Galeriebesitzerin, die wie Alice eine Leidenschaft für Pferde hatte, war auch mit Elena seit Jahren befreundet. Sie verbrachten einen sehr angenehmen Abend. Später landeten sie mit Gaetano, Lucia und Daria im Pub am Corso Genova. Bei Whisky, hartgekochten Eiern und Chips sprachen sie über die Zeit und die unendliche Wiederkehr des immer Gleichen.

# 3

Zu ihrer Verabredung Sonntag abend erschien Giovanna Grandine nicht. Das war ja zu erwarten, dachte Alice, während Elena noch einmal versuchte, sich mit Giovannas Mutter in Verbindung zu setzen. Vergebens. Erst Montag nachmittag erreichte sie sie. Alice riß vor Überraschung die Augen auf, als sie Elena sagen hörte:
»Spreche ich mit Frau Grandine?«
Die beiden waren bei Elena, Alice war gleich nach der Arbeit vorbeigekommen. Sie hatten Kaffee getrunken, und gegen drei hatte Elena noch einmal telefoniert – die Nummer wußte sie inzwischen auswendig.
»Spreche ich mit Frau Grandine?«
»Wer ist da, bitte?«
»Elena Noja. Könnte ich mit… Giovanna sprechen?«
»Wie bitte, wer ist am Apparat?«
»Noja. Ich bin eine Freundin von Giovanna. Sie hat mir diese Nummer gegeben.«
»Moment bitte.«
Elena wartete, sie starrte Alice an. Diese hatte gerade eine Mücke totgeschlagen und fragte verwundert: »Da hat sich jemand gemeldet?«
Unglaublich! Unglaublich auch, daß es um diese Jahreszeit überhaupt noch Mücken gab. Aber so war das eben. Elena wandte sich wieder dem Telefongespräch zu.
»Hallo, hier ist Ines Grandine. Wer ist da bitte?«
»Guten Tag, sind Sie Giovannas Mutter? Ich bin eine Freundin von ihr. Ist sie zufällig da?«
»Sie haben sich wohl verwählt.«
»Wie? Sind Sie nicht Giovannas Mutter?«
»Doch. Wann haben Sie meine Tochter denn zum letzten Mal gesehen?«

»Wie? Vor zwei Wochen. Ich suche sie die ganze Zeit und kann sie nicht finden. Wissen Sie, wo sie ist?«
»Sie machen sich wohl über mich lustig...«
»Aber nein, Frau Grandine, hören Sie doch...« sagte Elena beschwörend.
»...oder es muß sich um einen Irrtum handeln. Ich glaube, meine Tochter ist nicht die Giovanna, die Sie suchen.«
»Aber sie selbst hat mir doch diese Telefonnummer gegeben und gesagt, es sei die ihrer Mutter...«
»Sie müssen sich irren.«
Wieso irren? Eine Wohnung, in der sie nicht wohnte, eine Mutter, die nicht ihre Mutter war – mit Giovanna mußte irgend etwas nicht stimmen! Alice kam näher, um mitzuhören. Rasch und sehr entschieden antwortete Elena:
»Tut mir leid. Vielleicht liegt hier wirklich eine Verwechslung vor. Trotzdem – ich möchte unbedingt mit Ihnen sprechen.« Ihre Stimme zitterte jetzt doch. »Könnten Sie so nett sein... könnte ich nicht kurz bei Ihnen vorbeikommen?«
»Ich weiß nicht, was Sie sich davon versprechen.«
»Bitte, nur fünf Minuten, es ist sehr wichtig für mich.«
Nach einer langen Pause lenkte die Frau ein:
»Na gut, kommen Sie.«
Alice suchte hastig nach einem Stift, um die Adresse aufzuschreiben. Sie fuhren sofort los. Elena wollte allein mit Frau Grandine sprechen. Schon unterwegs hatten sie leichte Zweifel befallen. Vielleicht brachte sie Giovanna ja in noch größere Schwierigkeiten, und am Ende sogar sich selbst?
Sie ging allein hoch, Alice wartete im Auto. Als sie Frau Grandine sah, wurde sie unsicher. Sie erinnerte sich nur vage an Giovannas Mutter, die sie einmal von weitem gesehen hatte, damals vor dem Gewerkschaftshaus. Daß sie mit dieser Frau identisch war, hätte sie nicht beschwören können.
Die Wohnung wirkte düster, das Wohnzimmer war mit Stilmöbeln, Vitrinen und Nippes vollgestopft. Auf dem Schreibtisch standen ein Hochzeitsfoto und eine kleine Mussolini-Büste aus Gips. Frau Grandine mußte um die

Sechzig sein, sie war mager, fast dürr und trug eine dunkle Brille. So alt und verbraucht hatte Elena sie eigentlich nicht in Erinnerung. Sie sah die Frau mit wachsendem Mißtrauen an, das die andere zu erwidern schien. Die düstere Atmosphäre in der Wohnung, die so offen zur Schau gestellten faschistischen Reminiszenzen, die Unzugänglichkeit dieser Frau – hier war Vorsicht am Platze! Frau Grandine fuhr sie sofort an: »Hören Sie, ich habe Ihnen doch schon am Telefon gesagt, Sie irren sich! Ich weiß nichts von dieser Giovanna, die Sie suchen. Ich weiß nur, daß es sich nicht um meine Tochter handelt. Meine Giovanna ist seit zwei Jahren in einer Nervenklinik, in C. Ihre Freundin hat wohl nur den gleichen Namen. Ich hoffe, Sie haben endlich verstanden, daß wir uns nichts zu sagen haben.«
Allmählich verstand Elena gar nichts mehr. Sie stammelte:
»Aber waren Sie denn nicht vor etwa einem Monat am Gewerkschaftshaus? Mit einer jüngeren Frau – eben der Giovanna, die ich suche?«
»Ich gehe selten weg. Und dann sicher nicht ins Gewerkschaftshaus.«
Das klang fast drohend, Frau Grandine wollte das Gespräch offensichtlich beenden. Elena bohrte jedoch weiter: »Aber Giovanna hat mir doch Ihre Telefonnummer gegeben...«
»Ich sagte Ihnen doch schon, was ich davon halte. Lassen Sie mich mit Ihren Problemen in Ruhe.«
Sie erhob sich. Es war klar, Elena sollte gehen. Beim Hinausgehen machte sie einen letzten Versuch: »Könnten Sie mir nicht ein Foto von Ihrer Tochter zeigen?«
Darauf bekam sie nicht einmal eine Antwort. Inzwischen war sie auf dem Treppenabsatz angekommen.
Sie trat aus der Haustür; alles schien ihr zu entgleiten, zu entfallen, selbst ihr eigener Name. Als sie zu Alice ins Auto stieg, sang Edith Piaf gerade »...avant, juste avant d'aller se foutre à l'eau...«
Eine ganze Stunde lang stellten sie Vermutungen an, rekonstuierten, rekapitulierten. War Frau Grandine Giovannas

Mutter oder nicht? Wenn nicht – warum hatte Giovanna diese Telefonnummer angegeben? Wollte sie ihre Spuren verwischen? War sie überhaupt in der Klemme, diese Giovanna? Welche Gründe konnte sie haben, ihre Spuren zu verwischen? Politische? War das überhaupt denkbar? Und warum hätte sie dann falsche Adressen und Telefonnummern hinterlassen sollen? Warum verschwand sie nicht einfach? – Oder machte Elena erst alles so kompliziert? Redete sie sich alles nur ein? Wahrscheinlich, denn das Naheliegendste wäre doch gewesen, Giovanna in ihrer Schule zu suchen. Aber vielleicht wäre auch das ein Fehler. Oder sollten sie die psychiatrische Klinik in C. aufsuchen? – Versuchen wir es dort, meinte Elena; Alice konnte sie nicht mehr davon abbringen, die Dinge hatten nun mal ihren Lauf genommen.

Also fuhren sie nach C. Grauenhaft hier, dachten beide, als sie dort das arme, vollkommen gestörte Mädchen trafen, das sich für immer im Labyrinth des Wahnsinns verirrt hatte. Sie hieß Giovanna Grandine, war aber nicht Giovanna Grandine.

Auf der Rückfahrt brach Elena in Tränen aus; sie fühlte sich kaputt, völlig benommen und durcheinander. Der Anblick dieses Mädchens hatte sie erschüttert, obwohl sie es gar nicht kannte. Alles schien logisch und war doch absurd. Zudem stand Alices Abfahrt am Mittwoch bevor. Es blieb gerade noch ein Abend für ein opulentes Abschiedsessen.

Alice wollte es bei sich zu Hause geben. Ihre Haushälterin Olga, eine wahre Spezialistin, stellte sich für dieses eine Mal großzügig als Köchin zur Verfügung. Dienstag nachmittag gegen sechs waren Alice mit den Reisevorbereitungen und Olga mit dem Kochen fertig. Jetzt brauchten nur noch die Pasteten eine halbe Stunde im Backofen aufgewärmt und der Braten aufgeschnitten zu werden. Zehn nach neun würde er fertig sein, wie Olga mehrmals betonte. Es war ein ganz besonderer Braten, sonntags machte sie ihn immer für ihre Familie, mit Kräutern und Gewürzen. Und wehe, man hielt die Garzeit nicht genau ein!

Signora Olga ging gerade, da erschien Elena. Sie goß sich einen eisgekühlten Wodka ein und warf sich erschöpft aufs Sofa.
»Heute nacht habe ich kaum ein Auge zugetan. Ich bin völlig durcheinander. Was soll ich bloß tun?«
»Gar nichts. Was willst du denn jetzt noch tun?... Warst du heute früh in dieser Schule?«
Elena antwortete nicht. Sie stand auf, ging in die Küche und goß sich noch einen Wodka ein. Alice packte ihre Fototasche fertig.
»Also, was war denn nun?«
Ja, sie war da gewesen. Kurz vor der Pause. Die Sekretärin hatte sehr beschäftigt ausgesehen.
»Sie wünschen?«
»Verzeihung, ich suche eine Lehrerin, Frau Grandine.«
»Wen?«
»Giovanna Grandine.« Elena hatte so starkes Herzklopfen, daß sie meinte, alle müßten es hören.
»Ach ja. Aber hat Frau Grandine heute nicht ihren freien Tag? Massima, kommen Sie doch bitte mal, rufen Sie mir Frau Fagioli, sie soll in der II a vertreten. Und schauen Sie nach, ob Sie Frau Grandine irgendwo sehen.«
Die Bürohilfe verließ den Raum. Nach einigen Minuten kam sie zurück, starrte Elena neugierig an und sagte: »Frau Grandine sitzt im Lehrerzimmer. Gehen Sie nur hinein.« – »Danke.« – »Hier lang, dann im Flur nach links, die erste Tür links, das ist das Lehrerzimmer. Es ist offen. Jetzt ist Pause, da kommen auch die anderen Lehrer.« Elena fand den Raum sofort. An einem großen Tisch saßen zwei Frauen; eine korrigierte Arbeiten, die andere blätterte in einer Zeitschrift. Elena fragte ohne Umschweife: »Frau Grandine?« – »Das bin ich«, antwortete die mit der Zeitschrift. »Guten Tag.« – Natürlich war es nicht Giovanna.
»Hm. Und was hast du gesagt?«
»Gesagt? Irgendwas von Anstellung habe ich gefaselt. Sie erklärte mir, sie hätte die Stelle dieses Jahr bekommen, das Gesetz... und so weiter. Ich habe mich entschuldigt, noch

irgendwas dahergestottert, dann bin ich gegangen. – Verstehst du! Kaum zu glauben! Es gibt eine Giovanna Grandine an dieser Schule. Aber es ist wieder nicht die Giovanna Grandine, die ich kenne.«

»Nicht möglich!«

»Aber das ist noch nicht alles.«

»Wieso?« Alice setzte sich aufs Sofa und lockerte ihren Gürtel. Sie mußte mindestens ein oder zwei Kilo zugenommen haben. Hoffentlich würde sie dort in Fernost wenig und schlechtes Essen bekommen.

»Als ich nach Hause kam, fand ich eine Postkarte aus Florenz vor. Schau mal.« Alice sah sich die Karte an. Sie war eng beschrieben:

> »Liebste Elena, wie soll ich mich nur entschuldigen? Mir ist etwas Unglaubliches passiert. Ich fahre nach F. ins Haus. Ich hoffe, mich dort etwas zu erholen und aus dem totalen Chaos, in dem ich stecke, rauszukommen. Ich bin völlig fertig. In zwei bis drei Tagen bin ich wieder in Mailand. Ich rufe Dich dann an. Ich hoffe, Du verzeihst mir. Küßchen. So long. Giovanna.«

Ungläubig drehte Alice die Karte hin und her. »In zwei oder drei Tagen. Dann müßte sie schon hier sein. Offensichtlich hat sie dich aber nicht angerufen. Oder?«

»Nein. Natürlich nicht. Wie siehst du denn die Sache?«

»Ich finde diese Giovanna zum Kotzen, absolut dummdreist, die verarscht dich doch nur! Schau dich doch mal im Spiegel an – wie du aussiehst!«

»Ali.«

»Ja?«

»Wer kommt heute abend eigentlich?«

»Dolores, Lucia und Silvio. Und deine Schwester, wenn sie es rechtzeitig schafft.«

Elenas Schwester, Donella, wollte extra aus Bologna zum Abschiedsessen anreisen.

»Sonst niemand?«

»Nein, warum?«

»Ich habe keine Lust auf viele Leute, ich bin wirklich etwas

daneben. Aber, was ich sagen wollte – reden wir mit den anderen besser nicht darüber. Donella erzähle ich es später in aller Ruhe, heute abend aber lieber nicht.«
»Okay. Ist gut. Aber komm, laß dich nicht so hängen.«
»Ich glaube, ich fahre morgen nach Florenz.«
»Was?!«
»Ja. Ich habe es mir schon überlegt. Von dort fahre ich dann zu ihrem Haus in F., dorthin wollte sie ja. Irgend jemand wird mir schon weiterhelfen. Vielleicht ist sie ja auch noch dort. Ich muß einfach was tun. Ich darf gar nicht daran denken – vielleicht braucht sie Hilfe. Sag nichts, kann sein, daß das falsch ist, aber ich versuche es trotzdem.«
Alice warf die Karte auf den Couchtisch, stand auf und ging in die Küche, um nach dem Braten zu sehen. Sie deckten den Tisch fertig. Mit den anderen Gästen tranken sie später einige Aperitifs, bevor sie sich über das köstliche Abendessen hermachten. Donella traf kurz nach zehn ein. Bis spät in die Nacht saßen sie zusammen.
Es war schon nach eins, als Elena sich an der Haustür von Alice verabschiedete. Dabei kam sie noch mal auf ihren Plan zu sprechen, nach F. zu fahren. »Du kriegst die weitere Entwicklung ja nicht mit. Hoffen wir, daß sich bis zu deiner Rückkehr alles aufgeklärt hat. In drei Wochen ist sicher alles in Ordnung.«
Beide spürten, daß in diesen Worten irgendein Mißklang lag – eine böse Vorahnung.

# 4

Am Mittwochmorgen mußte Elena jedoch unbedingt in die Schule. Ihr war noch rechtzeitig eingefallen, daß die erste Elternversammlung stattfand. Also verschob sie ihre Florenzfahrt auf den nächsten Tag. Donella war ganz froh darüber, denn so konnte sie noch einen Abend mit Elena verbringen und sich die Geschichte mit Giovanna genauer erzählen lassen. Nach dem Abschiedsessen hatten sie Silvio nach Hause gefahren, und kaum war er ausgestiegen, hatte Elena angefangen, diese unglaubliche Story zu erzählen. Man merkte, sie war nervös, und auch Donellas anfangs lockerer, etwas ironischer Tonfall wich bald größter Beunruhigung, so daß Elena sie schließlich fast beschwichtigen mußte. Dadurch beruhigte sie sich auch selbst. Sie betonte, daß sie Alice von Anfang an alles erzählt habe. Vielleicht übertriebe sie nur, vielleicht wäre ja alles in Ordnung und die ganze Aufregung wäre nur durch das Zusammentreffen merkwürdiger Umstände verursacht.

»Das nennst du merkwürdige Umstände! Da führt dich eine auf falsche Fährten und läßt sich dann suchen! Gibt dir Telefonnummern von Leuten mit gleichem Namen! Macht dir weis, an einer Schule zu arbeiten, wo es wirklich eine Lehrerin dieses Namens gibt! Scheint untertauchen zu wollen, meldet sich aber trotzdem immer wieder. Ziemlich merkwürdig«, meinte Donella.

»Wenn man dich so reden hört, könnte man fast glauben, daß die Giovanna Grandine, die ich kenne, gar nicht existiert. Das wäre natürlich am einfachsten, damit wären alle Probleme gelöst. Nur, daß wir hier nicht im Kino sind, ich habe sie doch nicht erfunden! Giovanna Grandine gibt es wirklich, ich kenne sie.«

Donella schwieg. Der Gedanke, Donella und Alice könnten

an Giovannas Existenz zweifeln – sie hatten sie ja nie gesehen – ließ Elena erschauern. Und daß sie sogar sich selbst immer wieder einreden mußte, Giovanna existiere wirklich! Aber auch andere Leute hatten sie ja gesehen! Sicher, in letzter Zeit hatte vor allem sie mit Giovanna zu tun gehabt – beide lebten sie allein, waren fast gleichaltrig, hatten die gleichen Probleme, ähnliche Interessen und keine Familie zu versorgen. Seltsamerweise war es nie dazu gekommen, daß Giovanna und Alice sich kennenlernten. Beim Einschlafen beschloß Elena, die Fahrt in die Toskana zu verschieben.

Am Mittwochabend aß sie mit Donella im ›Lepre di Primavera‹. Das Lokal war wie immer brechend voll. Beide verdrückten drei Portionen der ausgezeichneten Mousse au Chocolat, die die Chefinnen Saskia und Socit eigenhändig zubereitet hatten. Es herrschte ein Riesenlärm, die Musik war voll aufgedreht. Unter den Leuten, die sie trafen, entdeckte Elena Simone Talli, einen Arzt, mit dem sie befreundet war. Sie winkte ihn zu sich an den Tisch.

»Ciao. Setz dich doch. Das ist Donella, meine Schwester. – Simone, the doc.«

»Ciao.« Großes Händeschütteln, dann setzte sich Simone, blickte aber etwas unschlüssig zu seinen Freunden rüber, mit denen er gekommen war und die sich um einen freien Tisch bemühten.

»Du kommst wie gerufen«, sagte Elena.

»Ein Attest gefällig? Was hast du denn? Du willst wohl mal wieder in die Berge?« Simone lächelte aufmunternd: »Du bist doch nicht ernstlich krank?«

»Na, hör mal! Nur weil ich einmal blaugemacht habe! Nein, mir geht's wirklich nicht gut, ich fühle mich völlig ausgelaugt, deshalb wollte ich bis Sonntag zu meinen Eltern fahren. Drei Tage würden schon reichen. Könntest du mir nicht ein Attest ausstellen?«

»Was fehlt dir denn? Du siehst tatsächlich ziemlich mitgenommen aus.«

Hoffentlich wurde sie jetzt nicht rot. Was sollte sie ihm sagen? Immer wenn sie – wie schon am Vorabend – die Sache mit Giovanna erklären wollte, verschwamm ihr alles vor den Augen. Dann geriet sie in solche Panik, daß sie alles durcheinanderbrachte. »Nichts Besonderes, ich bin nur ein bißchen erschöpft, es kommt wohl von der Kälte und vom Schulanfang.«

»Gut. Ich schreibe dich für sechs Tage krank. Dann kannst du dich mal richtig ausruhen.« Er zog seinen Block aus der Innentasche seines Jacketts und schrieb etwas auf. »Vielleicht solltest du Montag oder Dienstag wirklich zu mir in die Praxis kommen. Ich untersuche dich dann. Das sieht mir sehr nach Anämie aus.«

»Danke, Simone. Trinkst du was mit uns? Ein Glas Wein?«

»Nein, ich muß gehen. Die anderen warten schon auf mich. Was gibt's denn heute Gutes?«

»Mousse au Chocolat. Und gegrilltes Hähnchen. Aber vor allem die Mousse...«, antwortete Donella. Elena sah mit starrem Blick nach draußen. Die Leuchtreklame eines Schuhgeschäftes tauchte den Bürgersteig in weißblaues Licht. Ob das wirklich so eine gute Idee war, sich von Simone untersuchen zu lassen? Vielleicht schon. Wieder stieg ein Gefühl des Unbehagens und der Unsicherheit in ihr auf, wie am Abend zuvor. Simone erhob sich, sie verabschiedeten sich voneinander, lächelten sich zu. Donella bestellte noch eine Flasche Wein – zur nächsten Portion Mousse.

Am Donnerstag morgen im Zug hatte Elena keine Lust, mit Donella zu reden. Schon beim Aufwachen hatte sie dasselbe ungute Gefühl wie am Vorabend gehabt. Sie spürte, daß die Geschichte mit Giovanna sie viel zu sehr beanspruchte. Was sie erlebt hatte, war kaum zu vermitteln, fast unglaubwürdig, aber trotzdem so real, daß es ihren Alltag völlig durcheinanderbrachte. Scheiße. Es war ein kalter, grauer Tag, wie mitten im Winter. Die ganze Fahrt über machte Elena kaum Anstalten, sich mit ihrer Schwester zu unterhalten. Donella vertiefte sich in ein Buch. In Bologna stieg sie aus. Beim Abschied vereinbarten sie, abends noch einmal miteinander zu telefonieren. Auf der Weiterfahrt nach Florenz schlief Elena etwas.

Um Viertel vor elf – fast pünktlich – traf sie in Florenz ein. Letztes Mal, als sie mit Giovanna in F. gewesen war, hatten sie den Wagen genommen und sich beim Fahren abgewechselt. Damals hatte Elena erfahren, daß es eine Busverbindung zwischen Florenz und diesem Dorf gab, dreimal vormittags und viermal nachmittags. Die Busfahrt dauerte nur fünfundzwanzig Minuten. Doch sie beschloß, sich ein Taxi zu leisten, und fragte deshalb gar nicht erst nach den Abfahrtszeiten. Sie mußte mit zwei Taxifahrern verhandeln, bevor sich schließlich einer bereit erklärte, über die Stadtgrenze hinauszufahren. Die Sonne war herausgekommen, es war etwas wärmer als in Mailand. Früher als erwartet erreichte sie F.; Giovannas Haus lag an einer breiten Straße, die sich den Hügel hochwand, direkt hinter der Piazza. Linkerhand lagen verstreut einige Villen inmitten von Gemüse- und Blumengärten. Rechterhand, hinter einem Mäuerchen, erstreckten sich die Felder Richtung Florenz. Felder und Gärten boten für diese Jahreszeit noch einen schönen Anblick. In der Bar an der Piazza trank sie einen Kaffee. Als sie letztes Mal mit Giovanna hier gewesen war, waren sie nach all den Aktionen und Versammlungen so müde gewesen, daß sie fast nur geschlafen hatten und so gut wie nie aus dem Garten herausgekommen waren. Der Kaffee schmeckte scheußlich, am Tassenrand klebten noch Lippenstiftspuren. Sie trank ihn nicht aus. Auf der Piazza, vor der Bar, saßen zwei Rentner mit einer jungen Frau an einem Tisch und ließen sich über die letzten Zeitungsmeldungen aus. Der leicht ironisch wirkende Tonfall der Toskana klang Elena angenehm in den Ohren und lenkte sie von den quälenden Gedanken an Giovanna ab.

Sie ging die Straße hinauf, blieb aber nach einigen hundert Metern unsicher stehen. So weit hatte sie den Weg nicht in Erinnerung gehabt, andererseits war sie sich sicher, daß sie noch nicht am richtigen Tor vorbeigekommen war. Sie ging weiter. Da stand auch schon das Haus, hinter einer Kurve.

Offensichtlich hatte ihr Gedächtnis ihr wieder mal ein Schnippchen geschlagen.
Das Tor war offen. Auf dem Kiesweg vor dem Haus stand ein Auto, ein BMW, glaubte sie, Kennzeichen Florenz. Metallic. Blank poliert. Fenster und Kofferraum waren geöffnet. Daneben standen zwei kleine Koffer, eine Plastiktüte, eine Tasche mit Golfschlägern und ein Schirm. Auf dem Rücksitz tollte ein hellbrauner Cockerspaniel herum. Eins war sicher – hier war jemand gerade angekommen oder bei der Abreise.
Auch die Haustür stand offen. Elena trat ein und rief: »Giovanna?« Wie ein Echo tönte ihr ihre eigene Stimme entgegen: »Giovanna, ich bin's – Elena.« Nichts rührte sich. Sie trat links in das kleine Zimmer, in dem das Klavier, ein Teetischchen und das Telefon standen. Daß sie alles wiedererkannte, beruhigte sie irgendwie. Sie schaute ins Eßzimmer; auch dort war keine Menschenseele. Schließlich kehrte sie in den Flur zurück und warf einen Blick in den Garten. Niemand. Der Hund, der immer noch herumtollte, ohne zu bellen, irritierte sie. Was sollte sie tun? Ratlos ging sie wieder ins Haus, schaute in die Küche. Auch dort war niemand. Endlich beschloß sie, im ersten Stock nachzusehen.
Die rechte Hand auf das Geländer gestützt, rief sie noch einmal: »Giovanna!« Ihre Stimme klang unsicher. Plötzlich hörte sie Schritte auf der Treppe und eine freundliche Männerstimme: »Wer ist denn da? Ich komme runter.«
Unschlüssig blieb Elena stehen. Da tauchte ein großer, schlanker Mann auf. Er mochte fünfundvierzig, fünfzig Jahre alt sein, hatte dunkle Haare, einen gepflegten Schnurrbart und trug eine Brille mit schmalem Rand. Er kam ihr vor wie aus dem Ei gepellt – mit Jackett und Krawatte. So, als habe er sich gerade eben neu eingekleidet.
»Guten Tag. Entschuldigen Sie, aber ich bin gerade bei der Abreise. Kann ich etwas für Sie tun?«
Elena war von diesem freundlichen Empfang angenehm berührt. Dieser Mann war so liebenswürdig, ruhig und diskret.

Sie räusperte sich, bevor sie sagte: »Ich bin Elena Noja. Entschuldigen Sie die Störung, ich suche Giovanna.«
Der Mann kam die Treppe herunter, blieb jedoch auf der letzten Stufe stehen, da Elena, vor Verlegenheit und Nervosität wie gelähmt, ihm den Weg versperrte. Erstaunt und unsicher sah er sie an.
»Wie bitte? Wen suchen Sie?«
»Giovanna. Giovanna Grandine. Ist sie nicht hier?«
»Bitte kommen Sie doch rein, nehmen Sie Platz.«
Jetzt erst fiel Elena auf, daß der Mann nicht an ihr vorbeikommen konnte. Sie trat zurück. Mit einer einladenden Geste ging er ihr ins Eßzimmer voraus.
»Nehmen Sie bitte Platz! Sie müssen sich irren. Ich bin Dr. Cassini, und das Haus gehört meiner Familie, schon immer. Wahrscheinlich verwechseln Sie es mit einem der Nachbarhäuser, es gibt ja noch andere hier...«
Elena spürte einen Stich unterhalb des Schlüsselbeins, oder so etwas wie einen unerträglichen Druck. Sie legte ihre Hand darauf. Dr. Cassini wies auf das weiß-blau gestreifte Sofa – auch das erkannte sie wieder.
»Tut mir leid, es ist mir wirklich peinlich. Aber ich war schon einmal hier, Giovanna Grandine hatte mich eingeladen. Ich bin absolut sicher – das ist ihr Haus.«
»Ja, richtig, es ist meins, Signorina...«
»Vielleicht haben Sie es einmal vermietet, und...«
»Nein, noch nie. Ich hänge sehr an diesem Haus. Selbst wenn ich es Freunden überlasse, komme ich am nächsten Wochenende wieder her, um nachzusehen, ob alles in Ordnung ist«, erwiderte er liebenswürdig-ironisch lächelnd. »Wissen Sie, ich lebe seit einiger Zeit allein und bin ein alter Ordnungsfanatiker. – Fühlen Sie sich nicht wohl?«
Elena mußte sich zwingen, dem Mann zuzuhören, der wiederholte, er kenne keine Frau Grandini oder Grandine. Sie habe sich wohl geirrt, sei von der Fahrt wohl noch etwas mitgenommen.
Als sie wieder zu sich kam, hätte sie nicht sagen können, wieviel Zeit vergangen war. Sie lag auf dem Sofa im Wohn-

zimmer, die Beine in eine Decke gewickelt. Eine Frau brachte gerade Kaffee, Dr. Cassini telefonierte. Er beendete sein Gespräch, legte den Hörer auf und wandte sich Elena zu. »Ist Ihnen jetzt besser?« Sie versuchte, sich aufzurichten, aber der Kopf drohte ihr zu zerspringen. »Was ist denn passiert?« Dr. Cassini lächelte ihr zu und trank einen Schluck Kaffee. Die Frau musterte Elena mißtrauisch, in bieder-ländlicher Manier, und zog sich dann zurück. »Nichts Schlimmes. Sie sind nur erschöpft, haben Sie vielleicht... nervöse Beschwerden?... Sie haben Glück, ich bin Arzt, Sie brauchen sich also keine Sorgen zu machen. Ich habe die Putzfrau noch mal gerufen, damit wir eine Kleinigkeit zu essen bekommen. Wenn Sie sich besser fühlen, bringe ich Sie... wohin müssen Sie eigentlich...?«

»Nein, nicht nötig. Ich muß nirgendwohin. Wie soll ich mich bloß entschuldigen? Ich kann es Ihnen jetzt nicht erklären – das ist eine lange Geschichte, und ich möchte Ihre Hilfe nicht noch länger in Anspruch nehmen.«

»Daß Sie in einer schwierigen Situation sind, ahnte ich schon. Das konnte ich Ihren – allerdings etwas konfusen – Worten entnehmen, als Sie da auf dem Sofa lagen. Es tut mir leid, daß ich Ihnen unabsichtlich einen Schock versetzt habe, aber ich konnte Ihnen doch nichts Falsches über das Haus erzählen! Denken Sie jetzt nicht mehr daran, Sie werden sehen, bald geht es Ihnen besser. Trinken Sie einen Schluck Kaffee. Oder haben Sie Hunger?«

Er brachte ein Tablett mit Schinkenbroten. Elena dachte, sie könnte jetzt etwas vertragen, und nahm eine Schnitte. Sie versuchte, so liebenswürdig wie möglich zu sein. Dieser Arzt erschien ihr wie ein Schutzengel. Dabei hatte sie ihm all seine Pläne durcheinandergebracht. Es schien ihm aber nichts auszumachen. Obwohl er, wie er sagte, jetzt dringend aufbrechen mußte. Der arme Dr. Cassini, dachte Elena, wer weiß, was ich ihm für Ungereimtheiten erzählt habe! Sie blickte ja selbst nicht durch. Er hatte recht – sie dachte besser nicht mehr daran. Denn bei jedem Gedanken an Giovanna war es, als täte sich ein Abgrund vor ihr auf – verschwommene Bilder, die einander überlagerten. Dann überkam sie ein Gefühl der Kälte, und sie spürte diesen merkwürdigen Druck in der Herzgegend. Wurde sie vielleicht wahnsinnig? Sie gestand sich ein, daß sie sich das schon gefragt hatte, aber bisher nicht so klar und deutlich. Sie aß ihr Brot auf und trank den Kaffee. Anschließend ging sie ins Bad, wusch sich die Hände und kämmte sich. Aus dem Spiegel blickte ihr – wie befürchtet – ein völlig verstörtes Gesicht entgegen, ein genaues Abbild ihres Inneren.

Dr. Cassini brachte sie nach Florenz zum Bahnhof. Sie entschuldigte sich nochmals, aber er erwiderte sehr bestimmt: »Machen Sie sich keine Gedanken. Hauptsache, es geht Ihnen jetzt besser. Sind Sie sicher, daß Sie fahren wollen?« – »Ja, vielen Dank, ich schaffe das schon. Nochmals vielen Dank, und entschuldigen Sie bitte, daß ich Ihnen solche Unannehmlichkeiten bereitet habe.« – »Denken Sie nicht mehr daran. Gute Reise!« Beim Aussteigen spürte sie, wie ihr die Beine zitterten. Trotzdem fühlte sie sich jetzt besser – zumindest körperlich. Sie löste eine Fahrkarte nach Mailand, kaufte eine Abendzeitung und setzte sich in die Bar.

Im Zug schlief sie dann sofort ein. Erst in der Nähe von Lodi, kurz vor Mailand, wachte sie wieder auf. Sie ging auf die Toilette, die in einem ekelhaften Zustand war, kehrte ins Abteil zurück, zündete sich eine Zigarette an und begann, die Zeitung durchzublättern. Im Mailänder Lokalteil entdeckte sie ein Foto von Giovannas Mutter: Es war aber nicht etwa die Frau mit der düsteren Wohnung, sondern die, die sie damals vor dem Gewerkschaftshaus gesehen hatte! In dem dazugehörigen Artikel, der übrigens vor Druckfehlern nur so strotzte, wurde berichtet, eine reiche, exzentrische Mailänderin, die auf dem Foto abgebildete Frau Chiavicati, habe beschlossen, ihre Stadtwohnung in eine Hundeklinik zu verwandeln. Sie selbst ziehe sich in ein luxuriöses Altersheim am Comer See zurück und stelle ihre Wohnung für diesen humanitären Zweck zur Verfügung. Eine echte Wohltäterin für die Menschheit – nein, für die Tierwelt!

Elena versuchte, ihre Benommenheit abzuschütteln. Frau Chiavicati – das war doch die Frau, die sie damals mit Giovanna vor dem Gewerkschaftshaus gesehen hatte! Die beiden hatten sich getrennt, dann war Giovanna zu Elena gekommen, um mit ihr zusammen hineinzugehen. »Das war meine Mutter«, hatte sie gesagt, »wenn du etwas früher gekommen wärst, hätte ich sie dir vorgestellt, sie ist eine unheimlich liebe Frau.« Dabei war das Frau Chiavicati!

In Mailand angekommen, stürzte Elena sofort zum Telefon. Im Bahnhof herrschte großer Betrieb, ein Durcheinander von Ankommenden und Abreisenden. Sie rief in der Hundeklinik an, dort meldete sich Frau Chiavicati. Sie wunderte sich nicht einmal über den späten Anruf. Ein kurzes Gespräch genügte zwischen dieser sonderlichen Alten, die sich wohl über nichts wunderte, und der völlig verstörten Elena. Frau Chiavicati hatte nichts mit Giovanna Grandine zu tun. Die beiden mußten sich rein zufällig getroffen haben; Giovanna hatte sie vielleicht unter einem Vorwand angesprochen, mit der Bitte um eine Auskunft etwa, um sie dann als ihre Mutter ausgeben zu können. Fast mußte Elena lachen, als sie die Telefonzelle verließ. Dabei wurde sie beinahe von einer Menschenmasse überrannt. KPI und Gewerkschaften hatten zu einer Demo aufgerufen, und die Teilnehmer kehrten offensichtlich gerade zurück, mit Fahnen, Transparenten und Plakaten. Es waren so viele, daß Elena erst mal stehenblieb und wartete, bis sie an ihr vorbeigezogen waren. Die Menge überflutete nun den ganzen Bahnhof. Die Demonstranten zogen in einzelnen Trupps vorbei. Kaum meinte man, die Demo wäre zu Ende, kamen wieder kleine Grüppchen nach. Vergnügt lärmend, selbstbewußt und zuversichtlich, strömten sie vorbei. Eine Sehnsucht nach Alice überkam Elena. Die hatte sicher gerade in Bangkok oder Hongkong mit der

Zeitverschiebung zu kämpfen und bekam von den Ereignissen hier nichts mit. Jedenfalls würde sie sie nicht um Rat fragen können, dachte Elena, als sie zum Taxistand ging.

# 5

Als Elena die Wohnungstür öffnete, läutete das Telefon. Sie wollte schnell den Hörer abnehmen, aber irgend etwas in ihr hielt sie zurück. Sie bewegte sich in Zeitlupentempo, so als wäre ihr normaler Rhythmus außer Kraft gesetzt. Sie schaltete das Licht an, und ihr Blick fiel auf Micheles Regenmantel, der links an der Garderobe hing. Auf dem Boden stand ein schwarzer Diplomatenkoffer. Sie lief zum Telefon. »Hallo?«

»Na endlich, da bist du ja!« Es war Donella. »Seit Stunden schon versuche ich, dich zu erreichen!«

»Ach, warte mal einen Augenblick...« Elena legte den Hörer neben das Telefon und ging ins Schlafzimmer. Michele war nicht da. Sie schloß das Fenster, es zog. Auch die Balkontür mußte offenstehen. Merkwürdig – wieso sie jetzt ausgerechnet an die Geranien dachte? Wie sie wohl den Regen überstanden hatten? Sie kehrte zum Telefon zurück:

»Bist du noch dran?« fragte sie. Ja, Donella war noch da, aber Elena ließ sie nicht zu Wort kommen: »Warte noch einen Augenblick, Michele... ich versteh nicht, wo er ist... warte mal«, stieß sie atemlos hervor.

»Michele?« fragte Donella. Aber Elena war nicht mehr am Apparat. Sie machte im Wohnzimmer Licht und ging zur Balkontür, um sie anzulehnen. Auf dem Balkon lag ein Mann am Boden, er sah wie Michele aus. Diese grauen Haare, auf die das Licht der Ecklampe fiel. Sie trat hinaus und beugte sich über ihn – ja, es war Michele. Er lag auf dem Bauch, den rechten Arm nach vorn gestreckt, zu den Geranien hin, den linken Arm am Körper. Sein Gesicht war zu einer Grimasse verzerrt. Seine Beine sah sie gar nicht an. Er war tot. Er lag in einer Blutlache, das Blut kam aus seiner

Brust. Sein Gesicht war aufgedunsen. Elena spürte, wie ihr die Knie weich wurden. Sie erhob sich und wankte zum Telefon: »Donella... Michele...« keuchte sie. Dann brach sie zusammen.

»Hallo! Elena – hallo!« Donella hörte, wie ein Glas oder eine Tasse zu Boden fiel und zersprang. Danach nichts mehr. Noch ein paarmal schrie sie »Elena!« ins Telefon. Schließlich legte sie auf und wählte von neuem. Besetzt. Nach zwanzig Minuten immer noch. Daraufhin rief sie Silvio in Mailand an. Erst nach mehrmaligem Läuten meldete er sich:

»Hallo?«

»Hier ist Donella. Habe ich dich geweckt?«

»Ja, ich war gerade am Einschlafen. Macht aber nichts. Was ist denn?«

»Tut mir leid, wenn ich dich störe, aber vor einer halben Stunde habe ich Elena angerufen und fand sie reichlich merkwürdig. Erst ließ sie mich am Telefon warten und murmelte etwas von Michele, dann schrie sie etwas, ganz entsetzt. Dann kam nichts mehr, und jetzt ist ständig besetzt.«

»Von wo aus rufst du denn an?«

»Aus Bologna. Ich bin heute früh zurückgekommen. Elena ist nach Florenz weitergefahren, sie wollte dort in der Nähe eine Freundin besuchen, heute abend aber wieder zurück sein. Jetzt wollte ich hören, wie es ihr geht.«

»Nach Florenz? Wen besuchen?«

»Eine gewisse Giovanna. Aber das ist jetzt nicht so wichtig, das erkläre ich dir später. Ich mache mir Sorgen um Elena. Könntest du mal bei ihr vorbeigehen und nachsehen?«

»Übertreibst du nicht etwas? Weshalb die Panik? Vielleicht seid ihr nur unterbrochen worden. Oder sie hat einen Duplex-Anschluß.«

»Nein.«

»Oder sie telefoniert gerade. Vielleicht versucht sie auch, dich anzurufen. Wenn Michele da ist, störe ich womöglich, so mitten in der Nacht...!«

»Hm. Machen wir es doch so: Ich warte noch zehn Minuten, falls sie mich anrufen will. Wenn die Leitung blockiert ist, kann sie ja von einer Bar aus telefonieren. Sie wird sich wohl denken, daß ich mir Sorgen mache, zumal das Gespräch vorhin höchst seltsam war. Ich hatte sogar den Eindruck, daß sie ohnmächtig geworden ist.«
»Ohnmächtig? Wieso, geht es ihr denn nicht gut?«
»Also, legen wir jetzt lieber auf. Wenn ich nichts mehr von ihr höre, rufe ich dich in zehn Minuten wieder an. Ich erkläre dir alles später, das ist nämlich eine lange Geschichte.«
»Okay.«
Sie hängten ein. Nach einer knappen Viertelstunde rief Donella noch einmal bei Elena an. Immer noch besetzt. Dann versuchte sie, Silvio zu erreichen, aber auch dort war besetzt. Um sich zu beruhigen, zündete sie sich eine Zigarette an. Beim nächsten Versuch meldete sich Silvio sofort:
»Ja, hallo.«
»Ich bin's noch mal. Endlich komme ich durch.«
»Ja, ich habe Dolores angerufen.« Dolores, eine gemeinsame Freundin, wohnte im selben Haus wie Alice, ein Stockwerk höher. Als Inhaberin eines Haute-Couture-Modestudios war sie zwar oft auf Reisen, aber da sie Alice und Elena sehr gut kannte, hatte Silvio gemeint, sie wisse vielleicht Bescheid.
»Was sagt sie denn?«
»Nichts. Sie hat Ali gestern früh zum Flughafen gebracht, von Elena hat sie in den letzten zwei Tagen nichts gehört. Sie hat auch keine Ahnung.«
Ob Dolores von Giovanna wußte? Vielleicht hatte ihr Alice etwas erzählt. Donella fragte sich, warum sie Dolores eigentlich nicht angerufen hatte. Ach ja, die wollte heute nach Frankreich fahren. Das hatte ihr Elena doch am Morgen erzählt, oder? Deshalb hatte sie wohl unbewußt diese Möglichkeit ausgeschlossen und sich statt dessen an Silvio gewandt.

»Was ist? Hat sich Elena nicht gemeldet?«
»Nein. Bei ihr ist immer noch besetzt. Bitte, Silvio, schau' doch mal vorbei.«
»Ist gut. Ich ziehe mich nur noch fertig an, dann gehe ich sofort los. Ich rufe dich zurück.«
Um zehn nach eins parkte Silvio seinen Wagen vor Elenas Haus. Die Wohnzimmerfenster an der Ecke waren erleuchtet. Wie üblich klingelte er dreimal kurz und wartete an der Sprechanlage. Niemand antwortete. Er läutete noch einmal. Daraufhin ging er zur Telefonzelle an der Kreuzung und versuchte von dort aus, Elena zu erreichen. Immer noch besetzt. Er kehrte zum Haus zurück. Das Licht brannte noch, die Balkontür stand offen, die Gardinen flatterten im Wind. Wieder fing es an zu nieseln. Noch einmal ging er zur Telefonzelle, um Dolores anzurufen. Sie hatte die Schlüssel zu Alices Wohnung; dort würde sie Elenas Schlüssel finden. Dolores wollte so schnell wie möglich mit einem Taxi kommen, so brauchte sie nicht erst ihr eigenes Auto aus der Garage zu holen.
Silvio legte auf. Es fiel ihm ein, daß er nicht genug Münzen dabeihatte, um Donella in Bologna anzurufen, deshalb meldete er sich noch mal bei Dolores.
»Ja?«
»Entschuldige, ich bin's noch mal.«
»Was ist denn noch? Ich gehe gerade.« Dolores war wie immer sehr sachlich.
»Ich bin in einer Telefonzelle. Kannst du Donella Bescheid sagen?«
»Ich hab's schon versucht, aber es ist besetzt. Ich probiere es noch mal von Alices Wohnung aus. Warte auf mich, ich komme gleich.«
»Danke. Ciao. Bis dann.«
Silvio schlug den Mantelkragen hoch. Jetzt goß es in Strömen. Wieder läutete er bei Elena. Nichts rührte sich. Er setzte sich ins Auto und zündete sich eine Zigarette an. Die Bar an der Ecke war schon zu. Er brauchte jetzt dringend etwas zu trinken, wollte sich aber nicht allzuweit entfernen.

Elenas Wagen stand direkt vor der Haustür. Silvio stieg aus, um nachzusehen, ob auch Micheles Auto da war. Er entdeckte es weiter vorn, auf der anderen Straßenseite. Als ein Wachmann vorbeikam, überlegte er einen Augenblick, ob er ihn ansprechen sollte, ließ es jedoch und setzte sich wieder ins Auto. Um zehn vor zwei hielt ein Wagen vor der Haustür. Eine Frau stieg aus und ging hinein. Silvio konnte sich nicht schnell genug entschließen, hinter ihr herzulaufen, um auf diese Weise ins Haus zu kommen. Aber vielleicht hätte das Verdacht erweckt. So blieb er sitzen. Das Auto fuhr weg, das Tor fiel ins Schloß, danach war minutenlang nur das Prasseln der Regentropfen zu hören.

Endlich kam Dolores im Taxi. Er ging ihr über die Straße entgegen.

»Hast du mit Donella gesprochen?«

»Ja. Sie ist ziemlich beunruhigt. Wegen dieser Geschichte mit Giovanna, weißt du.«

»Welche Geschichte? Ich weiß von nichts.«

»Es geht um eine von Elenas Freundinnen. Die hat sich in letzter Zeit etwas merkwürdig verhalten. Sie verschwand schon ein paarmal spurlos, tauchte dann wieder auf, verabredete sich erst mit Elena, kam dann aber nicht und gab ihr auch noch falsche Adressen. Das hat Elena ziemlich fertiggemacht.«

Silvio hatte immer noch nicht ganz verstanden. »Ist sie deshalb in die Toskana gefahren?« fragte er, während sie mit dem Lift hochfuhren.

Nachdem Dolores verschiedene Schlüssel durchprobiert hatte, bekam sie die Tür endlich auf. Sie traten ein. Im Flur, im Schlafzimmer und im Wohnzimmer brannte Licht. Elena lag am Boden, neben dem Telefon. Silvio versuchte, sie hochzuheben, schaffte es aber nicht. Wie oft hatte er im Kino schon solche Szenen gesehen! Aber nie hätte er gedacht, daß Ohnmächtige so schwer sein können!

Mit vereinten Kräften hoben sie Elena aufs Sofa. Dolores legte den Hörer auf. Sofort läutete es.

»Hol' doch mal ein Glas Wasser und Effortil aus dem Bad, wenn du welches findest, oder sonst irgendein Herzmittel«, sagte Dolores und nahm ab. Auf dem Weg ins Bad zog Silvio seinen nassen Mantel aus. Ihm war kalt, er kehrte ins Wohnzimmer zurück, um die Balkontür zu schließen. Gerade erklärte Dolores Donella am Telefon: »...sie ist wohl ohnmächtig geworden, wahrscheinlich war sie einfach erschöpft. Wir versuchen jetzt, sie wieder auf die Beine zu bringen... Nein, Michele ist nicht da... warte mal... Silvio sagt gerade, daß er aber sein Auto unten auf der Straße gesehen hat. Silvio, leg doch den nassen Mantel nicht auf den Sessel, häng ihn auf!... Ja, ich weiß nicht, wir müssen mal sehen, wir sind ja gerade erst gekommen. Reg dich nicht auf, Donella, wenn es Elena bessergeht, rufen wir dich an...«

Plötzlich stieß Silvio einen rauhen, erstickten Schrei aus, prallte zurück, knallte gegen die Tür und warf dabei eine Lampe um.

»Dolores! Michele ist hier, auf dem Balkon.«

Wieder mußte Donella am Telefon warten; Lärm und unterdrückte Schreie waren zu hören. Dann Silvios Stimme: »Hör zu. Hier ist was Schreckliches passiert. Michele ist tot. Er ist hier, ja – aber er ist tot. Er hat ein Messer in der Brust.«

»Silvio, mach keine Witze! Idiot!« schrie Donella hysterisch.

»Ich mache keine Witze, es ist wahr. Furchtbar!«

Ein langes Schweigen folgte.

»Ich komme nach Mailand. Ich fahre sofort los«, sagte Donella und legte auf.

Silvio und Dolores tranken einen Whisky und beratschlagten, was jetzt zu tun sei. Am besten, sie riefen Gaetano an, einen mit Elena befreundeten Rechtsanwalt. Elena war kurz zu sich gekommen, dann aber sofort wieder in einen Dämmerzustand gesunken. Sie lag schweißüberströmt und zitternd da. Dolores kühlte ihr die Stirn mit Wasser und versuchte, ihr ein Herzmittel einzuflößen.

Sie holte sich in der Küche etwas zu trinken, dann rief sie Gaetano an. Am Telefon versuchte sie, so ruhig wie möglich zu bleiben. Er sagte, er würde sich sofort anziehen und kommen. Sie sollten umgehend die Polizei benachrichtigen.

# 6

Am Freitag morgen, es war zwanzig vor sieben, bat Dolores den Polizisten bereits zum dritten Mal, sie zu Elena zu lassen. Sie waren im Krankenhaus. Zusammen mit der Polizei war ein Arzt gekommen. Er hatte dafür gesorgt, daß Micheles Leiche nach einer halben Stunde weggebracht wurde. Außerdem hatte er Wiederbelebungsversuche an Elena vorgenommen. Daß sie unter Schock stand, hätte selbst ein Staubsaugervertreter gesehen; dafür war dieser aufgeblasene Weißkittel eigentlich nicht nötig – er hörte weder zu, noch ließ er andere zu Wort kommen. Donella und Dolores waren von Anfang an gegen Elenas Einlieferung, aber einer von der Polizei wies ihre Einwände barsch zurück: »Hören Sie, wir tun hier nur unsere Pflicht. Wir schreiben jetzt unseren Bericht zu Ende; für uns ist die Sache klar: Diese Dame hier ist vorläufig festgenommen. Wir haben die Aufgabe, sie unter strenger Bewachung ins Krankenhaus zu bringen. Deshalb nehmen Sie sich bitte zusammen. Wir müssen fertig werden.« Donella brach alle zehn Minuten in Tränen aus, und Dolores kochte ständig Kaffee, den niemand trank. Die Beamten hörten sich ihre Aussage an, ließen sich alles mehrmals wiederholen, um es dann ins Protokoll aufzunehmen. Anschließend fuhren alle ins Polizeikommissariat, während Elena mit einem Krankenwagen in die Klinik transportiert wurde. Gaetano sowie einige Polizisten fuhren mit. Bei ihrer Vernehmung erzählten Silvio und Dolores alles so, wie es gelaufen war, ohne eigene Interpretationen und Schlußfolgerungen. Dann war Donella an der Reihe.

»Also, Ihre Schwester ist gestern früh in die Toskana gefahren. Dort wollte sie eine Freundin treffen, eine gewisse Giovanna...«

»Grandine. Giovanna Grandine. Ich kenne sie nicht. Meine Schwester hatte vor, zu ihr zu fahren. Wir machten aus, heute abend nach ihrer Rückkehr noch einmal miteinander zu telefonieren. Sie meldete sich auch, als ich kurz vor Mitternacht anrief. Ich fragte sie, wie es ihr ging.«

»Regen Sie sich nicht so auf, Fräulein, immer mit der Ruhe, ich muß doch nur Ihre Aussage protokollieren.«

Es fiel Donella schwer, alles ruhig zu Ende zu erzählen. Schließlich gab ihr der Polizist das Protokoll zur Unterschrift. Während sie unterzeichnete, fragte sie: »Wohin haben Sie meine Schwester gebracht?« – »Ins Krankenhaus, ins ›Ospedale Maggiore‹. Der Arzt meint, sie kann noch im Laufe des Tages entlassen werden.« – »Kann ich jetzt gehen?« – »Ja, können Sie.«

Im Krankenhaus aber wurde Donella ziemlich schnell klar, daß die Lage keineswegs rosig aussah. Elena stehe unter strenger Bewachung, wiederholte der Polizist stur; niemand dürfe zu ihr. Sobald es ihr wieder bessergehe, werde sie ins Gefängnis gebracht. Dort könne sie ihre Aussage machen, der Ermittlungsrichter werde sich dann mit ihrem Fall beschäftigen. Keine Hoffnung, sie in nächster Zeit besuchen zu können.

»Ach, Donella, das ist doch zwecklos. Geben wir's auf, ich bin's leid. Sprechen wir lieber mit Gaetano.« Dieser war seit Viertel nach sechs verschwunden.

Sie gingen in eine Bar gegenüber vom Krankenhaus. Dolores bestellte Croissants und zwei Capuccini, nicht zu heiß, Donella einen doppelten Cognac. Silvio war schon nach Hause gegangen; er mußte an diesem Morgen unbedingt zur Arbeit, so kaputt er auch war.

»Ich werde wohl zu meinen Eltern fahren und ihnen alles sagen müssen«, murmelte Donella. Ihr fielen fast die Augen zu. Ihre Eltern wohnten auf dem Land, in der Nähe von Bologna. Seit sie pensioniert waren, lebten sie das ganze Jahr über in ihrem Ferienhaus.

»Soll ich mitkommen?« fragte Dolores. »Ich möchte mich irgendwie nützlich machen. Ich könnte auch versuchen,

Alice in Hongkong zu erreichen. Sie müßte heute dort sein, sie hat mir ja ihr Reiseprogramm dagelassen. Eigentlich müßte es möglich sein, sich mit ihr in Verbindung zu setzen. Ich sage ihr, sie soll sofort zurückkommen.«

»Ja, das wäre gut. Was hältst du denn von der Sache?«

»Ich weiß nicht. Also, diese Entdeckung, Michele ermordet auf dem Balkon...« Dolores wurde wieder ganz übel bei der Vorstellung – »das muß wirklich grauenvoll gewesen sein! Hat Elena diese Giovanna nun eigentlich angetroffen?«

»Das weiß ich eben nicht. Keine Ahnung, wie es ausgegangen ist. Sie schien mir total durcheinander, wahrscheinlich wegen Giovanna... Wenn ich bedenke, daß ich mir wegen der Sorgen machte, während Elena... Sie kann Michele nicht umgebracht haben, natürlich nicht.«

»Natürlich nicht«, wiederholte Dolores.

»Ich gehe noch mal ins Krankenhaus zurück und suche Gaetano«, sagte Donella.

»Und ich gehe nach Hause, ich rufe mal in Hongkong an. Wie spät es dort wohl ist? Wann wollte Alice überhaupt dort sein – gestern, heute oder morgen? Na, ich versuche es eben mal. Dann komme ich wieder her. Ruf mich doch bitte zu Hause an, bevor du fährst. Ciao.«

»Ciao.« Sie verabschiedeten sich mit einer Umarmung.

Donella entdeckte Gaetano im dritten Stock. Er saß im Flur auf einer Bank, rauchte und starrte auf den Boden. Als er sie kommen sah, ging er auf sie zu und legte den Arm um sie.

»Na, wie fühlst du dich?«

»Ich weiß nicht. Wie betrunken. Schlaftrunken.« Mit fallen dauernd die Augen zu. Aber mich überfällt dann ein solches Zittern, daß ich sie gleich wieder aufreiße. Gibt's was Neues?«

»Nein. Solange sie nicht ausgesagt hat, erfahren wir gar nichts. Da es ihr so schlecht geht, verzögert sich alles noch mehr. Aber es sieht so aus, als könnte sie heute noch vernommen werden.«

»Warum steht sie eigentlich unter ›strenger Bewachung‹?«

Gaetano trat seine Zigarette aus. Er seufzte: »Die sind überzeugt, daß sie ihn umgebracht hat. Es ist bei ihr zu Hause passiert. Und es gibt keine Anzeichen dafür, daß die Tür aufgebrochen wurde, es sieht auch nicht nach Diebstahl oder ähnlichem aus. Im Wohnzimmer standen noch zwei halbvolle Gläser – sie müssen etwas zusammen getrunken haben. Außerdem war der Plattenspieler an.«
»Aber das ist unmöglich! Sie war doch in Florenz!«
»Ach ja, aber du weißt nicht, um wieviel Uhr sie zurückgekommen ist, oder?«
»Als ich zwischen elf und zwölf anrief, war sie nicht da.«
»Vielleicht hat sie nur nicht abgenommen. Womöglich stritten sie sich gerade.«
»Also auch du…« Donella sah ihn haßerfüllt an.
»Ich versuche lediglich, mir vorzustellen, was der Ermittlungsrichter denken und wonach er sie fragen könnte. Auch die Geschichte mit dieser verschwundenen Freundin ist etwas undurchsichtig. Ich finde es ziemlich beunruhigend, daß sie als Alibi nur so eine verrückte Story vorbringen kann.«
»Als Alibi…«, Donella zögerte einen Moment, »hat sie doch die Zugfahrt.«
»Aber wir brauchen Zeugen.«
»Es gibt sicher welche.«
Gaetano nahm ihre Hand. »Du brauchst dich nicht aufzuregen. Ich möchte mich nur auf das Schlimmste gefaßt machen, erfahrungsgemäß ist das einfach besser. Ich will wissen, wie ich mich zu verhalten habe, falls es zu einem Prozeß kommt und ihr mir die Verteidigung übergebt.«
»Danke, Gaetano, vielen Dank. Du bist ja auch mit Elena befreundet, und weißt so gut wie ich, daß sie Michele unmöglich umgebracht haben kann. Deshalb kannst du ihr sicher am ehesten helfen. Darf ich sie denn jetzt sehen?«
»Nein. Besser, du gehst jetzt. Solange sie von der Polizei und vom Ermittlungsrichter nicht verhört worden ist, bekommst du ohnehin keine Besuchserlaubnis. Nicht einmal ich bekomme sie.«

»Ich will sie aber sehen! Ich bin schließlich ihre Schwester! Ich bestehe darauf. Sonst mache ich hier so eine Szene, daß... du wirst schon sehen... fehlt nur noch, daß diese Scheißbullen...«
»Schrei nicht so, beruhige dich, das bringt doch nichts! So läuft das eben. Hier geht es um Mord, nicht um ein banales Verkehrsdelikt. Wie schnell es geht, bestimmen die, zumindest bis sie uns erlauben, mit Elena zu sprechen. Aber wir können in der Zwischenzeit trotzdem was tun.«
»Ja, klar. Ich werde zu meinen Eltern fahren und ihnen alles erzählen. Ich möchte nicht, daß sie es aus der Zeitung oder über irgendwelche Gerüchte aus Bologna erfahren.« Donella dachte auch an Micheles Frau. Es lief ihr kalt über den Rücken. Sie hatte die beiden oft zusammen in der Stadt gesehen.
So auch am Tag zuvor, als sie vom Bahnhof nach Hause zurückkehrte. Donella und Michele waren seit Jahren gute Bekannte, aber seine Frau wußte natürlich nicht, daß Donellas Schwester eine Beziehung mit ihm hatte. Sicher, sie hatte Donella und Michele schon öfter von Elena sprechen hören, aber so wie von anderen Freunden auch. Und an diesem Morgen hatten sie sich begrüßt, Donella hatte ihm erzählt, Elena gehe es gut, sie sei zu einer Freundin in die Toskana gefahren. Weiter hatte sie sich nicht darüber ausgelassen – aus verschiedenen Gründen. Allzu viele Details hätten Micheles Frau vielleicht mißtrauisch gemacht. Außerdem wußte Donella von Elena, daß sie Michele nie ganz in die Geschichte mit Giovanna eingeweiht hatte. Vielleicht ist er gestern abend nach Mailand gekommen, um Elena zu überraschen, dachte Donella. Um bei ihrer Rückkehr aus Florenz in der Wohnung zu sein. Und dann... was das in Bologna für einen Skandal geben würde! Auf jeden Fall – gewisse Leute würden sich über ihre Schwester sicher das Maul zerreißen. Aber verglichen mit dem, was hier passierte, war das eigentlich nebensächlich. Trotzdem dachte Donella mit Schaudern daran. Jetzt mußte sie zu ihren Eltern fahren, das war das Schlimmste!

»Natürlich mußt du es ihnen sagen. Aber es gibt noch mehr zu tun. Wir müssen diese Giovanna suchen, rauskriegen, ob sie sich in Florenz getroffen haben. Ich denke, nur sie kann Elena ein Alibi verschaffen. Warten wir nicht erst auf ein Gespräch mit Elena, sonst verlieren wir nur noch mehr Zeit! Wir müssen versuchen, Giovanna aufzuspüren. Du oder Alice, ihr könntet euch doch bei ihren Freunden umhören.«
A propos Alice – wo ist sie denn eigentlich, schoß es Gaetano durch den Kopf: »Warum ist denn Alice nicht hier?«
Donella klärte ihn auf und fügte noch hinzu, Dolores versuche gerade, sich mit ihr in Verbindung zu setzen, damit sie – wenn irgend möglich – früher zurückkäme.
»Ja, gute Idee. Alice weiß über Elena genau Bescheid, und selbst wenn sie Mittwoch und Donnerstag nicht hier war, so wird sie doch mehr als alle anderen zur Klärung des Falls beitragen können. Zumindest hoffe ich das.«
»Zuerst fahre ich mal zu meinen Eltern. Vielleicht komme ich morgen schon wieder, dann versuche ich, ihre anderen Bekannten hier zu erreichen. Auch Dolores werde ich bitten, mir zu helfen, selbst wenn sie diese Leute nicht besonders gut kennt.«
Dann trennten sie sich. Für alle Fälle gab ihm Donella ihre Telefonnummer in Bologna und die ihrer Eltern. Gaetano versprach, alles nur Mögliche zu unternehmen, um etwas in Erfahrung zu bringen, mit Hilfe von Freunden oder der Polizei.
Von einer Telefonzelle im Erdgeschoß aus rief sie Dolores an. »Irgendwelche Neuigkeiten?« erkundigte sie sich.
»Ich warte auf die Verbindung mit Hongkong. Das Reisebüro ist noch geschlossen, trotzdem habe ich es schon versucht. Wenn es nicht klappt, frage ich noch mal bei der Filiale hier nach, wie ich sie erreichen kann. – Und bei dir?«
»Nichts Neues. Gaetano meint, wir bekämen im Augenblick keine Besuchserlaubnis. Sie schläft noch. Ich fahre jetzt nach Hause. Heute abend rufe ich dich wieder an, oder auch früher, falls sich was Neues ergibt.«
»Willst du nicht hier vorbeikommen, duschen und dich ein

bißchen ausruhen?« fragte Dolores. Dabei sah sie wieder Elenas Wohnung vor sich, die von der Polizei dichtgemacht worden war.
»Nein, ich fahre sofort. Wie soll ich es nur meinen Eltern beibringen? Naja, das werde ich mir unterwegs überlegen.«
»Also bis später. Viel Glück.«
»Danke. Danke für alles. Ach, noch was – ruf mich doch an, wenn du was von Alice hörst.«
Sie gab auch Dolores die beiden Telefonnummern, dann legte sie auf. Mit einem Taxi fuhr sie zu Elenas Wohnung, dort in der Nähe hatte sie letzte Nacht ihr Auto geparkt. Die Geschäfte öffneten gerade. In der Bar an der Ecke bestellte sie eine große Portion Kaffee. Den Mann hinter der Theke kannte sie vom Sehen.
Er begrüßte sie mit einem »Guten Tag« und schob ihr die Zuckerdose hin.
»Guten Tag.«
»Wir haben gehört, heute nacht ist etwas Furchtbares passiert! Polizei und Krankenwagen sollen hier gewesen sein! Der Pförtner sagt, es hat einen Toten gegeben! Bei Ihrer Schwester in der Wohnung! Hat die etwas damit zu tun?« wollte er wissen.
Die Kassiererin und ein paar Stammgäste hörten schweigend zu. Offensichtlich kursierte die Nachricht schon in allen Geschäften. Eine eigene, kleine Welt war diese Straße mit all ihren Tante-Emma-Läden; auch deshalb hatte Elena hier immer gern gewohnt. Sie lag zentral und doch etwas abseits; es herrschte hier eine menschlichere Atmosphäre als in anderen Straßen der Stadt. Alle Leute kannten sich, man grüßte sich. So hatte der Mann in der Bar immer einen Witz auf Lager; manchmal zog ihn auch Elena auf, sie alberten herum oder diskutierten über die neuesten Rockplatten. Und von Alice und Elena wußte Donella, daß der Lebensmittelhändler direkt um die Ecke, wo die beiden – oft erst in letzter Minute – ihre Einkäufe machten, ein höflicher und vertrauenswürdiger Mensch war.

»Ja, eine schlimme Geschichte. Meine Schwester liegt jetzt im Krankenhaus«, murmelte sie. »Es ist nichts Ernstes, nur ein Schock. Ein Freund von ihr lag tot auf ihrem Balkon, und sie hat ihn gefunden.«

Es kam ihr wie ein Märchen oder eine Fernsehstory vor, so unwahrscheinlich klang jedenfalls ihre Erzählung.

»Na, hoffen wir das Beste. Grüßen Sie sie von mir«, sagte der Mann. Als Donella die Bar verließ, lächelte ihr die Kassiererin hinterher. Kaum war sie draußen, war ihr natürlich klar, daß jetzt die ganze Straße über das Ereignis tratschen würde. Vielleicht würde die Polizei auch diese Leute verhören. Plötzlich überkam sie eine große Müdigkeit, die Augen fielen ihr fast zu, wie schon eine Stunde zuvor im Krankenhaus. Merkwürdig.

Trotzdem wollte sie sofort losfahren, in knapp zwei Stunden würde sie bei ihren Eltern sein. Dort würde ihr bei einem heißen Bad vielleicht einfallen, wie sie den beiden alles erklären könnte.

# 7

Alice kehrte so schnell wie möglich nach Italien zurück. Nur mit Mühe hatte sie den Reiseleiter davon überzeugen können, daß sie die Reise unbedingt abbrechen und früher als geplant nach Mailand zurückfliegen müsse, und zwar allein und sofort. Es gab ein ziemliches Hin und Her, denn diese Entscheidung brachte Komplikationen, Umbuchungen, Stornierungen, Zeit- und Geldverlust mit sich. Der Reiseleiter wollte Alice die finanziellen Einbußen ersparen und nicht glauben, daß die vorzeitige Abreise wirklich unvermeidlich war.

Dolores hatte Alice am Freitag um die Mittagszeit erreicht. Nachdem alle Probleme gelöst waren, konnte Alice endlich abfliegen. Nach einer Zwischenlandung in Karachi flog sie über Rom nach Mailand weiter, wo sie am Montag bei Morgengrauen ankam.

Es war Ende Oktober. Bei der Landung in Linate schien es Alice, als würden Dunkelheit und Regen miteinander verschwimmen. Donella erwartete sie am Flughafen.

»Halte mal bei einer Bar an. Ich bin seit dreiundzwanzig Stunden unterwegs und völlig konfus wegen der Zeitverschiebung. Und auf dem Flug Rom–Mailand bekommt man nicht einmal ein Glas Wasser! Ich brauche jetzt unbedingt einen Kaffee.«

Sie tranken einen Espresso an der Piazza Cinque Giornate, und Alice kaufte sich Zigarillos. Dann schlug sie vor, nach Hause zu gehen. Sie erzählte noch ein bißchen von der Reise und sagte, sie wäre todmüde. Endlich lehnte sie sich in ihrem Sitz zurück: »Und jetzt erzähl du mal. Alles der Reihe nach.«

»Wo soll ich denn anfangen?«

»Wie es Elena geht.«

»Gut. – Ich glaube, jetzt geht's ihr besser. Seit jener Nacht habe ich sie ja nicht gesehen. Die anderen auch nicht. Bis Samstag morgen war sie im Krankenhaus. Etwa um neun Uhr wurde sie entlassen und ins Gefängnis San Vittore überführt. Gaetano hat trotz aller Schwierigkeiten rausgekriegt, daß sie schon vernommen und ihre Aussage protokolliert worden ist. Dann kam das Wochenende; vom Richter wurde sie noch nicht verhört. Anscheinend ist vor Mittwoch, Donnerstag überhaupt nicht daran zu denken.«

»Aber warum wurde sie festgenommen? Ich meine, wie lautet denn die Anklage?«

»Sie steht unter Mordverdacht. Sie ist in Untersuchungshaft.«

Donella schwieg einen Augenblick. Dann fuhr sie fort: »So heißt das doch: Untersuchungshaft.«

»Werden diese Untersuchungen auch durchgeführt.«

»Wir wissen nichts. Gaetano ist noch nicht bis zum Ermittlungsrichter vorgedrungen und glaubt auch nicht, daß es ihm noch vor dem Verhör gelingen wird.«

»Das ist doch Wahnsinn!«

»Ja, finde ich auch. Mein Vater hat noch einen Rechtsanwalt eingeschaltet, einen alten Freund aus Bologna, der eine ziemlich renommierte Gemeinschaftspraxis hat. Aber auch dort meinten die Anwälte, daß man im Augenblick nichts anderes tun kann.«

»Wie – nichts anderes? Was tun die denn überhaupt?«

»Wir haben – sie haben nach Giovanna gesucht. Sie ist verschwunden. Dann haben wir eine Anzeige in die Zeitung gesetzt – Samstag, Sonntag und heute auch. Außerdem haben die Zeitungen, die sich mit dem Fall beschäftigen, von dieser Giovanna Grandine berichtet. Aber sie ist wie vom Erdboden verschluckt. Niemand weiß was.«

»Ist Elena denn in die Toskana gefahren?«

»Ja. Sie hatte beschlossen, erst Donnerstag zu fahren, weil sie am Mittwoch noch zu einer Elternversammlung mußte. Bis Bologna fuhren wir zusammen. Ob sie Giovanna dann in Florenz getroffen hat, weiß ich nicht.«

»Was sagt denn Gaetano dazu?«
»Er meint, man sollte sich nicht zu sehr auf die Geschichte mit Giovanna fixieren. Da blickt doch niemand durch! Und er befürchtet, daß alles nur noch schlimmer wird – mit dieser verworrenen Geschichte. Und außerdem...« Donella unterbrach sich plötzlich, sah Alice an.
»Was?« fragte diese besorgt.
»Ich habe den Eindruck, daß Silvio und Daria, aber auch Dolores – jedenfalls unsere Freunde – sogar den Verdacht haben, Elena hätte alles erfunden... entweder sie wäre verrückt geworden oder hätte sich alles nur ausgedacht...«
»*Was* sagst du da? Das soll wohl ein Witz sein! Nicht zu fassen! Aber Nora – Nora kennt doch diese Giovanna!«
»Ja, natürlich. Niemand bezweifelt, daß sie im September hier rumgeschwirrt ist. Erst jetzt, nach all diesen merkwürdigen Vorfällen, erscheint die Geschichte allen dubios, nur daß es keiner offen zugibt. Aber vielleicht ist das bloß eine Paranoia – es war eben ein ziemlicher Schock für mich.«
»Aber Giovanna wollte Elena doch treffen! Sie hat sie angerufen, ihr Zettel hinterlassen, Karten geschrieben!«
»Gefunden haben wir nichts. Gestern früh bekamen wir von der Polizei den Wohnungsschlüssel zurück, und wir haben sofort nach irgendwelchen Spuren gesucht.«
»Eine Postkarte habe ich.«
»Was? Wirklich?«
»Ja. Elena muß sie liegengelassen haben«, sagte Alice mehr zu sich selbst als zu Donella. »Wir können sie ja suchen. Aber ist das wirklich so wichtig?«
»Wichtig ist, ob sie sich in der Toskana getroffen haben. Giovanna kann unter Umständen als einzige bezeugen, daß Elena an dem fraglichen Abend dort war.«
»Um wieviel Uhr ist sie denn zurückgekommen?«
»Ich weiß nicht. Gegen Abend verkehren mehrere Züge in kurzen Abständen. Ich habe sie erst kurz vor Mitternacht erreicht. Sie könnte mit dem Zug um dreiundzwanzig Uhr zehn angekommen sein.«
»Dann hätte sie vom Hauptbahnhof bis nach Hause eine

Stunde gebraucht? Das schafft man abends doch in sieben bis acht Minuten!«

»Vielleicht... ich weiß nicht. Der Zug war verhältnismäßig pünktlich – wie die anderen auch; wir haben im Bahnhof nachgefragt. Übrigens hat Gaetano erfahren, daß Michele laut gerichtsmedizinischem Gutachten zwischen zehn und halb zwölf ermordet wurde. Rein zeitlich gesehen kann sie ihn nach den Berechnungen der Polizei nicht umgebracht haben... falls sie den Zug genommen hat, der laut Fahrplan um dreiundzwanzig Uhr zehn ankommt, aber etwa zehn Minuten Verspätung hatte.«

»Aber Donella! Eine Frage möchte ich mal grundsätzlich klären: Glaubst du etwa, daß Elena...«

»Nein.«

»Na, siehst du. Ich auch nicht. Dann sind wir schon zwei. Und die anderen?«

»Ehrlich gesagt, Ali, ich wundere mich etwas. Die anderen, ich weiß nicht... anscheinend halten sie es... wie soll ich sagen... für nicht ganz ausgeschlossen. Mord aus Eifersucht eben, oder so was Ähnliches. Sie halten sie nicht direkt für schuldig, es ist eher so ein Gefühl, weißt du. Selbst meinen Eltern war es wichtiger, einen guten Anwalt zu finden, als mir zu zeigen, daß sie Elena für unschuldig halten.«

»Verdammt noch mal, ich weiß, daß sie es nicht gewesen ist! Ich bin mir ganz sicher, selbst wenn ich am anderen Ende der Welt saß. Mord aus Eifersucht! Daß ich nicht lache. Warum denn auch? Die Beziehung lief doch gut! Elena würde doch nie ihren Liebhaber umbringen. Also, das ist doch völlig absurd! Das klingt ja wie im Fotoroman.«

»Das finde ich auch, aber Gaetano meint, sie braucht dringend ein Alibi.«

»Hm, das verstehe ich. Und wie geht's deinen Eltern?«

»Meine Mutter reagiert wenigstens irgendwie, sie tut was, bestürmt die Anwälte mit Fragen und hält sich auf dem laufenden. Mein Vater ist am Boden zerstört. In Bologna

ist von nichts anderem mehr die Rede. Micheles Ehefrau, das kleine Kind, weißt du ... jedenfalls hat die die braven Bürger, die Öffentlichkeit ganz auf ihrer Seite.«
»Hast du sie gesehen?«
»Wen? Magda Saveri?«
»Ja. Ich meine, hast du sie in den letzten Tagen gesehen?«
»Ich? Nein, natürlich nicht. Was soll ich denn da – jetzt, wo sie weiß, daß Elena die Geliebte ihres Mannes war? Ihr etwa einen Beileidsbesuch abstatten, nur weil ich Michele kannte? Ich denke ja nicht im Traum daran!«
»Wie hat sie es denn aufgenommen?«
»Sie soll völlig am Ende sein. Journalisten wollte sie absolut nicht sehen. Die verhalten sich ja auch unmöglich! Bei mir und meinen Eltern waren sie auch, sie verfolgen einen richtig! Die suchen doch nur Klatsch. Und wir wissen immer noch nichts ...«
Als sie bei Alice ankamen, war es bereits hell. Sie trugen das Gepäck hoch. Gleich heftete sich die Pförtnerin an ihre Fersen; sie wollte wissen, weshalb Alice früher als geplant zurückgekommen sei, erstattete Bericht über die Pflanzen und fragte, ob sie etwas einkaufen solle.
»Ja, vielen Dank. Könnten Sie mir bitte Milch, Käse und etwas Obst besorgen? Falls ich nicht da sein sollte, legen Sie dann bitte alles in den Kühlschrank?« Als die Pförtnerin gegangen war, packte Alice ihre Koffer aus. Im Moment konnte sie sowieso nichts anderes tun.
Giovannas Postkarte lag auf dem Couchtisch. Donella nahm sie, las sie, drehte sie hin und her. Gegen neun rief sie Gaetano an, um ihm davon zu erzählen. Er hatte mit den Anwälten aus Bologna abgesprochen, den Ermittlungsrichter am späten Vormittag noch mal um ein Gespräch zu bitten. Er würde sie zurückrufen, sobald er Genaueres wisse.
Gegen elf ging Alice unter die Dusche und legte sich dann ein paar Stunden hin. Donella blieb da; kurz vor zwei weckte sie sie. Inzwischen hatte sie aus Alices enormen Tiefkühlbeständen einige Fertiggerichte ausgewählt und im Backofen heiß gemacht: überbackenen Blumenkohl und

Putenbrust mit Pilzen und Erbsen. Auch Dolores kam, sie umarmte Alice zur Begrüßung.
»Willkommen in Mailand! Auch wenn hier einiges schiefläuft. Du hast abgenommen.«
»Seit Mittwoch bin ich praktisch ständig unterwegs. Gegessen habe ich nur im Flugzeug, diese Sachen, die eigentlich ganz lecker aussehen, aber immer viel zu heiß sind und einem an den Zähnen kleben. Du hast wohl zugenommen? Wahrscheinlich macht Bosheit dick«, sagte Alice und ließ sich am gedeckten Küchentisch nieder. Auch die beiden anderen setzten sich. Dolores starrte sie entgeistert an.
»Bosheit?«
»Allerdings. Anscheinend zweifelst du an Elenas Unschuld?«
»Das stimmt nicht, Ali! Aber irgendwann ist man einfach entnervt, weil es für nichts Beweise gibt, das wirst du auch noch merken. Ich verstehe nicht, warum wir nichts rauskriegen.«
»Und das Vorgehen der Polizei läßt dich an Elenas Unschuld zweifeln?« Alice ließ nicht locker. Sie machte sich ans Essen. Auf ihrem Teller mischte sie alles zusammen, den Blumenkohl mit dem geschmolzenen Käse, die Pilze, die Putenbrust und die Erbsen – ihre Lieblingsspeisen. Ob Donella das wohl wußte? Sie schob den ersten Bissen in den Mund. Wie viele Einzelheiten entgingen einem doch! Wie viele scheinbar nebensächliche Details in puncto Geschmack, Gewohnheiten und Verhalten der Leute übersah man einfach!
Einige Minuten lang aßen sie schweigend. Dann stand Alice auf, nahm eine Flasche Rosé aus dem Kühlschrank und entkorkte sie.
»Trinken wir was. Das wird uns guttun. Heute nachmittag gibt es einiges zu erledigen.«
Als sie beim Kaffee waren, rief Alice Nora an.
»Tag, Norina, hier ist Alice. Alles okay?«
»Ja. Von der Geschichte mit Elena mal abgesehen. Du bist schon zurück?«

»Jaja. Weiß du etwas über diese Giovanna?«
»Nur das, was ich Gaetano und Dolores schon erzählt habe – und Donella. Die war wohl etwas sauer, weil ich ihr auch nicht viel sagen konnte. Ich verstehe nicht, weshalb alle behaupten, ich sei Giovannas Freundin! Dabei kenne ich sie nur durch die anderen. Manchmal habe ich sie im Auto mitgenommen, zum Oberschulamt oder nach einer Versammlung zurück in die Stadt. Das war alles. Ich wußte nicht mal, daß Elena und Giovanna sich weiterhin getroffen haben.«
»Weiß du, wo sie wohnt?«
»Keine Ahnung. Wirklich, Ali, ich weiß nichts. Donella hat mich auf dem laufenden gehalten, aber ich verstehe das Ganze nicht. Ich muß dir jedenfalls was erzählen, Alice, ein Glück, daß du wieder da bist! Dir kann ich ja vertrauen. Gestern nachmittag habe ich Simone getroffen, den Arzt, der mit meinem Mann in der Poliklinik arbeitet, weißt du…«
Alice erinnerte sich nur vage; sie wußte, er war Mitglied oder zumindest Sympathisant der Radikalen Partei und spielte lieber Chemin de Fer als Poker. – »Ja und?« fragte sie.
»Er erzählte mir, er habe Elena neulich in einem Restaurant getroffen. Sie bat ihn um ein Attest, weil sie zu ihren Eltern fahren wollte, um sich etwas zu erholen. In Wirklichkeit fuhr sie dann aber in die Toskana. Das sagt natürlich noch gar nichts, sie braucht Simone über ihre Privatangelegenheiten schließlich nicht Rechenschaft zu geben. Allerdings fand er, daß sie sehr deprimiert aussah, als ginge es ihr psychisch nicht gut.«
»Na und? Was soll das heißen?«
»Sei doch nicht gleich so sauer, Alice. Ich meine nur, vielleicht hat Elena Probleme. Probleme mit Michele, womöglich sieht sie manches zu dramatisch…«
»Aha, also auch du vertritts die psychiatrische Linie? Also bitte, Nora! Ciao.«
Alice legte auf, wählte dann die Nummer des Anwaltsbüros und verlangte Herrn Ambrogi.

»Hallo, Gaetano, bist du's? Hier ist Alice.«
»Ach Ali, ich wollte dich gerade anrufen. Heute abend um halb sieben haben wir endlich einen Termin beim Ermittlungsrichter. Er müßte Elena heute verhören, vielleicht ist er ja schon dabei. Die Anwälte aus Bologna haben sich eingeschaltet, sie haben endlich die Besuchserlaubnis.«
»Gut. Ruf uns später wieder an und halt uns auf dem laufenden. Ich wollte dich aber noch was anderes fragen. Wodurch bekommt eine Aussage eigentlich juristische Gültigkeit?«
»Was?«
»Eine Zeugenaussage.«
»Das hängt davon ab. Worum geht es denn genau?«
»Ich möchte noch mal zu der Pförtnerin von dem Haus, in dem Frau Grandine bis vor einigen Monaten wohnte. Als Giovanna verschwand, haben Elena und ich dort nach ihr gesucht. Die Pförtnerin kann bezeugen, daß sie da gewohnt hatte und wir nach ihr gefragt haben. Wir waren nämlich davon überzeugt, daß wir sie dort antreffen würden.«
»Ach so. Ja, das könnte uns weiterhelfen. Wenn du mir die Adresse gibst, fahre ich sofort hin. Je mehr ich heute beim Ermittlungsrichter vorbringen kann, desto besser.«
»Ich komme mit. Entweder, du holst mich ab, oder wir treffen uns dort – ja, besser dort. In einer halben, dreiviertel Stunde, okay?«
Sie gab ihm die Adresse, den Namen der Straße und eine ungefähre Beschreibung des Hauses, da ihr die Nummer nicht mehr einfiel. Dann holte sie Giovannas Postkarte und ein Buch von Jane Austen und machte sich auf den Weg, zunächst zu Elenas Wohnung. Dort packte sie Toilettensachen, einen Pyjama, ein Paar Jeans, zwei saubere T-Shirts, zwei Pullover, Slips, Strümpfe und ein Handtuch zusammen. Anschließend fuhr sie hinaus an den Stadtrand.
Gaetano erwartete sie schon.
»Hier bin ich. Das ist das Haus. Ich habe für Elena ein paar Sachen zusammengepackt, könntest du sie ihr heute abend geben?«
»Heute abend sehe ich sie wohl kaum; trotzdem war das

eine gute Idee. Wie geht es dir überhaupt? Du hast ja abgenommen.«

»Ja. Komm, wir gehen rein. Laß mich mal mit der Frau reden.«

Das Gespräch mit der Pförtnerin dauerte kaum eine Viertelstunde. Sie erinnerte sich an Giovanna Grandine und wiederholte, daß sie noch vor Ende August ausgezogen sei. Auch daß Alice und Elena schon einmal da gewesen waren, wußte sie noch.

Wieder auf der Straße, auf dem Weg zum Auto, sagte Gaetano mit ratloser Miene: »Ich weiß wirklich nicht, wie uns das weiterhelfen soll. Auch andere Leuten haben diese Giovanna Grandine gesehen, aber niemand hat eine Ahnung, wo sie sich aufhält: Wir müssen sie jetzt unbedingt finden.«

»Aber das ist noch nicht alles, Gaetano. Verstehst du nicht? Elena war wegen Giovanna völlig außer sich, wahrscheinlich ist sie es immer noch, soweit man über ihre Verfassung überhaupt etwas sagen kann. Wir müssen unbedingt rekonstruieren, was da passiert ist. Dann kann sich die Polizei vielleicht erklären, warum Elena so durcheinander ist.«

»Ganz im Gegenteil. Die Polizei wird glauben, wir hätten die Geschichte nur erfunden, um Elenas Verwirrtheit zu rechtfertigen. Warum sollte es die Polizei interessieren, daß Giovanna Grandine untergetaucht ist? Für die zählt einzig und allein, daß Michele tot, ermordet, aufgefunden wurde – auf Elenas Balkon. Und du glaubst doch wohl selbst nicht, daß es die Grandine war! Etwa weil sie einen solchen Haß auf Elena hatte, daß sie deren Geliebten auf dem Balkon ermordet?«

»Natürlich nicht. Außerdem hätte sie nicht in Elenas Wohnung kommen können, ohne das Schloß aufzubrechen. Aber das schließe ich sowieso aus. Wie gesagt, ich finde es viel wichtiger zu verstehen, was mit Elena los ist.«

»Mag sein. Aber das sind alles nur Eindrücke, Gefühle, subjektive Wahrnehmungen. Den Richter interessieren nur Fakten. Und was die Fakten, die Alibis, angeht, so haben

wir nicht viel vorzuweisen. Nicht einmal eine Fahrkarte hatte Elena bei sich!«
Ob Elena ihre Fahrkarten immer wegwarf? Oder war es diesmal nur ein Zufall?
»Aber das würde auch nichts ändern. Auf Fahrkarten ist doch nie die Uhrzeit angegeben.«
Gaetano schwieg. Alice fuhr fort: »Was Elenas Fahrt nach Florenz betrifft, da genügt doch wohl Donellas Zeugenaussage, oder nicht?«
»Daß sie hingefahren ist, bezweifelt niemand. Es geht darum, um wieviel Uhr sie zurückgekommen ist.«
»Könnte man nicht die Mitreisenden fragen, ob sich jemand an sie erinnert?« sagte Alice nachdenklich.
»Zunächst sollten wir die Stellungnahme des Richters abwarten. Elena wird wohl angegeben haben, was sie an jenem Tag gemacht hat. Dann sehen wir weiter.«
»Okay. Ich gehe jetzt. Wir hören später voneinander.«
Gaetano ließ schon den Motor an, während Alice zu ihrem Wagen ging. Sie machte jedoch kehrt und lief noch fast eine Stunde lang durch die umliegenden Straßen. Hier hatte Giovanna Grandine gewohnt, und diese Giovanna Grandine war schuld an Elenas schlimmer Verfassung. Was in Florenz bloß passiert war? Hatten die beiden sich getroffen? Danach war Elena nach Hause gekommen und hatte Michele gefunden. Jemand hatte ihn erstochen, mit dem Brieföffner, mit dem sie schon so oft Papier geschnitten oder einfach nur rumgespielt hatte. Michele erschien ihr nun viel sympathischer, eigentlich war er immer freundlich, liebevoll und aufmerksam Elena gegenüber gewesen. Wieder sah sie sein tiefsinniges Lächeln vor sich. Sie hatte ihn nie besonders gemocht, jetzt aber waren all ihre Vorbehalte verschwunden. Michele und Giovanna. Gab es da irgendeine Verbindung? War es Zufall, daß Michele genau zu der Zeit ermordet wurde, als Giovanna verschwand und dieses Chaos hinterließ? Ermordet! Aber es konnte ja auch ein Stadtstreicher, ein Zigeuner gewesen sein. Vielleicht hatte Michele ihm die Tür geöffnet und war dann überrumpelt

worden. Raubmord also. Anscheinend war aber nichts gestohlen worden. Michele hätte auch nicht jeder beliebigen Person geöffnet, falls er überhaupt schon vor Elenas Ankunft in der Wohnung gewesen war.
Sie ging noch einmal zu Elenas Wohnung. In der Pförtnerloge traf sie den Hausmeister an, einen hageren Mann, den sie sehr nett fand, weil er ein wahrer Pflanzenspezialist war.
»Guten Tag, Giovanni, wie geht's?«
»Oje, oje! Was für eine schreckliche Geschichte; Sie haben doch sicher davon gehört.«
»Ja, allerdings. Übel. Giovanni, hören Sie mal, haben Sie an jenem Abend nicht Herrn Saveri kommen sehen?«
»Nein, nein. Auch die Polizei hat uns schon danach gefragt, wir haben nichts gesehen. Er muß spät gekommen sein, als das Tor schon geschlossen war. Wir haben nichts gehört.«
»Wurden Sie erst später verhört oder noch in derselben Nacht?«
»Am Morgen; ein Polizist fragte uns, ob wir etwas gesehen oder gehört hätten. Nichts haben wir gesehen! Spät nachts kam Signorina Dolores. Sie weckte uns und sagte, die Polizei sei gekommen. Denken Sie nur, wir hatten nicht mal die Polizei gehört, trotz Sirene und Krankenwagen! Und dann das Hin und Her die ganze Nacht; arme Signorina Elena; sie konnten sie einfach nicht wachhalten. Kaum öffnete sie die Augen, verlor sie wieder das Bewußtsein. Ein Häufchen Elend! Eine furchtbare Nacht! Schon der Gedanke daran raubt mir den Schlaf. Und dieser Michele, dieser Architekt – tot! Erstochen! Denken Sie nur – erstochen. Auf dem Balkon.«
Giovanni traten die Tränen in die Augen.
»Und niemand im Haus hat was gesehen oder gehört?« wiederholte Alice.
»Nein, niemand. Nur der junge Mann von der Bar.«
»Wer?«
»Der junge Mann von der Bar. Angeblich hat er Signorina Elena an dem Abend gesehen, auf der Straße. Erst dachte er, sie käme rein. Sie ging aber vorbei.«

»Um wieviel Uhr war das?«
»Ich weiß nicht.«
»Wieso wissen Sie das nicht? Früh am Abend – oder spät, um welche Uhrzeit?«
»Ich weiß es wirklich nicht. Es hat uns alle furchtbar mitgenommen! Die Ärmste... Er sagt, er hätte sie gesehen, aber er hätte doch nie gedacht...«
»Danke, Giovanni, ich spreche mal selbst mit ihm.«
Alice stürzte sofort aus dem Haus und ging in die Bar. Sie nickte der Kassiererin zu und bestellte einen Grand Marnier. Freundlich lächelnd schenkte ihr der Mann hinter der Theke ein. So unbefangen wie möglich fragte sie: »Giovanni, der Pförtner von Nummer fünf, sagt, Sie hätten an jenem Abend meine Freundin Elena hier vorbeigehen sehen. Stimmt das?«
»Ja, natürlich. Ich lüge doch nicht!«
»Um wieviel Uhr denn?«
Er blickte plötzlich ernst. »Etwa um zehn, halb elf, genau weiß ich das nicht. Ist die Uhrzeit denn so wichtig? Auch die Polizei hat immer wieder danach gefragt.«
»Die Polizei?«
»Ja, die waren heute morgen hier. Sie wollten alles mögliche wissen – wann wir öffnen und schließen, welche Leute hier verkehren, ob Elena öfter herkam und ob wir sie in letzter Zeit gesehen haben. Und ich sage ihnen, ich hätte sie an dem Abend zum letztenmal gesehen, als sie hier vorbeiging. Immer wieder fragten sie nach der Uhrzeit. Ich konnte es wirklich nicht genau sagen, aber ich glaube, es war so um die Zeit.«
»Ist sie denn nicht reingekommen?«
»Es regnete, und sie hatte es wahrscheinlich eilig.«
»Aber wie konnten Sie sie denn von hier drinnen erkennen – bei der Dunkelheit und dem Regen?«
»Sie hatte diesen bunten Poncho an, mit der dazu passenden Mütze. Außerdem kenne ich sie seit Jahren. Ich habe sie zwar nur vorbeilaufen sehen, habe mich aber sicher nicht getäuscht.«

»Ja. Verstehe.«
»Ist das denn schlimm?«
»Wie? – Ja, ziemlich. Wann, sagten Sie, war die Polizei hier?«
»Heute vormittag, kurz vor zwölf.«
Alice bestellte noch einen Grand Marnier, dann verließ sie die Bar. Sie kehrte zu Giovanni zurück und erkundigte sich, ob ihn die Polizei noch mal befragt hätte.
»Nein. Es ist niemand mehr gekommen. Sie sind ja zwei Tage lang hier gewesen, wissen Sie. Alles haben sie durchwühlt! Dann haben sie mir den Schlüssel zurückgegeben und sind verschwunden.«
»Kann ich mal raufgehen?«
»Sicher. Soll ich mitkommen? Warten Sie, ich rufe meine Frau.«
Mirna, seine Frau, war im Hof. Sie war mit den Pflanzen beschäftigt, die immer prächtig gediehen. Sie begrüßten sich; sofort stiegen auch ihr die Tränen in die Augen. Alice ging mit dem Pförtner in Elenas Wohnung. Dort sah es aus, als hätte jemand alles auf den Kopf gestellt und dann nur notdürftig aufgeräumt.
»War die Putzfrau nicht mehr hier?« fragte Alice.
»Nein, wir wußten nicht, was wir tun sollten. Wenn Sie wollen, sage ich ihr Bescheid.«
»Vielen Dank, Giovanni. Lassen Sie sie lieber mal kommen, sie soll überall gründlich saubermachen.«
Alice ging durch alle Zimmer. In Elenas Schlafzimmer lag noch eine der Blusen herum, die sie aus der Schublade genommen hatte, als sie in aller Eile die Sachen zusammengepackt hatte.
»Haben Sie mich vorhin nicht vorbeigehen sehen, Giovanni?«
»Wann – vorbei?«
»Vor ein paar Stunden. Ich bin raufgegangen, um etwas für Elena zu holen.«
»Nein. Über die Mittagszeit ziehen wir in der Pförtnerloge den Vorhang zu. Wir könnten auch das Tor schließen, aber

so ist das eine Kompromißlösung, damit wir beim Essen unsere Ruhe haben.«

»Ach so.«

Alice sperrte alle Kleiderschränke auf und durchsuchte sie gründlich. Dann rief sie zu Hause an. Donella meldete sich.

»Hier ist Alice. Gibt's was Neues?«

»Nein, nichts. Eben hat Gaetano angerufen und Bescheid gesagt, daß der Termin beim Ermittlungsrichter tatsächlich zustande gekommen ist. Ich sagte ihm, du seist noch nicht zurück. Wo bist du denn?«

»In Elenas Wohnung. Sag mal, was hatte Elena an dem Tag eigentlich an? Den kolumbianischen Poncho?«

»Nein, einen Regenmantel. Warum?«

»Als ihr zusammen weggefahren seid, hatte sie da nicht den Poncho an?«

»Nein. Ich sag' dir doch, den Regenmantel.«

»Und als sie ins Krankenhaus gebracht wurde?«

»Den Regenmantel. Worauf willst du eigentlich hinaus?«

»Das erkläre ich dir später. Ob Gaetano noch im Büro ist?«

»Weiß ich nicht. Sag mir doch endlich, was los ist!«

»Folgendes: Der Typ von der Bar hier behauptet, er hätte sie an dem Abend gegen halb elf gesehen – aber da müßte sie nach unserer Berechnung doch noch im Zug gesessen haben. Er ist sich hundertprozentig sicher, er will sie an ihrem bunten Poncho erkannt haben, diesem kolumbianischen, weißt du?«

»Was? Um halb elf, in Mailand?«

»Oder um zehn. Genau kann er das nicht sagen. Die Polizei weiß es schon; die waren heute morgen noch mal hier und haben sich umgehört. Vielleicht haben sie auch in den anderen Läden nachgefragt. Wenn ich nachher runtergehe, erkundige ich mich mal. Das Problem ist aber: Der Poncho ist nicht da.«

»Wie, nicht da?«

»Er ist nicht da. Ich habe schon in allen Schränken gesucht. Er ist einfach weg. Die Mütze auch.«
»Und was heißt das?«
»Mich fragst du das? Machen wir mal Schluß, ich komme gleich nach Hause. Ciao.«
Giovanni sah sie fragend an. Sie rief noch mal im Anwaltsbüro an und seufzte erleichtert auf, als Gaetano abnahm:
»Uff. Ein Glück, daß du noch da bist.«
»Was ist denn los?«
»Hör zu. Ich bin in Elenas Wohnung. Zufällig habe ich erfahren, daß die Polizei heute morgen hier war und bei den Leuten rumgefragt hat. Der Typ in der Bar hat ausgesagt, er hätte Elena an besagtem Abend gegen zehn vorbeigehen sehen. Mir hat er das gleiche gesagt. Warte mal, hör mal... das war noch nicht alles. Ich fragte ihn, wie er da jemanden erkennen konnte – draußen im Dunkeln, noch dazu bei Regen. Er war sich ganz sicher und erklärte, er habe sie erkannt, weil sie so einen auffallenden Umhang trug. Einen kolumbianischen Poncho mit einer dazu passenden Mütze, den sie schon seit Jahren hat. Ich habe eben in allen Schränken nachgesehen, aber er ist nicht da. Und Donella behauptet, Elena habe an dem Tag, als sie gemeinsam wegfuhren, ihren Regenmantel angehabt.« Alice holte tief Luft. Sie war schweißgebadet und hatte Magenschmerzen.
»Hm. Die Zeugenaussage, von der du sprichst, liegt dem Richter vor. Gut, daß ich Bescheid weiß. Daß der Poncho nicht in der Wohnung ist, habe ich auch schon erfahren.«
»Die Polizei war allerdings nicht mehr hier, um ihn zu suchen. Glaubst du, sie haben eine Liste von allen Sachen in der Wohnung aufgestellt?«
»Möglich.«
»Dann bräuchten sie eigentlich nur in diesen Listen nachzusehen, ob der Poncho da war. Wenn die das überhaupt interessiert.«
»Erinnert sich der Mann in der Bar an die genaue Uhrzeit?«
Alice antwortete zögernd: »Nur ungefähr; es kann nicht

vor zehn, aber auch nicht später als halb elf gewesen sein.«
»In Ordnung, Ali. Telefonieren wir lieber später noch mal. Bist du zu Hause?«
»Ja, ich glaube schon.«
Alice legte auf und sah Giovanni an. Dieser lehnte an der Wohnungstür, mit gefalteten Händen, und starrte sie mit offenem Mund an. Sie sah sich noch mal um, warf auch einen Blick auf den Balkon. Dann löschte sie das Licht und ging zur Tür.
Sie verließen die Wohnung. Alice fragte in den umliegenden Geschäften nach und erfuhr, daß die Polizei im Lebensmittelladen und im Papiergeschäft aufgetaucht war. Aber niemand wußte etwas, niemand hatte etwas gesehen. Der Frau aus dem Papierladen waren Donella und Elena an jenem Morgen begegnet; sie hatten sich auch gegrüßt, aber ob die beiden wegfuhren und wohin, konnte sie nicht sagen. Sonst war ihr nichts aufgefallen.
Alice ging noch eben in der Wäscherei vorbei, die etwas weiter in Richtung Park lag. Sie erkundigte sich, ob Wäsche von Elena da sei, sie wolle sie abholen. Nein, sie hätte nichts, erwiderte die Frau und bestürmte sie sofort mit neugierigen Fragen. Alice murmelte eine Entschuldigung, sie habe es eilig, und kehrte zum Auto zurück.
Kurz nach sechs kam sie nach Hause und nahm ein Alka-Seltzer, noch bevor sie Donella begrüßte. Dann ging sie ins Bad, unter die Dusche. Sie zog kurze Hosen und ein T-Shirt an; es war warm in der Wohnung, denn die Heizung war aufgedreht. Sie legte sich aufs Bett. Dort blieb sie über eine Stunde mit offenen Augen liegen und starrte die Vorhänge an, ohne einen klaren Gedanken fassen zu können.

# 8

Um acht kam sie ins Wohnzimmer. Donella telefonierte gerade mit ihrer Mutter.

Alice mixte zwei Daiquiri und reichte Donella einen rüber. Sie setzte sich aufs Sofa und machte ihr ein Zeichen, sie solle Frau Noja grüßen. Langsam, in kleinen Schlucken, trank Alice ihren eiskalten Daiquiri. Was für ein angenehmes Gefühl – genau das, was sie jetzt brauchte.

»Rekapitulieren wir noch mal«, sagte sie, als Donella auflegte. »Gaetano hat sich nicht mehr gemeldet, also hat es wahrscheinlich mit dem Richter geklappt.«

»Ja, hoffentlich läßt er von sich hören. Hast du geschlafen?«

»Nein, ich habe mich nur hingelegt und etwas ausgeruht. Schlafen kann ich heute nacht, ich hab's wirklich nötig.«

»Ich wollte dich nicht stören, aber jetzt erzähl doch mal, was du erfahren hast.«

Alice war etwas gereizt, weder Gaetano noch Donella schienen etwas zu unternehmen. Donella spürte das wohl, denn sie meinte:

»Du bist doch gerade erst angekommen. Und du kannst mir glauben, auch ich war ständig auf Achse, um was rauszukriegen – am Freitag in Bologna und am Samstag hier. Dann war plötzlich die Luft raus.«

»Ihr gebt eben zu schnell auf! Wie erklärst du dir denn das Verschwinden von Elenas Poncho?«

»Du hast ja recht, das ist ein wichtiger Punkt. Keine Ahnung. Vielleicht ist er in der Wäscherei?«

»Da war ich schon. Die haben ihn nicht. Vielleicht hat ihn Elena jemandem geliehen.«

»Schon möglich. Aber hättest du das nicht mitgekriegt?«

»Nicht unbedingt. Sie könnte ihn Giovanna Grandine geborgt haben.«

»Hör bloß auf mit dieser Giovanna Grandine! Das ist ja nicht mehr auszuhalten! Obwohl – ich werde den Gedanken an sie auch nicht los. Gaetano allerdings besteht darauf, sie aus dem Spiel zu lassen, er meint, sie würde nur noch mehr Verwirrung stiften.«

»Da wäre ich mir nicht so sicher. Mein Gefühl sagt mir, daß es da irgendeinen Zusammenhang gibt. Ich glaube nicht daran, daß sich jemand in Luft auflösen kann, und schon gar nicht diese Giovanna! Im Gegenteil, sie verfolgte Elena ja geradezu. Wenn es allerdings Absicht war, Elena irre zu machen, so ist ihr das durchaus gelungen. Und gerade als das Chaos am größten ist, wird Michele ermordet.«

»Woher willst du denn wissen, daß es da am größten war, Ali? In der Toskana, vielleicht...«

Das Telefon läutete. Es war Dolores, die vom Büro aus anrief und nach Neuigkeiten fragte. Alice erzählte kurz das Wichtigste und lud sie ein, zum Essen zu kommen. Sie könnten dann gemeinsam auf Gaetano warten.

Sie räumten gerade den Tisch ab, als Gaetano an der Tür klingelte. Alice bat ihn herauf. Zu dritt empfingen sie ihn schon auf dem Treppenabsatz. Er war in Begleitung eines jungen Kollegen, der völlig überarbeitet aussah. Es war Herr Campi von der Anwaltspraxis in Bologna, die Elenas Eltern eingeschaltet hatten. Die beiden anderen Anwälte waren schon nach Bologna zurückgefahren, nachdem sie den Richter aufgesucht und anschließend in Gaetanos Büro eingehend über ihre Verteidigungsstrategie diskutiert hatten. Die Unterredung mit dem Richter war sehr kurz gewesen: Er hatte ihnen praktisch nur mitgeteilt, es lägen genug Indizien vor, um Elena wegen Mordes anzuklagen. Dem Antrag, sie vorläufig auf freien Fuß zu setzen, könne keinesfalls stattgegeben werden. Weiter hatte er sich nicht zu dieser Sache geäußert, auch nicht zu der Zeugenaussage des Mannes in der Bar. Als die Anwälte ihn um ein Gespräch mit ihrer Mandantin gebeten hatten, hatte er sie kurz abgefertigt. Eine endgültige Entscheidung darüber würde er beim nächsten Treffen zwei Tage später fällen.

Mehr war nicht dabei herausgekommen. Der Anwalt aus Bologna verabschiedete sich recht bald. Alice bestellte ihm ein Taxi und begleitete ihn zur Haustür.
»Die Situation ist komplizierter, als wir dachten. Der Ermittlungsrichter scheint sich seiner Sache sehr sicher«, erklärte Gaetano.
»Was hat Elena denn gesagt?« fragte Donella.
»Das wissen wir nicht.« Gaetano machte einen nachdenklichen Eindruck. »Aber am Mittwoch wird er uns sicher über die einzelnen Anklagepunkte in Kenntnis setzen und uns eine Besuchserlaubnis erteilen.«
»Möchtest du was trinken? Einen Whisky? Oder einen Kaffee? Oder ißt du lieber was?« fragte ihn Alice.
»Danke, ich habe schon gegessen. Aber vielleicht einen Kaffee mit etwas Milch, wenn du welche hast. Die Sachen für Elena habe ich dem Richter übergeben, er läßt sie ihr zukommen. Er wunderte sich darüber, daß ein Buch dabei war.«
Alice setzte den Kaffee auf. Sie bemühte sich krampfhaft, jeden Gedanken an Elena zu verdrängen. Anzukämpfen gegen die schreckliche Vorstellung: Elena im Knast, seit Tagen ohne Nachricht, ohne Besuch, ohne frische Wäsche, ohne alles. Aber je länger sie versuchte, dieses Bild zu verdrängen, desto weniger gelang es ihr.
An diesem Abend zog sich Alice schon vor elf in ihr Zimmer zurück, nahm eine Schlaftablette und schlief fast sofort ein.

Weder Dienstag nach Mittwoch gab es Neuigkeiten. Der Ermittlungsrichter verschob den Termin mit den Anwälten um einen weiteren Tag. Am Mittwochabend fuhr Donella nach Bologna zurück. Sie wollte nach ihren Eltern sehen, sie wollte sie nicht so alleine lassen. Außerdem brauchte sie frische Kleider und ein paar andere Sachen aus ihrer Wohnung. Auch bei ihrer Firma mußte sie vorbeigehen und Bescheid sagen, daß sie noch ein paar Tage freinehmen wollte. Ihr Chef würde das sicher verstehen. Schon seit sechs Jahren

arbeitete sie dort; sie war eine perfekte Sekretärin, ja eine unersetzliche Allround-Kraft.
Er würde sicherlich Nachsicht zeigen und noch ein paar Tage auf sie verzichten können. Wenn nicht, würde sie eben kündigen, dachte Donella. Jedenfalls wollte sie Mailand nicht verlassen, bevor jemand direkt mit Elena gesprochen hatte.
Donnerstag abend um zehn kam Gaetano erneut bei Alice vorbei, zu der auch Donella bereits zurückgekehrt war. Der Richter hatte ihm mitgeteilt, daß die Mordanklage nun offiziell sei. Nach seiner Rekonstruktion sah der Tathergang folgendermaßen aus:
Frau Noja sei am Donnerstag, dem 27. Oktober, um 20.22 Uhr mit dem Zug am Mailänder Hauptbahnhof angekommen und habe demzufolge genug Zeit gehabt, um nach Hause zurückzukehren, ihren Geliebten zu empfangen, sich mit ihm zu unterhalten, mit ihm zu streiten und ihn dann umzubringen. Das von der Angeklagten vorgebrachte Alibi sei allzu phantasievoll und unglaubhaft. Die Polizei habe es ansatzweise überprüfen können, sie habe einen Arzt aus Florenz verhört, den Frau Noja an besagtem Tag in der Toskana getroffen haben wollte. Dieser Arzt habe bestätigt, sie sei am späten Vormittag in seinem Haus erschienen, offensichtlich völlig verstört, und habe irgendwelche Bekannten gesucht. Noch bevor er begriffen habe, worum es ging, sei sie ohnmächtig geworden. Er habe sich um sie gekümmert und sie später auf ihren eigenen Wunsch hin nach Florenz gebracht, etwa um fünf Uhr am Nachmittag. Er habe sie vor dem Bahnhof abgesetzt. Deshalb könne er nicht mit Sicherheit sagen, welchen Zug sie genommen habe, ja noch nicht einmal beschwören, daß sie überhaupt abgefahren sei. Der Richter unterstellte Elena nun, sie sei sofort abgereist und noch vor neun Uhr zu Hause gewesen – was im übrigen auch mit der Zeugenaussage des jungen Mannes in der Bar übereinstimme. Dieser habe sie angeblich kurz nach zehn an der Bar vorbeigehen sehen. Frau Noja hingegen behaupte, sie sei erst gegen elf angekommen. Genauere Angaben über

die Uhrzeit habe sie jedoch nicht machen können; sie behaupte, an jenem Abend furchtbar durcheinander gewesen zu sein. Sie habe nicht erklären können, was sie in der Zeit zwischen dem Eintreffen des Zuges in Mailand und der Ankunft in ihrer Wohnung getan habe. Letztere falle ihren Angaben zufolge zeitlich mit dem Anruf ihrer Schwester aus Bologna zusammen. Der Richter bewilligte Elena eine ärztliche Untersuchung, um ihre Zurechnungsfähigkeit überprüfen zu lassen. Außerdem gestattete er den Anwälten, Elena nach Absprache mit der Gefängnisleitung ab morgen zu besuchen... etcetera etcetera.

Die beiden Frauen hörten schweigend, fast atemlos zu. Sosehr Gaetano sich auch bemühte, sie zum Lachen zu bringen, zum Beispiel, indem er den Untersuchungsrichter mit seinem bürokratischen Jargon nachäffte – die Stimmung blieb äußerst gedrückt. Alice zündete sich eine Zigarette an, ihre Hände zitterten. Donella starrte erst Alice, dann Gaetano an, schlug sich energisch mit der Hand aufs Knie und sagte entschlossen: »Jedenfalls werden wir jetzt mit ihr reden. Und von ihr selbst erfahren, was passiert ist! Wenn sie sagt, sie hat ihn nicht umgebracht, dann hat sie ihn auch nicht umgebracht!«

»Sicher. Aber vergeßt nicht, daß sie sich an die Uhrzeiten nicht mehr genau erinnert. Anscheinend kann sie nicht angeben, um wieviel Uhr sie am Bahnhof ankam und was sie machte, bevor sie in ihre Wohnung zurückkehrte. Und den Arzt aus Florenz, von dem sie gesprochen hat, gibt es wirklich...«

»Gaetano! Du glaubst doch nicht etwa, daß Elena alles erfunden hat!« schrie Alice und sprang auf.

»Nein, so habe ich das doch nicht gemeint, verlieren wir jetzt bloß nicht den Kopf, Leute! Der Richter sprach von der Möglichkeit, Elena von einem Psychiater untersuchen zu lassen. Da er von ihrer Schuld überzeugt ist, bedeutet es aus seiner Sicht geradezu ein Entgegenkommen, sie als Psychofall zu behandeln. Wenn wir ihn von ihrer Unschuld überzeugen wollen, brauchen wir klare Beweise und ein genaues Alibi. Das kapiert ihr wohl auch. Er braucht keine weiteren Indizien zu liefern – wir sind es, die Beweise zu ihrer Entlastung beibringen müssen! Aber wir finden einfach keine! Ich habe noch mal über die Geschichte mit dem Poncho nachgedacht, aber ich weiß nicht, wie wir sie zu unserem Vorteil nutzen können.«

»Hast du mit dem Richter darüber gesprochen?« fragte Donella.

»Nein. Je weniger wir sagen, desto besser. Zumindest vorläufig. Offensichtlich haben sie nicht überprüft, ob der Poncho im Schrank war, jedenfalls war von ihm nicht die Rede. Wir werden von Elena hören, was sie dazu zu sagen hat. Das halte ich für besser.«

»Sehen wir uns doch noch mal die Uhrzeiten an. Sie kann um halb neun oder um halb elf angekommen sein, oder... dazwischen gibt es doch noch einen anderen Zug, nicht?« fragte Alice.

Gaetano nahm einen Zettel aus seiner Mappe und erklärte: »Ja. Es gibt zunächst einen um zehn vor fünf ab Florenz, der kommt um zwölf nach acht in Mailand an – dies ist der Zug, mit dem sie nach Meinung des Richters gefahren ist; an jenem Abend hatte er zehn Minuten Verspätung. Dann gibt es noch einen um zwanzig nach sieben, der um zehn nach elf ankommt – der war pünktlich. Außerdem einen um zwanzig vor acht, der jedoch nur fünf Minuten später ankommt. Auch der kam pünktlich. Wenn sie einen der letzten beiden Züge genommen hat, dann kann sie Michele rein rechnerisch nicht umgebracht haben. Wenn sie den ersten genommen hat, hatte sie jedoch genug Zeit dafür. In solchen Fällen kommt es eben auf jede Minute an. Jedenfalls schließen der Gerichtsmediziner wie auch der von uns hinzugezogene Arzt aus, daß Michele nach halb zwölf ermordet wurde. Der Mord muß zwischen zehn und halb zwölf passiert sein.«

»Wir müssen eben jemanden finden, der sie an diesem Abend im Bahnhof oder im Zug gesehen hat. Aber wie? Sollen wir noch mal eine Anzeige in die Zeitung setzen?«

fragte Donella mit matter Stimme. Sie hatten bereits mehrere Annoncen aufgegeben, mit denen sie Giovanna Grandine suchten, es hatte sich jedoch niemand gemeldet.
»Ja, versuchen wir's noch mal. Bis morgen setze ich den Text auf. Danach kümmere ich mich bei der Gefängnisleitung sofort um eine Besuchserlaubnis«, sagte Gaetano.
»Haben wir denn eine Chance, sie zu sehen?«
»Morgen sicher nicht. Vielleicht Samstag. Ich werde eine Genehmigung für Angehörige beantragen.«
»Was heißt hier Angehörige! Ich will sie auch sehen!« schrie Alice. »Ich will sie endlich sehen! Mach, was du willst, aber ich gehe hin – auch wenn Donella und ich uns abwechseln müssen. Ich gehe eben mit falschen Papieren, auch wenn...«
»Sehen wir doch erst mal, was sich machen läßt. Ich schwöre dir, ich werde alles tun, was in meinen Kräften steht. Natürlich wäre es für Elena besser, mit euch zu reden statt mit uns Anwälten. Damit will ich nichts gegen die anderen gesagt haben.«
»Tut mir leid, so war das doch nicht gemeint. Die Situation ist nur total entnervend. Jetzt ist schon eine Woche vergangen, ohne daß wir sie sehen konnten.«
Als Gaetano aufbrach, klingelte das Telefon. Es war Dolores. Sie war am Morgen nach Paris geflogen, um sich die neuen Modekollektionen anzusehen, was sie einfach nicht mehr länger aufschieben konnte. Jetzt wollte sie wissen, ob es gute Nachrichten gäbe. – Nein, schlimmer hätte es gar nicht kommen können, erklärte Alice. Und zu alledem müßten sie noch länger auf eine Besuchserlaubnis warten!
»Und was macht ihr jetzt?«
»Weiß ich nicht. Da ist so ein Arzt aus Florenz, der behauptet, Elena sei in seinem Ferienhaus aufgetaucht – wahrscheinlich hat sie dort Giovanna gesucht. Merkwürdig, daß sie in einem falschen Haus gelandet ist. Jedenfalls kippte sie da plötzlich um, und er kümmerte sich um sie. Später brachte er sie nach Florenz zum Bahnhof. – Hallo Dolores, ich hör' dich nicht mehr! Bist du noch dran?«

»Ja, aber die Leitung ist gestört. Ich höre dich jedenfalls. Also dieser Arzt... das ist doch ein Beweis, daß sie in der Toskana war, oder?«

»Ja, aber er brachte sie schon am Nachmittag zum Bahnhof, rechtzeitig genug, daß sie einen früheren Zug nach Mailand nehmen konnte. Sie ist anscheinend noch völlig durcheinander, sie erinnert sich nicht, was sie machte, nachdem sie sich von dem Arzt verabschiedet hatte. Wir könnten höchstens nach Florenz fahren und mit ihm sprechen, aber ich weiß nicht, ob das viel bringt.«

»Hm. Und was sagen die Anwälte dazu?«

»Nichts. Sie sind ratlos. Dolo, ich fürchte, das geht übel aus. Wann kommst du denn zurück?«

»Weiß ich noch nicht. Ich habe wahnsinnig viel zu tun, weil ich später als geplant angekommen bin. Ich habe bei Gibert die Hefte für dich gekauft. Außerdem habe ich eine uralte Schreibmaschine entdeckt, die dir unheimlich gut gefallen würde. Wenn sie nicht zu teuer ist, kaufe ich sie und schicke sie dir, ja?«

»Eine Schreibmaschine?«

»Ja, eine von diesen altertümlichen, hohen, mit abgerundeten Ecken, wie es sie heute gar nicht mehr gibt. Allerdings wird sie nicht gerade billig sein.«

»Okay. Wenn es etwas Neues gibt, rufe ich dich im Hotel an; falls du nicht da bist, hinterlasse ich eine Nachricht. Lieben Gruß von Donella.«

»Ist sie denn noch bei dir?«

»Natürlich. Wir hocken hier die ganze Zeit zusammen und versuchen, diese Geschichte zu verstehen, von Anfang an.«

»Und habt ihr von Giovanna Grandine was gehört?«

»Wie? – Nein, gar nichts. Aber im Grunde lohnt es sich auch nicht, so viele Gedanken an sie zu verschwenden, meinst du nicht?«

»Na, wenn du das meinst.«

»Ich weiß nicht. Manchmal denke ich, wir verlieren vielleicht nur Zeit, wenn wir uns zu sehr auf sie fixieren. Hier

geht es um einen Mord, und die Geschichte mit dieser Grandine hat womöglich damit überhaupt nichts zu tun. Niemand von uns glaubt, daß Giovanna Michele umgebracht haben könnte. Wie und warum denn auch?«
»Ja, das leuchtet mir ein.« Dolores seufzte.
»Ich mach' mal Schluß. Bis bald, mach's gut.«
»Ciao. Grüß alle von mir. Und...«
»Nein, ob ich Elena sehen werde, weiß ich nicht.«
»Genau das wollte ich wissen. Also gut, ciao Ali.«
»Ciao.«
Alice legte auf und starrte auf das Telefon. Absolute Stille Donella war in der Küche und spülte die Gläser.
Sie ging ins Bad, unter die Dusche, und dann gleich ins Bett. Donella steckte den Kopf zur Tür herein und flüsterte: »Kann ich mal meine Eltern anrufen?«
»Ja, klar, mach nur. Gute Nacht.«
»Gute Nacht.«

# 9

Wegen der Feiertage Anfang November konnten Gaetano und die anderen Anwälte Elena erst am Montag, dem siebten, besuchen. Der Termin war für elf Uhr vormittags festgesetzt. Elena saß schon im Besuchszimmer, vor dem zwei Aufsichtsbeamtinnen warteten. Sie war dünner geworden, hatte erschreckend schwarze Ränder unter den Augen, und ihre Haare waren zerzaust. Sie trug die Jeans, die Alice ihr geschickt hatte, und einen rosa-grün gemusterten Pullover. Fragend blickte sie die Anwälte aus Bologna an, dann Gaetano, der ihr zum Gruß den Arm um die Schulter legte und sich dann neben sie setzte. Auch die anderen nahmen Platz. Ein Stuhl blieb frei.

»Diese Anwälte sind aus Bologna, dein Vater hat sie eingeschaltet«, erklärte Gaetano lächelnd und stellte sie vor. »Und ich bin auch noch da. Die Kollegen haben langjährige Erfahrung, und auch ich werde mein möglichstes tun«, fügte er – immer noch lächelnd – hinzu. Elena sah ihn aufmerksam an, ohne etwas zu sagen.

»Wie geht's dir? Wie fühlst du dich?« fragte Gaetano.

»Ganz gut. Gestern nacht hatte ich allerdings Zahnschmerzen. Sie haben mich auf die Krankenstation gebracht und wollten den Zahn gleich ziehen, aber lieber halte ich die Schmerzen aus, als am Ende ohne Zähne dazustehen. Und es ist auch schon vorbei.«

»Kannst du schlafen?«

»Ja, aber tagsüber besser als nachts. Hast du mir nichts zu lesen mitgebracht?«

Gaetano zog ein Päckchen aus seiner Aktentasche, unverschnürt, wie es ihm Alice gegeben hatte. Es enthielt drei Romane amerikanischer Autorinnen und einen Krimi von Agatha Christie.

»Das schickt dir Ali.«
Elena schaute sich die Titel an: ›Rubinroter Dschungel‹ von Rita Mae Brown, ›Ungeheure Veränderungen in letzter Minute‹ von Grace Paley, ›The Two faces of January‹ von Patricia Highsmith und ›Mit offenen Karten‹ von Agatha Christie.
»Danke. Kannst du ihr ausrichten, daß ich ›Mit offenen Karten‹ schon gelesen habe, und daß ich was von Thomas Mann möchte?«
»Mach' ich«, antwortete Gaetano etwas überrascht.
»Ich brauche auch ein bißchen Geld für Zigaretten und Milch.«
Einer der Anwälte aus Bologna stand auf, sagte: »Darum kümmere ich mich«, und verließ den Raum.
»Was hat er vor? Wohin geht er?« wollte Elena wissen.
Die drei Anwälte wechselten einen Blick, dann erklärte Campi, der jüngste von ihnen: »Er erkundigt sich nur, ob man das Geld beim Verkaufskiosk hinterlegen kann, damit es Ihnen nicht gestohlen wird.«
»Mir gestohlen...? Ach so. Aber ich bin doch jetzt allein in der Zelle.«
»Warst du vorher mit anderen zusammen«, fragte Gaetano.
»Ja, mit zwei Frauen. Ziemlich ausgeklinkt. Dealerinnen. Sie sind aus Chioggia und wurden jetzt dorthin verlegt.«
Plötzlich sah sie Alice vor sich, wie sie sich auszog, bevor sie ins Bett ging, wie sie ihre Hose abstreifte und sie sorgfältig zusammenlegte; und immer, einfach immer, fiel ihr dabei das Kleingeld aus der Tasche. Sie fragte:
»Hat die Beerdigung schon stattgefunden?«
»Ja, am Samstag. In Bologna. Vorher haben sie eine Autopsie durchgeführt, weißt du.«
»Ach so, natürlich. Und was haben sie festgestellt?«
»Der Tod ist zwischen zehn und halb zwölf eingetreten. Er hatte Schinken, Käse und Rotwein zu sich genommen. Vier Stichwunden in der Brust, eine davon tödlich«, sagte Gaetano schnell.

»Als ich ihn fand, war er also schon tot.«
»Wie? ... Ja, sicher.«
»Manchmal fahre ich im Schlaf hoch und denke, ich hätte ihn noch retten können, wenn ich nicht umgekippt wäre.«
»Das kann ich mir vorstellen. Aber du hättest doch nichts tun können. Um wieviel Uhr bist du nach Hause gekommen?«
»O Gott, ich bitte dich, jetzt fängst auch du damit an! Der Typ von der Polizei, der hier war, weiß doch schon alles.«
»Tut uns leid, Frau Noja, wir möchten alles von Ihnen selbst hören, und zwar bis ins kleinste Detail«, unterbrach sie einer der Anwälte.
Inzwischen war der ältere Kollege zurückgekehrt.
»So. Alles in Ordnung. Ich habe hundertfünfzigtausend Lire auf Ihren Namen hinterlegt. Jetzt können Sie alles kaufen, was Sie brauchen.«
»Hundertfünfzigtausend? Wie lange, denken Sie, muß ich denn noch hierbleiben?«
»Ach, den Rest können wir uns dann ja zurückgeben lassen«, beruhigte er sie lächelnd, »und das ist für Sie, falls Sie jemandem ein Trinkgeld geben müssen«, fuhr er fort, und drückte ihr einen Zwanzigtausendlireschein in die Hand.
»Also. Um wieviel Uhr kamen Sie nach Hause?«
»Ich weiß nicht. Vielleicht um zwölf? Ja, ungefähr um Mitternacht.«
»Erzähl uns mal alles, was an dem Tag passiert ist, Elena.«
Sie hätte gerne protestiert, sich geweigert, ließ es dann aber. Sie erzählte noch einmal. Jetzt schon zum fünften oder sechsten Mal, immer dieselbe Geschichte, immer dasselbe. Wieder kam es Elena vor, als entglitte ihr ihre eigene Darstellung – es war so seltsam, so mühselig. Ihr war unklar, ob sie auf alle Einzelheiten eingehen sollte, ob etwas wichtig war oder nicht; sie vermochte nicht, das Wesentliche vom Unwesentlichen zu trennen.
»... es gab da eine Giovanna Grandine, aber es war nicht die

richtige. Genauso war es, als ich sie bei ihrer Mutter aufsuchen wollte, das heißt, bei der Frau, deren Telefonnummer mir Giovanna als die ihrer Mutter angegeben hatte.«
Elena seufzte. Die Anwälte schauten sie an; sie mußten von der Geschichte schon gehört haben, wahrscheinlich von Ali, denn sie reagierten ganz anders als die Polizeibeamten und der Richter. Elena fuhr fort, bis sie in ihrem Bericht wieder beim Haus in F. war.
»Das Wetter war schön, ich konnte mich noch genau an das Haus, den Garten, an alles erinnern. Ich war nämlich drei Tage dort gewesen, an einem Wochenende Anfang Oktober. Aber dann traf ich dort auf Doktor Cassini, einen Arzt aus Florenz. Ein sehr netter Mann. Er wollte gerade in die Stadt zurück. Ich versuchte dann, ihm alles zu erklären, aber als ich kapierte, daß das sein Haus war und er von nichts wußte – also da wurde mir plötzlich ganz anders.«
»Das wundert mich nicht«, meinte einer der Anwälte aus Bologna.
»Fanden Sie es denn so wichtig, dem Arzt zu erklären, daß Sie mit einer Freundin schon mal dort gewesen waren? Oder merkten Sie, daß Sie sich im Haus geirrt hatten?« wollte ein anderer wissen.
»Nein, nein. Es war schon das richtige Haus. Es mag zwar unglaublich klingen, aber es war wirklich dasselbe Haus. Ich hatte einmal dreieinhalb Tage dort mit Giovanna verbracht. Ich bin mir ganz sicher.«
Einen Moment lang herrschte Schweigen. Elena kannte dieses Schweigen schon.
»Und dann?« fragte Gaetano lächelnd.
»Und dann, als ich mich aufgerappelt hatte, brachte mich Doktor Cassini zum Bahnhof. Kurz darauf nahm ich einen Zug zurück nach Mailand.«
»Kannst du dich nicht mehr genau an die Ankunftszeit erinnern?«
»Nein. Im Hauptbahnhof war ein wahnsinniges Gedränge. Und ich war unheimlich müde...«

Auch denen hier konnte sie die Geschichte mit Signora Chiavicati kaum erzählen, dachte Elena. Es hatte etwas Wahnsinniges an sich; und sie gab – auch vor sich selbst – nur ungern zu, daß sie diese Frau überhaupt angerufen hatte.

»Ich blieb im Bahnhof und schaute mir das Gewimmel an ... das klingt merkwürdig, aber es war so; da waren lauter Demonstranten von der KPI, oder so ...«

»Demonstranten?«

Die Anwälte wechselten unsichere Blicke.

»Ja«, warf der ältere ein, »an diesem Tag wurde in ganz Italien gestreikt. Wahrscheinlich sah Frau Noja die Leute, die aus den anderen Städten zurückkkamen, oder aus Rom, wo die zentrale Demonstration stattfand. Ich werde mich genauer informieren«, schloß der Anwalt und machte sich eine Notiz.

»Kannst du dich wirklich nicht erinnern, was du nach deiner Ankunft gemacht hast? Wann bist du denn angekommen, was glaubst du?« bohrte Gaetano weiter.

»Nach elf. Also, in Wirklichkeit ...« Elena entschloß sich, die Geschichte von Signora Chiavicati nun doch zu erzählen.

Vielleicht hatte Alice auch schon ausführlich über ihre Suche nach Giovanna Grandine berichtet, oder die Anwälte hielten sie für verrückt – jedenfalls schienen sie sich über diese Geschichte nicht sonderlich zu wundern.

»Gut. Wir werden nachprüfen, um wieviel Uhr die Leute von der Demontration zurückkamen, und auch in diesem Heim für Hunde Erkundigungen einziehen. Ach ja, übrigens, wir haben auch eine Anzeige in die Zeitung gesetzt, um Zeugen zu finden, die dich an dem Abend im Zug gesehen haben. Die Zeitung hat ein Foto von dir veröffentlicht, leider ... Jedenfalls hoffen wir, daß sich jemand meldet.«

»Im Zug schlief ich fast die ganze Zeit. Im Abteil war niemand außer mir, glaube ich. Als ich in Mailand ankam, wunderte ich mich über den wahnsinnigen Betrieb, da doch der Zug fast leer gewesen war.«

»Diese Signora Chiavicati« fing einer der Anwälte wieder an. »Sind Sie sicher, daß sie dieselbe Frau ist, die Sie vor dem Gewerkschaftshaus gesehen haben?«

»Ja. Leider war damals niemand bei mir, aber ich bin mir hundertprozentig sicher. Außerdem zeigte Giovanna sie mir von weitem und erklärte, das sei ihre Mutter. Am Telefon behauptete Frau Chiavicati allerdings, sie hätte keine Tochter und kenne keine Giovanna Grandine. Sie schloß jedoch nicht aus, daß ich sie beim Gewerkschaftshaus oder dort in der Nähe gesehen haben könnte. Sie hätte damals ihre Wohnung diesem Wohltätigkeitsverein überschrieben und deshalb oft am Gericht und bei ihrem Anwalt dort in der Nähe zu tun gehabt. Allerdings erinnerte sie sich nicht daran, einmal von einer jungen Frau angesprochen worden zu sein.«

Elena schaute Gaetano an. Er lächelte.

»Auch mit dieser Frau werden wir sprechen. Aber kommen wir noch einmal zu dem Zeitpunkt zurück, als du zu Hause ankamst. Wie war das denn?«

»Ich kam rein, das Telefon klingelte.« Elena erzählte weiter, ohne auf ihre Worte zu achten. Wieder wurde ihr bewußt: Da gab es noch etwas anderes, irgendeinen Vorfall im Bahnhof, als sie die Telefonzelle verlassen hatte – oder auch später, als sie den Demonstranten begegnet war. Sie konnte sich an nichts genau erinnern, die Bilder zogen zu schnell vorbei. Es war unmöglich, diese eine Szene festzuhalten! Und doch war da etwas passiert, was sie gesehen, gehört oder sonst irgendwie bemerkt hatte. Sie wußte, spürte es – jedesmal, wenn sie sich an die Szene zu erinnern versuchte. Wie schon damals beim Verhör.

Oft verschwamm ihr alles vor den Augen. Vor sich sah sie nur noch Michele, damals in Djerba, im ersten Sommer ihrer Beziehung. Knapp ein Jahr zuvor hatten sie sich im Urlaub auf Ischia kennengelernt. Er war mit einer befreundeten Familie dort gewesen. Donella, die mit ihr auf Ischia war, kannte diese Leute, und so schlossen sie Freundschaft. Sie fuhren mit dem Boot raus, gingen fischen und in die

Thermen, zusammen mit den anderen. Erst zwei Tage vor ihrer Abfahrt wurde ihr klar, daß sie sich in Michele verliebt hatte. Und obwohl eine – allerdings schwache – Stimme der Vernunft sie davor warnte, sich auf eine Geschichte mit einem verheirateten Mann einzulassen, war jeder Widerstand bereits zwecklos. Auch er mußte gespürt haben, daß etwas in der Luft lag. Eines Abends, während eines Ausflugs nach Rom, saß sie mit Michele und einem anderen Freund im Wagen. Die ganze Fahrt über spürte sie, daß zwischen ihr und Michele etwas geschehen war, daß sie sich liebten.
Im nächsten Sommer flogen sie dann gemeinsam zehn Tage ans Meer nach Tunesien. Er war unbeschwert, sie war glücklich. Sie schrieb Alice, wie glücklich sie war. Aber in einem Brief ließ sich so was nicht erklären, das Glück ließ sich nicht in Worte fassen. Sie dachte an Michele, obwohl es besser gewesen wäre, nicht daran zu denken, daß er nun tot war – tot und begraben.
»Elena, Elena! Was ist denn nun?«
»Wie? Entschuldige, Gaetano. Was hast du gesagt?«
»Herr Campi hat dich etwas gefragt. Wann du Michele zum letztenmal gesehen hast, vor dem besagten Abend.«
»Freitag, glaube ich. Er kam Freitag abend gegen sieben nach Mailand. Wir gingen erst zusammen essen und dann zu mir nach Hause. Samstag früh gegen acht fuhr er ab, noch bevor ich aufstand; ich mußte in die Schule. Dann telefonierten wir Dienstag wieder, glaube ich.« OderMittwoch? Alice war doch schon abgereist, oder nicht?
»Und was habt ihr da verabredet?«
»Verabredet?«
»Ja. Ich meinte, hattet ihr vor, euch zu treffen? Wußtest du, daß er Donnerstag abend zu dir kommen würde?«
»Nein. Wir hatten nichts Genaues abgemacht. Wir wollten noch mal telefonieren, wie immer. Aber manchmal kam er auch, ohne mir vorher Bescheid zu sagen, wenn er gerade nach Mailand kommen konnte ...«
Natürlich würden diese Anwälte jetzt an ihre Liebesbeziehung zu Michele denken. Ihre Liebesbeziehung.

»Das heißt, du wußtest nicht, daß er an dem Abend in deiner Wohnung war?«
»Nein, natürlich nicht. Sonst wäre ich doch nicht nach Florenz gefahren.«
»Und ... verstanden Sie sich gut?« wollte einer der Anwälte wissen.
Er war von den dreien offensichtlich der schweigsamste, er hielt sich ziemlich zurück.
Elena fand das alles zum Kotzen. »Ja, wir verstanden uns gut«, erwiderte sie lächelnd. Wie wollen die das nun »überprüfen«, fragte sie sich. Die Anwälte durchlöcherten sie weiter mit Fragen, wollten genauere Angaben.
»Kann ich mit Donella und meinen Eltern sprechen?«
»Wir werden uns um eine Besuchserlaubnis kümmern, aber das kann noch ein paar Tage dauern.«
»Danke, Gaetano. Glaubst du, das zieht sich hier noch länger hin?«
»Wenn es uns nicht gelingt, dir für den fraglichen Abend ein eindeutiges Alibi zu beschaffen, dürfte es schwierig werden... Ich kann dir nicht sagen, mit wieviel Tagen wir rechnen müssen. Konzentriere dich doch mal – gibt es da nicht irgendwas, was dir helfen könnte? Oder irgend jemanden, der dich an dem Abend gesehen hat? Übrigens behauptet der Mann von der Bar gegenüber, er hätte dich etwa um zehn Uhr vorbeigehen sehen.«
»Um zehn?«
»Ja. Er sagt, du hättest den kolumbianischen Poncho getragen, daran hätte er dich erkannt.«
»...«
»Alice hat ihn übrigens in deinen Schränken gesucht, aber nicht gefunden. Weißt du, wo er ist? Hast du ihn verliehen?«
»Verliehen? An wen denn? Ich habe niemandem was geliehen. Der Poncho ist, wo er hingehört, nämlich oben im Schlafzimmerschrank. Seit dem Frühjahr habe ich ihn nicht mehr getragen. Was hat der Mann bloß gesehen!«
»Der hat doch nicht irgendwas gegen dich...?«

»Nicht daß ich wüßte.«
»Wir werden das schon rauskriegen. Versuch du erst mal, wieder auf die Beine zu kommen, und strenge deinen Kopf an! Vielleicht findest du etwas, was uns weiterhilft.«
Konnte Gaetano Gedanken lesen? Woher sollte er sonst wissen, daß es wirklich etwas gab, was sie nicht zu fassen bekam? Aber vielleicht war das nicht so wichtig – oder doch? Wieso meinte er, sie bräuchte sich nur anzustrengen, dann würde sie sich wieder erinnern? Aber nein, Elena, sagte sie sich, nur ruhig bleiben! Fang nicht schon wieder mit dem Wahnsinn an! Er versucht doch nur, mich zum Nachdenken zu bringen, damit mir wieder alles einfällt. Niemand kann Gedanken lesen. Nur Alices Mutter bei Alice, dachte sie belustigt. Wie oft hatte Elena Alice ausgelacht, wenn diese erzählte, sie bräuchte ihrer Mutter nie was zu sagen, sie wüßte sowieso schon alles vorher.
In Wirklichkeit konnte ja niemand Gedanken lesen. Hauptsache, sie ließ sich jetzt nicht aus der Ruhe bringen. Früher oder später würde sich schon alles aufklären.
»Darf Alice mich eigentlich besuchen?« fragte sie zögernd.
Die Anwälte schwiegen einen Augenblick. Sie waren schon im Aufbruch begriffen.
»Wir werden unser möglichstes tun. Jedenfalls sehen wir uns morgen zur gleichen Zeit.«
Elena blieb einen Moment allein. Dann kam die Wärterin, um sie in die Zelle zu bringen. Der Besuch von Gaetano hatte ihr wirklich gutgetan. Etwas zu lesen hatte sie jetzt auch. Und Zeit, viel Zeit, um an Michele zu denken.

## 10

Elena grübelte stundenlang darüber nach, was sie alles vergessen oder Gaetano in der Eile nicht erzählt hatte. Im Grunde interessierten sie dieses unbestimmbare, ungreifbare Detail, genaue Uhrzeiten oder andere Einzelheiten nicht besonders. Viel mehr beschäftigten sie die seltsamen kleinen Falter, die abends in ihre Zelle kamen, wenn sie das Fenster einen Spalt offen ließ. Morgens fand sie alle am Boden – tot, aus unerklärlichen Gründen. Seltsam, dachte sie, es war doch schon Ende November, und es gab kein Licht, das sie hätte anlocken können. Trotzdem kamen sie hereingeflogen, und anfangs hatten sie bei ihr fast Widerwillen ausgelöst. Nicht Angst, sondern Widerwillen. Bis ihr dann die bunten Schmetterlinge einfielen, die Mauricio Babilonia hinterherflogen, in ›Hundert Jahre Einsamkeit‹. Als Alice und Elena sich kennenlernten, hatten sie über Garcia Marquez diskutiert – anstatt über die Schulreform, derentwegen sie sich eigentlich getroffen hatten. Garcia Marquez hatte sie geradezu überwältigt, er war ihnen fast heilig – Elena liebte ihn wahnsinnig, und Alice las ihn seit Jahren immer wieder. Praktisch lese ich überhaupt nur ›Hundert Jahre Einsamkeit‹, hatte sie damals gesagt. Wochenlang hatten sie versucht, eine Studie über das Schulgesetz zu Ende zu bringen, waren aber durch ihre anderen gemeinsamen Interessen immer mehr davon abgelenkt worden. Und eines Abends gegen sechs – Elena telefonierte gerade mit Daria, sie mußte ihr wieder mal erklären, warum die Studie immer noch nicht fertig war – klingelte es, und ein Bote brachte ihr einen Strauß Iris. Auf der beiliegenden Karte stand: »Du weißt doch besser als ich, daß die einzige Reform die Revolution ist. Alice.«

Danach hatten sie das Projekt aufgegeben. Zwar hatten sie

weiter die guten Beziehungen zu den alten Genossen aufrechterhalten, aber sie hatten nie mehr eine Arbeit über die Schulreform übernommen. Die ›Mariposas amarillas‹. Die gelben Schmetterlinge von Mauricio Babilonia, hatte Elena an ihrem dritten Abend im Gefängnis gedacht, die waren ein gutes Omen. Von nun an beunruhigten sie die kleinen Falter nicht mehr, die durch ihre Zelle schwirrten. Dann fiel ihr ein, daß sie vergessen hatte, Gaetano zu sagen, daß ihre Uhr nicht mehr richtig funktionierte; sie ging nach. Elena ärgerte sich, denn er hätte ihr am nächsten Tag doch eine neue mitbringen können! Und um ›Hundeherz‹ von Thomas Mann hatte sie ihn bitten wollen. Aber darauf würde Alice schon von selbst kommen.

Plötzlich erschien ihr das Warten auf den nächsten Tag unerträglich, so als hätte sich ihr Zeitgefühl durch das Auftauchen eines bekannten Gesichts wieder normalisiert.

## 11

Die Anwälte, die Elena am nächsten Tag, einem Dienstag, wieder aufsuchten, brachten endlich eine gute Nachricht: Ihre Eltern und ihre Schwester durften sie ab Donnerstag vorläufig alle drei bis vier Tage besuchen. Die Anwälte hatten täglich Besuchserlaubnis.

Zwei Tage vergingen, ohne daß sich etwas Besonderes ereignete; auf die Anzeige hin hatte sich kein Zeuge spontan gemeldet. Die Anwälte aus Bologna drängten nun darauf, Elena von einem Psychiater untersuchen zu lassen. Donella und ihre Mutter konnten sich jedoch nicht dazu durchringen, ihre Einwilligung zu geben.

Ja, Donella war überzeugt, daß eine solche Verteidigungsstrategie überhaupt das Letzte sei. Gaetano Ambrogi war völlig verunsichert, weil er zwischen seinen Gefühlen als Freund und seiner Rolle als Rechtsanwalt hin und her gerissen war.

»Das entscheiden wir erst, wenn wir mit Elena gesprochen haben«, beschloß Frau Noja nach der letzten Diskussion. »Wenn sie glaubt, es könne ihr helfen, fordern wir ein ärztliches Gutachten an.«

»Campi meint – von grundsätzlichen Überlegungen einmal abgesehen –, ein oder zwei Gespräche mit einer Psychiaterin könnten ihr helfen, sich genauer zu erinnern und sich endgültig wieder zu fangen …«, bemerkte Gaetano.

Aber Donella unterbrach ihn:

»Fang bloß nicht wieder mit der Geschichte von der Grandine an, gerade du hast doch behauptete, es gehe Elena gut. Sicher, der Knast ist nicht gerade ein Kurhotel, aber deshalb braucht man sie noch lange nicht der Psychiatrie auszuliefern! Auf keinen Fall! Außerdem könnte man daraus schließen, daß sie schuldig sei und daß jetzt noch die letzte Karte

ausgespielt wird, diese berühmte Unzurechnungsfähigkeit! Das ist doch lächerlich! Ich bin absolut dagegen.«
Auch Alice war von der Idee, einen Arzt aufzusuchen, nicht gerade begeistert, aber sie schloß es auch nicht vollkommen aus; sie meinte einfach, es würde weder schaden noch nützen. Eine solche Argumentation war für Alice eigentlich ungewöhnlich. Jedenfalls schien es ihr äußerst dringend, mit Elena zu sprechen. Schon von Donellas Besuch versprach sie sich Hinweise, die über das hinausgehen könnten, was Gaetano jeden Tag berichtete.
Donnerstag gegen Viertel nach sieben kam Donella zu Alice, die schon auf sie wartete.
»Und deine Mutter?«
»Die habe ich zum Bahnhof gebracht, sie wollte nach Hause zurück. Mein Vater ist immer noch furchtbar niedergeschlagen, und sie will ihn nicht alleine lassen. Das ist auch besser so. Hast du was zu trinken?« fragte Donella, während sie den Mantel auszog.
Alice goß zwei Martinis ein. »Hast du keinen Hunger? Du hast doch nichts zu Mittag gegessen. Ich habe was gekocht, es ist fast fertig. Wenn du willst, können wir gleich essen«, fügte Alice hinzu, während sie ihr das Glas reichte. »Ja, ich habe Hunger.« Donella trank einen Schluck. Plötzlich begann sie zu weinen. Die Tränen liefen ihr über die Wangen; eigentlich weinte sie gar nicht richtig, schluchzte nicht. Sie schien nur unendlich traurig zu sein.
Donella und Elena hatten eine sehr enge Beziehung zueinander, obwohl sie schon seit Jahren in verschiedenen Städten lebten. Sie waren Freundinnen, nicht nur Schwestern, dachte Alice; wie Schulfreundinnen, die sich ganz aufeinander verlassen können und dennoch nicht ständig aneinanderkleben. Alice erinnerte sich daran, wie Elena sie das erste Mal in Bologna zu Donella mitgenommen hatte. Damals hatte sie gesagt: »Meine Schwester wird dir bestimmt gefallen. Sie ist so wie wir.« Tatsächlich fanden Alice und Donella sich sofort sympathisch. Sie hatten immer etwas zu lachen, es war sogar witziger als mit Elena. Alice fiel auf,

daß Donellas Traurigkeit sich von ihren eigenen Empfindungen unterschied: einer Wut, die sie völlig entnervte, und ihrer Ungeduld, die so unproduktiv war, die sie aber nicht bändigen konnte. So etwas wie Schmerz empfand sie nur selten. Donella dagegen war furchtbar traurig, niedergeschmettert wie noch nie. Vielleicht wäre es Alice mit ihrer eigenen Schwester auch so ergangen. Aber Elena war für sie keine Schwester. Etwas ganz anderes, dachte Alice.

»Es geht ihr nicht schlecht. Sie ist so wie immer, nur etwas dünner geworden, und sieht total kaputt aus. Aber sonst ist sie ganz sie selbst«, erklärte Donella schließlich. »Sie fragte mich, ob wir zur Beerdigung nach Bologna gefahren seien. Und ob wir mit Micheles Frau oder seinen Verwandten gesprochen hätten. Ob wir wüßten, wie es ihnen geht. Sie macht sich Sorgen um sie, vielleicht aus Schuldgefühl, meint sie. Manchmal käme ihr alles, was da passiert ist, so grauenhaft vor, daß sie am liebsten gar nicht daran denken würde.«

»Wie verbringt sie denn den ganzen Tag?«

»Mit Lesen und Schlafen. Sie sagt, sie könnte auch fernsehen, aber sie werde so schnell müde und schlafe tagsüber, weil sie nachts kaum ein Auge zubekäme. Sie will dich so bald wie möglich sehen, sie muß mit dir sprechen, sagte sie. Das war der einzige Augenblick, wo sie irgendwie Gefühle rausließ.«

»Ah. Ja. Ist sie sehr niedergeschlagen?«

»Nein, eigentlich nicht. Sie ist wie immer.«

»Habt ihr sonst noch was besprochen?«

»Kaum. Sie hat keine Ahnung, wie sie da wieder rauskommen soll. Denn sie hat schon alles erzählt, was sie weiß. Sie meint allerdings, sie sei an dem Abend wirklich ziemlich spät nach Hause gekommen.«

»Habt ihr über den Poncho gesprochen?«

»Nein.«

»Die Sache mit dem Poncho kommt mir immer unwahrscheinlicher vor. Völlig verrückt. Wirklich, völlig ver-

rückt!« wiederholte Alice, als sie sich aus ihrem Sessel erhob. »Essen wir doch was, ja?« schlug sie Donella vor.
Es gab Gemüsesuppe und Steaks nach Florentiner Art. Sie hatte für Donella ihren ganz speziellen Weißwein hervorgeholt, einen sizilianischen Wein, den sie jedes Jahr aus Menfi direkt vom Winzer bekam. Die Kellerei gehörte Bekannten von Alice. Sie füllten ihren Wein selbst ab, allerdings nicht zum Verkauf, und schickten ihr jeden Herbst einen kleinen Vorrat; Alice reservierte diese Flaschen für besondere Gelegenheiten. Und dies war eigentlich eine besondere Gelegenheit, dachte sie. Nach dem Essen ging Donella sofort zu Bett. Alice machte es sich mit einem Buch im Sessel bequem, nachdem sie die Küche aufgeräumt hatte. Aber sie konnte sich nicht konzentrieren. Ihr Blick glitt über die Seiten, sie nahm nichts auf – nur ein Wort hier, ein Wort da, wie in einem eben angefangenen Puzzle, ohne Sinn und Logik. – Dabei fiel ihr ein, daß sie an ihrem Puzzle weiterbauen könnte. Sie saß gerade an einem von mittlerer Größe. Es stellte zwei Frauen dar, die mit ihren Fahrrädern vor Hekkendornbüschen standen. Sie ging in ihr Arbeitszimmer, wo sie einen Klapptisch aufgestellt hatte, wie man ihn normalerweise zum Kartenspiel verwendet. Sie hatte ein Stück Pappe darauf gelegt, auf dem sie ihre Puzzles zusammensetzte. Da der Tisch genau die richtige Höhe hatte, konnte sie bequem im Sitzen arbeiten. Sie baute gerade den dunkleren Busch zusammen, ihr fehlte ein bestimmtes Teil; wie immer nahm sie das Spiel bald völlig gefangen.
Als sie Durst bekam, schaute sie auf die Uhr; es war zehn vor zehn. Sie holte sich ein großes Glas Wasser mit Eis und kehrte ins Arbeitszimmer zurück; dabei fiel ihr ein, daß sie Dr. Cassini anrufen könnte. Warum sollte sie es nicht versuchen? Was er wohl sagen würde? Nach kurzem Zögern erkundigte sie sich bei der Auskunft nach seiner Nummer. Sie bekam sie sofort. Dann rief Alice in Florenz an. Nach viermaligem Läuten meldete sich eine Frau.
»Hallo?«
»Guten Abend. Hier ist Alice Carta, ich rufe aus Mailand

an. Ich würde gern mit Dr. Diego Cassini sprechen. Hoffentlich störe ich nicht.«
»Einen Moment, bitte.«
Schritten waren nicht zu hören. Kurz darauf eine tiefe, klare Männerstimme: »Hallo…«
»Dr. Cassini?«
»Ja, am Apparat. Wer ist da bitte?«
»Hier ist Alice Carta aus Mailand. Entschuldigen Sie, daß ich so spät anrufe, ich hoffe, ich habe Sie nicht gestört.«
»Aber nein.«
»Ich bin eine Freundin von Elena Noja. Sie haben Sie in Ihrem Haus getroffen, in…«
»Ach richtig.« Offensichtlich erinnerte sich der Arzt mehr an den Fall, weil er ihn in der Presse verfolgt hatte, und nicht so sehr an Elena selbst.
»Ich wollte mit Ihnen über jenen Tag sprechen. Ich weiß, Sie haben schon bei der Polizei ausgesagt, aber…«
»Sind Sie die Anwältin von Frau Noja?« wollte der Arzt wissen.
»Wie?… Nein, eigentlich nicht. Ich bin eine Freundin.« Alice fühlte sich unbehaglich. Sie kratzte sich mit ihrer freien Hand am Kopf; gern hätte sie eine geraucht, aber die Zigaretten lagen im Arbeitszimmer. »Ich bin eine Freundin. Ich rufe Sie sozusagen ganz privat an. Ich wollte nur genauer, direkt von Ihnen, etwas über jenen Tag erfahren. Sie haben wahrscheinlich in der Zeitung gelesen, daß sich Elena nicht mehr genau erinnert. Ihre Lage sieht im Augenblick nicht rosig aus. Und wir versuchen unser möglichstes zu tun, um ihr zu helfen.«
Alice kam sich etwas blöd vor. Vor einem völlig Fremden nannte sie Elena beim Vornamen und sprach von »wir«, als redete sie mit Gaetano oder Dolores! Aber dieser Dr. Cassini hatte eine Stimme, die ihr irgendwie Vertrauen einflößte, die Stimme eines Mannes, auf den man sich verlassen kann, der nichts zu verteidigen oder zu verlieren hat.
»Ich verstehe schon. Leider muß ich Ihnen sagen, daß ich nicht mehr weiß als das, was ich schon der Polizei erzählt

habe. Sie war schon zweimal hier, um mich zu vernehmen. Ich hätte für Ihre Freundin gern mehr getan, sie war ja wirklich in einer erbarmungswürdigen Verfassung, aber wie...«

»Danke, sehr freundlich. Von dieser Freundin, die sie suchte, hat Elena nicht gesprochen?«

»Ich erinnere mich nur dunkel, daß sie gerade ankam, als ich mich für die Abreise fertig machte. Ich hatte mir zwei Tage Urlaub in F. genehmigt, zum Golfspielen. Bis Ende Oktober fahre ich ab und zu für einige Tage dorthin. Es war doch ein Donnerstag, nicht?...«

»Ja.« Alice hatte den Eindruck, daß sie dem, was Elena an jenem Donnerstag wirklich erlebt hatte, irgendwie näher kam. Gleichzeitig sagte sie sich, daß es vielleicht etwas dumm war, so um die Sache herumzureden. Eigentlich war der einzig wesentliche Punkt, über den der Arzt Auskunft geben konnte, die Abfahrtszeit des Zuges. Aber auch so war es ja okay.

»Also«, fuhr Dr. Cassini fort, »ich glaube, ich ging gerade die Treppe runter, um die letzten Sachen ins Auto zu laden, da stand Ihre Freundin vor mir. Sie suchte diese Bekannten, diese Familie, und ich konnte ihr nur sagen, daß sie sich irren mußte. Sie war jedoch überzeugt, schon in meinem Haus gewesen zu sein...« – Alice hörte einen etwas unangenehm berührten Ton heraus, so als wäre der Arzt befremdet, aber »berufshalber« auf alles eingestellt – » und zwar mit einer Freundin. Das ist aber unmöglich, wie Sie wohl einsehen werden.«

Sie schwiegen. Alice wußte nicht, was sie sagen sollte. Sie seufzte, und auch der Arzt seufzte.

»Dann brach Ihre Freundin plötzlich zusammen. Obwohl sie bald wieder auf die Beine kam, war sie furchtbar verstört, sie hatte die Nerven verloren; deshalb gab ich ihr ein ganz leichtes Beruhigungsmittel.«

»Um wieviel Uhr tauchte sie bei Ihnen auf?« fragte Alice – etwas barsch, wie ihr schien.

»Gegen zwölf Uhr mittags, ja ungefähr um diese Uhrzeit.

Ich hatte vor, in der Stadt zu essen, es war also sicher nicht viel später als zwölf. So wie die Dinge dann aber liefen, rief ich die Haushälterin zurück und bat sie, eine Kleinigkeit zu essen zu machen. Als Ihre Freundin wieder zu sich kam, aß auch sie etwas. Sie fühlte sich besser; sicher, sie war noch etwas mitgenommen, aber doch ruhiger. Ihr war alles sehr peinlich, was ich gut verstehe. Zumal...« Der Arzt unterbrach sich. Alice stellte sich vor, daß er jetzt lächelte.

»Ja?« hakte sie nach, in einem Ton, der ermutigend klingen sollte.

»Ach, nichts Besonderes, ich mußte nur an meine alte Haushälterin denken, eine einfache Frau vom Land, wissen Sie. Sie musterte Ihre Freundin etwas mißtrauisch und schüttelte über mich den Kopf..., wahrscheinlich dachte sie... Sie verstehen, sie war entrüstet, als dächte sie, ›die Jugend von heute...‹, aber das tut wirklich nichts zur Sache, ich fand es nur komisch, verzeihen Sie.«

»Ist ja auch komisch. Das muß wirklich eine merkwürdige Situation gewesen sein.«

»Und für mich ganz besonders. Ich bin eigentlich ein sehr ruhiger Mensch, lade manchmal Freunde zum Essen ein, habe Gäste hier, bin aber bestimmt kein Playboy...«, versicherte Dr. Cassini immer noch lächelnd, und Alice merkte wieder, daß Sympathie in seiner Stimme mitschwang.

»Das war alles. Später brachte ich sie nach Florenz. Ich verschloß das Haus, dann fuhren wir ab. Wie gesagt, ging es ihr wieder besser. Sie bat mich, sie am Bahnhof abzusetzen, wo wir uns verabschiedeten.«

»Und das war um fünf?«

»So ungefähr. Ein paar Minuten früher oder später vielleicht. Sie sagte, es gäbe sehr bald einen Zug nach Mailand. Deshalb fuhr ich gleich weiter.«

»Aha. Jedenfalls, vielen Dank.«

»Aber bitte, keine Ursache. Gern geschehen. Ich möchte Ihnen übrigens noch etwas anvertrauen, was ich der Polizei nicht sagen wollte, was mich aber schon belastet. Nach allem was dann geschah, fühlte ich mich fast ein wenig schuldig. Ich hätte ihr vielleicht helfen sollen, bei ihr bleiben, sie in den Zug setzen, ich weiß nicht...«

»Aber nein, machen Sie sich keine Gedanken«, beruhigte ihn Alice.

»Ich weiß nicht, vielleicht hätte ich noch mehr tun können. Gerade als Arzt. Aber glauben Sie mir, Ihrer Freundin ging es wirklich besser, und ich wollte auch nicht aufdringlich erscheinen. Im Grunde genommen hatte ich ja mit der ganzen Sache gar nichts zu tun, wissen Sie... Entschuldigen Sie, wenn ich so mit Ihnen rede, Sie verstehen doch...«

»Aber sicher, natürlich. Mehr konnten Sie wirklich nicht tun. Wirklich. Machen Sie sich doch keine Gedanken.« Eigentlich wollte Alice das Gespräch noch gar nicht beenden. Sie machte noch einen Vorstoß: »Ich bin Ihnen wirklich dankbar, Sie haben mir in dieser Situation sehr geholfen, die ja nicht gerade leicht für uns ist.«

»Das kann ich gut verstehen«, erwiderte Dr. Cassini.

»Falls ich demnächst nach Florenz kommen sollte, könnten wir uns dann nicht treffen?« fragte Alice abschließend. Sie spürte, wie sie rot wurde. Erst zögerte er, sagte aber dann: »Natürlich, gern.« Er gab ihr seine Adresse, und sie verabschiedeten sich.

Wieder kratzte sich Alice mit der nun freien Hand am Kopf. Vielleicht war es übertrieben, den Kontakt zu Cassini aufrechtzuerhalten? Aber sie hatte das Gefühl, sie könnte ein Gespräch mit ihm noch brauchen. So unglaublich das erscheinen mochte, er war der letzte, der Elena vor dem tragischen Ereignis gesehen hatte und mit dem man darüber reden konnte. Das tragische Ereignis. Natürlich mußten auch Schalterbeamte, Gepäckträger oder Mitreisende Elena gesehen haben, aber diese Leute waren nur schwer aufzufinden. Das tragische Ereignis, dachte Alice wieder. Seltsam, wie man diese Geschichte definierte. Sie trank das Wasser aus, zerkaute das letzte Eisstückchen und kehrte zu ihrem Puzzle zurück.

Samstag früh, schon vor sieben, wurde Alice vom Läuten des Telefons geweckt.
Es war Signor Giovanni, Elenas Pförtner.
»Ich rufe Sie so früh an, weil ich sicher sein wollte, Sie anzutreffen. Signorina. Entschuldigen Sie vielmals.«
»Aber Giovanni, das ist doch völlig in Ordnung, keine Sorge. Was gibt's denn?« Alice holte sich den Apparat, der nachts immer – mit einem Verlängerungskabel – auf dem Fußboden stand, aufs Bett, dann legte sie sich wieder hin.
»Es ist Post gekommen, ich weiß nicht, ob was Dringendes dabei ist, aber ich dachte, ich sage Ihnen besser Bescheid.«
»Danke, gut. Ich komme heute vormittag vorbei, Giovanni, paßt Ihnen das?«
»Ja, ich bin sowieso immer da. Sie können kommen, wann Sie wollen, Signorina.«
Alice stand auf, brachte die Wohnung in Ordnung, trank Kaffee und zog sich an. Dann ging sie runter in den Supermarkt, um etwas einzukaufen. Als sie zwanzig nach zehn wieder im Hauseingang auftauchte, rief ihr die Pförtnerin von der Portiersloge aus zu:
»Signorina... Signorina, entschuldigen Sie, ich habe Sie vorhin gar nicht fortgehen sehen...«
»Ich bin schon früh weg, vielleicht waren Sie gerade nicht hier. Alles in Ordnung?«
»Oh... Haben Sie denn die Zeitung noch nicht gelesen?«
Alice fuhr ein furchtbarer Schreck in die Glieder. In der letzten Zeit hatte sich die Pförtnerin angewöhnt, über alles mögliche zu schwatzen – was Alice auch gar nicht mißfiel. Nicht nur über die üblichen Geschichten, sondern auch über Elena, etwa ob es Neuigkeiten gäbe oder nicht. Ihre Gespräche endeten meist damit, daß sie tief seufzte oder die heilige Vorsehung anrief. Aber sie war keine Tratschtante, die ihre Nase in anderer Leute Angelegenheiten steckte, sie fand die beiden auch nicht unsympathisch – im Gegenteil! Elena und Alice taten ihr aufrichtig leid wegen dieser schlimmen Geschichte. Gewöhnlich platzte sie aber nie so unvermittelt mit etwas heraus. Wenn Alice vorbeikam,

grüßten sie sich und hielten ein Schwätzchen, bei dem die Pförtnerin vielleicht ein »Wie geht's?« oder »Keine Neuigkeiten?« einwarf. An diesem Samstagmorgen, bei den Worten »Haben Sie die Zeitung noch nicht gelesen?«, begriff Alice jedoch, daß irgend etwas endgültig zerbrochen war, sie spürte es in ihrem Inneren.

»Nein... ich habe sie hier, aber noch nicht gelesen«, antwortete Alice und deutete nach oben, so als wollte sie sagen, in der Wohnung würde sie sie sofort lesen.

»Oh, Signorina, es tut mir so leid!«

»Was ist denn bloß passiert?« Alice wurde langsam nervös.

»Die Frau des Architekten behauptet, ihr Mann habe mit Signorina Elena Schluß machen wollen.«

»Was?«

»Ja, endlich soll etwas durchgesickert sein; die Polizei weiß es sowieso schon längst, aber die Signora, die Ehefrau, wollte absolut kein Aufsehen erregen. Man weiß ja, wie die Leute auf so was reagieren. Jedenfalls hatte ihr Mann ihr gestanden, daß er ein Verhältnis in Mailand hatte, eine Geliebte, wissen Sie. Aber er war die Sache leid und wollte Schluß machen. Seine Frau sagte, sie hätte auf jeden Fall die Scheidung einreichen wollen, er hätte sie doch so enttäuscht, sie wäre so unglücklich, hätte immer Pech im Leben gehabt. Er wußte nichts von ihrer Absicht, sie hatte immer den Mund gehalten. Aber die Scheidung hätte sie gewollt, auf jeden Fall. Er sei dann nach Mailand gekommen, um mit Signorina Elena Schluß zu machen, so behauptet sie jedenfalls. Und dann sah sie ihn nie wieder, denn er ist...« Signora Emilia brach ab. – Tot, dachte Alice. Oder hatte die Pförtnerin noch hinzufügen wollen, »weil sie – Signorina Elena – ihn...«? Ihn, sie, sie, sie, ihn. Alice spürte jetzt nur noch einen starken Schmerz im Rücken, etwa in der Mitte der Wirbelsäule. Und eine fürchterliche Nervosität, wie in einem Verkehrsstau. Einem richtig gemeinen Stau, dachte sie. In dieser doppelten Qual entgegnete sie kurz: »Das kann nicht wahr sein.« Und ging hoch in ihre Wohnung.

Während sie mit dem Lift hochfuhr, kam sie zu dem Schluß, daß Signora Emilia diese Neuigkeiten wohl nicht in der Tageszeitung, sondern in irgendeinem Skandalblättchen gelesen hatte. Fast schämte sie sich, so was zu denken, aber alles sprach dafür: Hätte die Nachricht tatsächlich in der Tageszeitung gestanden, dann wäre es doch sehr seltsam gewesen, daß niemand sie angerufen hatte. Sie war schließlich nicht schon bei Morgengrauen aus dem Hause gegangen.
Kaum in der Wohnung angelangt, ging sie zum Telefon im Wohnzimmer. Die Leitung war tot. Im Schlafzimmer probierte sie es mit dem anderen Apparat. Das Freizeichen ertönte. Vielleicht hatte sie den Hörer nach dem Anruf von Signor Giovanni nicht richtig aufgelegt. Und tatsächlich, knapp zehn Sekunden später läutete es. Alice meldete sich aber nicht, sie ging in die Küche und räumte die Einkäufe weg. Sie trank einen Schluck kalten Milchkaffee, der vom Frühstück übriggeblieben war. Das Schrillen des Telefons hatte aufgehört. Allerdings nur kurz, denn es begann sofort wieder. So ging es nun – mit mehr oder weniger kurzen Unterbrechungen – zehn Minuten lang weiter. Inzwischen wusch sich Alice im Bad die Hände und putzte sich die Zähne, dann goß sie die Blumen, zog ihren Mantel wieder an und verließ die Wohnung. In letzter Sekunde kehrte sie um, nahm die Zeitungen und klemmte sie sich unter den Arm.
Sie holte das Auto aus der Garage. Es war Samstag, nur wenige Leute waren unterwegs. So, als wäre es samstags ganz besonders schwierig, in Gang zu kommen. Dolores' Auto stand auch in der Garage. Sie war ja immer noch in Paris, dachte Alice fast unbeteiligt. Sie ließ den Motor an und fuhr aus der Garage. An der ersten roten Ampel griff sie zum »Corriere della Sera«, der auf dem Beifahrersitz lag. Auf der Titelseite entdeckte sie nichts, vielleicht stand der Artikel im Mailänder Lokalteil oder unter den Inlandsnachrichten. Sie startete, die Zeitungen rührte sie nicht mehr an. Vor Elenas Haus fand sie sofort einen Parkplatz. Sie betrat die Portiersloge. Giovanni, der Pförtner, saß am Tisch und sah fern –

jedenfalls lief der Apparat. Vor ihm lag zusammengefaltet die ›Gazzetta dello Sport‹. Es ist eben Samstag, dachte Alice noch einmal.

»Guten Tag, Signorina. Hier.« Giovanni erhob sich und nahm die Post aus der Schublade einer dunklen Anrichte hinter seinem Stuhl.

»Danke, Signor Giovanni. Wie geht's Ihnen? Und Ihrer Frau?«

»Ach, so recht und schlecht. Wie das Leben so ist, wenn man alt wird, wissen Sie. Und Signorina Elena?«

Hatten Giovanni und seine Frau die Zeitung nicht gelesen? Oder hatte ihre Pförtnerin absichtlich übertrieben?... Langsam kriege ich die Paranoia, dachte sie, und antwortete rasch: »Ach, bisher gibt's nichts Neues.« Sie senkte den Blick, fühlte sich unbehaglich. Noch einmal bedankte sie sich und vergewisserte sich, daß die Putzfrau Elenas Wohnung betreute. Sie war versucht, Giovanni zu fragen, ob er nicht die Zeitung gelesen habe, verkniff es sich aber und sagte nur: »Ich gehe mal kurz nach oben.« – »Ja, bitte, gehen Sie nur. Wir haben die Hauptsicherungen rausgedreht, der Kühlschrank und der Boiler sind abgestellt...« – »Ja, ist gut, vielen Dank.« Alice verließ die Pförtnerloge.

Elenas Wohnung roch nach Bohnerwachs, nach Sauberkeit. Die Vorhänge waren abgehängt, vielleicht zum Waschen. In der Küche war alles superordentlich. Alice ging ins Wohnzimmer, goß sich einen Aperol ein, füllte das Glas in der Küche mit Wasser auf, kehrte zurück und ließ sich in ihren Lieblingssessel fallen. Im Mantel, wie immer. Erst nach zehn Minuten stellte sie das mittlerweile leere Glas auf dem Tischchen ab und zog den Mantel aus. Sie schaltete die Hauptsicherung ein und warf sich wieder in ihren Sessel. Hinter ihr befand sich der Balkon – hinter blankgeputzten Scheiben. Ob wohl Blutspuren auf dem Boden gewesen waren? Gleichzeitig dachte Alice daran, daß ihr vorhin im Aufzug etwas durch den Kopf geschossen war, was ihr jetzt aber nicht mehr einfiel. Sie suchte erst gar nicht krampfhaft danach – sie würde sowieso nicht mehr darauf kommen –

und zündete sich eine Zigarette an. Aus dem Korb mit den Zeitungen links von ihr fischte sie ein altes Comicheft und blätterte eine Weile darin herum. Dann nahm sie den Stapel Post vom Couchtisch, unter anderem auch eine Waschmittelreklame, was Alice etwas wunderte. Belustigt zog sie die Augenbrauen hoch. Warum Giovanni wohl dieses Zeug nicht aussortiert hatte? Er konnte sie doch morgens um sieben nicht wegen eines Sonderangebots für Waschmittel angerufen haben! Außerdem war eine Karte aus San Francisco dabei, auf Englisch, mit witzigen Grüßen und einer unleserlichen Unterschrift. Und zwei Briefe. Aber bevor Alice sie öffnete, legte sie eine Platte von Mina auf, mit Liedern von Jannacci. Dann ging sie zum Telefon und wählte eine Nummer. Sie wartete. Da war sie auch schon, diese immer superfröhliche Stimme. – »Hallo Giugiu, hier ist Alice, ist meine Mutter da?« – »Ich rufe sie gleich. Wie geht's Ihnen denn?« – »Gut, meine Liebe. Und Ihnen?« Die Haushälterin ihrer Mutter war jung, sah noch jünger aus und war immer furchtbar herzlich, äußerst herzlich, aber eigentlich könnte sie sich das sparen, dachte Alice. Sie hörte die Stimme ihrer Mutter. Sie klang ganz weit entfernt, und es kam Alice vor, als wolle sie sie in die Realität zurückholen. »Mamma, ich bin's, ich wollte dir nur sagen, daß ich zum Essen komme.« – »Gute Idee«, freute sich ihre Mutter. »Es gibt Schnitzel, ich mache dir auch Püree, oder möchtest du lieber Pommes frites?« – »Pommes... nein, lieber Püree. Soll ich vielleicht ein kleines Dessert mitbringen?« – »Nein, du brauchst nichts zu kaufen, es ist noch ein Stück Torte da, von gestern abend, da waren meine Freundinnen hier.« Die hatten sicher wieder stundenlang beim Kartenspiel gesessen und sich tierisch angestrengt, um sich gegenseitig lächerlich kleine Gewinne abzuluchsen. Uns macht das Spaß, erklärte ihre Mutter immer, wenn Alice darüber den Kopf schüttelte. »Komm aber nicht so spät, Giugiu geht um drei Uhr weg...« – »Ja, um eins bin ich da. Ciao.«

Sie wandte sich wieder der Post zu, Mina sang gerade ein witziges Lied. Schade, daß kein Eis da war, dachte sie, als sie sich noch einen Aperol eingoß. Sie füllte das Glas mit Wasser auf, das sie diesmal erst eine Weile laufen ließ, so daß es wenigstens kalt war. Der erste Brief kam aus New York, er war am dritten November geschrieben.

»Liebe Poetry, die Kinder sind wieder zurück, wie geplant. Ich kann mich über ihren Gesundheitszustand nicht beklagen. Sie sind fröhlich und sehen wie zwei richtige Amerikaner aus, trinken Milch und lieben Erdnüsse. Aldo nennt sie meine Äffchen; jeden Samstagvormittag geht er mit ihnen in den Park. Daß ich als typisch italienische Mamma mir ständig Sorgen mache, ist völlig überflüssig. Uns geht's gut, Aldo trinkt vielleicht etwas zuviel, aber er behauptet, Whisky sei weniger schädlich, wenn er mit Soda verdünnt wird. Ich habe das Buchpaket bekommen, vielen Dank. Kommst Du bald mal für eine richtige Rundreise? Es wäre schön, wenn Du Weihnachten Zeit hättest. Bring ruhig Ali mit, wenn sie Lust hat. Und richte ihr aus, dieses Theaterstück, diese Komödie, in die sie mich geschickt hat, war das Allerletzte. Ich möchte bloß wissen, wer es ihr empfohlen hat. Manche Szenen sind zwar ganz witzig, wie Fotos, Schnappschüsse, aber das ist auch alles. Tödlich langweilig! Ganz liebe Grüße von Aldo, und die Kinder wollen Dich unbedingt wiedersehen. Und ich erst!

Ich umarme dich. Giulia.«

Das war Giulia Golgi, eine Freundin aus Universitätszeiten, die einen Englischprofessor namens Jonathan – sie nannte ihn Aldo – geheiratet hatte und mit ihm in die Vereinigten Staaten übersiedelt war. Elena hatte sie im letzten Sommer während ihrer Amerikareise wiedergesehen und war mit ihr in Briefkontakt geblieben. Sie hatte überall in den USA eine Menge Bekannte. Alice trank ihren Aperol zu Ende und drehte die Platte von Mina um. Dann öffnete sie den anderen Brief. Er enthielt nur ein Blatt, das einseitig mit der Maschine beschrieben war. Der Versuch, die Zeilenlängen durch Regulierung der Zwischenräume einander anzugleichen, war deutlich zu erkennen. Da Alice Schreibmaschinen leidenschaftlich liebte, durchschaute sie den Trick sofort.

»Florenz, den 29. Oktober

Liebste Elena, ich hoffe, es ist bald alles vorbei. Tut mir leid, wenn Du meinetwegen Ärger hattest oder wenn ich Dir wehgetan habe. Ich weiß, es ist albern, mich jetzt bei Dir zu entschuldigen. Ich wollte Dir nur sagen, daß Du Dir keine Sorgen um mich zu machen brauchst. Ich habe eine schlimme Zeit hinter mir, in einem Brief läßt sich das schwer erklären. Im Moment fühle ich mich, als würde ein wahnsinnig lautes Radio mit gestörtem Empfang endlich abgestellt, um es einmal so auszudrücken. Ich habe einen Ex-Offizier kennengelernt, mit dem ich eine Reise ins Ausland machen werde. Du brauchst Dir *wirklich* keine Gedanken zu machen. Ich melde mich, sobald ich zurückkomme, vielleicht nächstes Jahr. Dir alles Gute, irgendwann werde ich Dir alles erzählen. Wir werden dann alles so lächerlich finden, daß wir es bald vergessen. Einen lieben Kuß, Giovanna.«

Der Brief trug den Poststempel Florenz, 29/X/h. 17.30. Nachdem Alice ihn noch einmal durchgelesen hatte, konzentrierte sie sich ganz auf die Musik. Mina begann gerade mit *Vita, vita che mi dai, almeno dammi lui, e lui non viene mai...* Sie zündete sich eine Zigarette an und trank das letzte Schlückchen ihres Aperitifs. Inzwischen war es zwanzig nach zwölf. Sie legte auch diesen Brief weg und ging in die Küche, um das Glas auszuspülen. Doch dann wollte sie sich noch etwas im Sessel zurückziehen. Sie hob die Zeitungen auf, die auf dem Boden herumlagen, und setzte sich. Einige Minuten saß sie so da, mit den Zeitungen auf den Knien. Endlich beschloß sie aufzubrechen. Beim Hinausgehen nahm sie einen Spazierstock mit, den Elena wer weiß woher hatte. Manchmal spielte Alice damit herum, wenn sie bei Elena war. Er gefiel ihr einfach. Sie setzte sich ins Auto, legte die Zeitungen auf den Rücksitz, den Stock obendrauf. Dann fuhr sie zu ihrer Mutter, an die Piazza, die jahrelang für sie ein Fixpunkt gewesen war, auf all ihren Wegen.

## 12

Alice schob sich eine Gabel Püree in den Mund, es war schon ihre zweite Portion. Plötzlich fiel sie ihrer Mutter ins Wort, die ihr gerade von einer geplanten Nilreise erzählte: »Hast du heute die Zeitung gelesen?« – »Ja. Ob das wohl stimmt?« – »Hm. Was hältst du denn davon?« – »Ich glaub's nicht. Das sind wohl einfach nur Vermutungen. Journalisten walzen so was aus, davon leben die doch!« – »Aber die Frau muß ihnen doch wohl was gesagt haben, das können sie doch nicht einfach aus der Luft gegriffen haben.« – »Mag sein. Jedenfalls übertreiben die immer etwas.«

Alice war leicht gereizt, aber nicht wegen ihrer Mutter. Sie trank rasch ihren Kaffee aus und sagte: »Ich lege mich ein bißchen hin. Weck mich, bevor du weggehst.« Sie ging in das kleine blaue Zimmer mit den Pferdebildern an der Wand und dem blauen Teppichboden. Außer einem runden Tisch mit Stühlen und einem Louis XV., in dem ihre Mutter ein paar Flaschen Likör edelster Sorte aufbewahrte, stand da ein Sofa, auf dem Alice so gut schlief wie sonst nirgends in dieser großen Wohnung. Fast wie in ihrem Bett zu Hause. Und vielleicht war es in diesem Augenblick der einzige Ort auf der Welt, wo sie schlafen konnte. Sie träumte, sie habe ein kleines Mädchen auf dem Arm, das plötzlich von einem Mückenschwarm angefallen wurde. Die Mücken stürzten sich auf den Hals des Kindes, so daß es – oder sie selbst? – seinen Kopf wegdrehen, umdrehen mußte, immer weiter, bis das Gesicht nach hinten und der Nakken nach vorn zeigte. Schweißgebadet erwachte sie. Sie blieb mit offenen Augen liegen, rollte sich dann auf den Rücken und lauschte der Stille, die nur manchmal durch ihr Atmen unterbrochen wurde. Dann schlief sie wieder ein.

Als ihre Mutter sie weckte, war es fast vier. Sie ging ins Bad, wusch sich Gesicht und Hände, dann verließen sie zusammen die Wohnung. In einer Bar in der Nähe tranken sie einen Espresso. Sie verabschiedeten sich, Alice ging zum Auto zurück. Der Stock und die Zeitungen auf dem Rücksitz sahen so aus, als lägen sie schon seit Wochen da, die Zeitungen ganz vergilbt, der Stock staubbedeckt. Alles nur Einbildung, natürlich.

Sie war schon fast zu Hause, als sie beschloß anzuhalten, um Briefpapier, einen Umschlag und eine Schachtel Camel zu kaufen. In einer Bar bestellte sie sich noch einen Espresso. Auf dem kleinen Regal, in dem die Telefonbücher lagen, schrieb sie ein paar Zeilen an Gaetano: »Ich fahre für einige Tage weg, will aber unbedingt mit Elena sprechen. Hinterlaß mir eine Nachricht auf dem Anrufbeantworter, wenn der Termin feststeht. Und was ich brauche, um reinzukommen. Ali.« Sie trank ihren Espresso aus und verließ die Bar. Auf der anderen Straßenseite entdeckte sie einen Lebensmittelladen. Dort erledigte sie ihre Einkäufe – Schinken, Paté, Bier, Roastbeef, Toastbrot, Russischer Salat. Außerdem eine Packung Spaghetti und Käse. Nachdem sie alles im Auto verstaut hatte, versuchte sie, so schnell wie möglich ins Zentrum zu kommen, aber die Straßen waren ziemlich verstopft. Endlich erreichte sie Gaetanos Büro und gab ihren Brief beim Pförtner ab. Dann ging sie zum Auto zurück und fuhr nach Hause. Dort schaltete sie nur rasch den Anrufbeantworter ein, holte sich eine Stange Zigaretten, lief sofort wieder hinunter zum Auto und fuhr los, an den See. Es war Samstag, der zwölfte November. Als sie an der Mautstation bezahlte, fiel ihr auf, daß es schon dunkel wurde.

Nach vier erholsamen Tagen, die sie mit Lesen und Reiten verbracht hatte, kehrte Alice am Mittwoch nach Mailand zurück. Von ihrem Kurzurlaub am See wußte niemand etwas, jedenfalls hatte niemand versucht, sie dort zu erreichen. Allerdings hatte sie sich auch nie am Telefon gemeldet, selbst wenn sie wußte, daß es nur ihre Mutter sein konnte. Alice hatte ihr Sonntag abend Bescheid gegeben, wo sie war, und sie gebeten, den anderen nichts zu sagen, falls jemand nach ihr fragen sollte. Alle drei bis vier Stunden

hörte sie ihren Anrufbeantworter zu Hause ab. Mittwoch, gegen Mittag, vernahm sie endlich Gaetanos Stimme: »Ciao, hier ist Gaetano. Der Termin ist morgen, Donnerstag, den siebzehnten, um zwanzig nach drei. Die Besuchserlaubnis für dich habe ich. Gib mir Bescheid, wie ich sie dir zukommen lassen kann. Ciao.« Das war sein üblicher Ton, Alice kümmerte das aber nicht weiter. Der Ton macht noch lange nicht die Musik, dachte sie. Nur Tatsachen zählen und sonst gar nichts. Außerdem mußte jetzt das Haus verschlossen und der Müll runtergetragen werden.
Die Zeit stand still, schon viel zu lange. Alles lief im Zeitlupentempo ab, es tat sich überhaupt nichts mehr, schon viel zu lange. Dieser Leerlauf mußte endlich aufhören! Das Richtige wäre jetzt ein Schmerz gewesen, so was wie ein Wespenstich, oder ein heftiges Gewitter, egal was! Es wurde wirklich höchste Zeit, die allgemeine Trägheit zu durchbrechen.

Donnerstag nachmittag um Viertel nach drei wurde Alice in einen kleinen Raum geführt, mit den Worten: »Warten Sie hier.« Und wie sie wartete!
»Hier ist sie«, vernahm sie nach einigen Minuten. Sie wandte sich nicht um; sie saß mit dem Rücken zur Tür.
»Du weißt doch, das stimmt alles nicht«, hörte sie Elena sagen. Alice spürte, wie ihr die Tränen in die Augen stiegen, sie drehte sich um.
»Was für eine unwirkliche Atmosphäre«, sagte sie bedrückt.
Sie waren hier nicht in einer Kneipe, nicht auf einem KPI-Festival – weder in Wirklichkeit noch in ihrer Einbildung. Sie waren weder betrunken, noch spielten sie betrunken. Hier gab es nicht einmal die Wirklichkeit der Illusion, es war einfach nur unwirklich. Wollten sie so tun, als wäre nichts? Dann war alles aussichtslos! Da beißt sich der Hund in den Schwanz, dachte Elena, als sie sich setzte.
»Weißt du, daß wir nur vierzig Minuten Zeit haben?«
»Wird das mein einziger Besuch hier sein?« fragte Alice.

»Nein... du kannst alle drei Tage kommen, außer sonntags. Also nächsten Mittwoch, dann Samstag, dann Dienstag... dann – was für ein Tag ist heute eigentlich?«
Das war typisch Alice, schon an den nächsten Besuch zu denken, bevor der erste überhaupt angefangen hat, dachte Elena. Alice dachte dasselbe. Die Post! – fiel ihr plötzlich ein. Die Post in ihrer Tasche. Sie mußte Elena ja die Post geben.
»Wir haben damit eben noch keine Erfahrung«, hörte sie sich sagen.
»...«
»Ist ja witzig, hast du nun abgenommen, oder sieht das nur so aus? Toll! Ich wäre auch gern im Knast. Ich beneide dich.«
»Siehst du! – Was denken denn die Anwälte?«
»Was meinst du damit?« Alice zog ihren Mantel aus, setzte sich, sie stützte die Ellbogen auf den Tisch.
»Sie glauben mir nicht. Mir nicht. Niemand glaubt mir, und wer es doch tut, schämt sich fast dafür. Wir werden es nicht schaffen.«
»Das glaube ich auch. Stimmt denn die Story, die Magda erzählt?«
»Welche Story?«
»Daß ihr euch trennen wolltet.«
»Nein.«
»...«
»Na ja! Jedenfalls... die Frau ist verrückt. Verrückt, sage ich dir.«
Alice hatte Magenschmerzen. Sie schaute auf die Uhr. Noch dreiundzwanzig Minuten, wenn sie sich nicht verrechnet hatte.
»Was heißt verrückt? Weil sie ihren Ruf retten will?«
»Ja, vielleicht. Hör mal, an dem Abend, am Bahnhof, da habe ich irgendwas Merkwürdiges gesehen. Ich kann mich bloß nicht mehr erinnern.«
»Jaja. Ich glaube, ich statte ihr einen Besuch ab, einen Besuch... Ich werde ihr sagen... vielleicht drehe ich ihr den

Hals um. Und dann fahre ich nach Florenz. Wie ist denn dieser Dr. Cassini?«
»Sehr... freundlich. Ein Mensch wie jeder andere, eben ein Herr aus Florenz. Ist es kalt draußen?«
»Nicht besonders. Ich habe deine Wohnung von Signora Mirna putzen lassen. Der Typ von der Bar behauptet, er hätte dich gesehen.«
Das Gespräch wurde immer hektischer. Da trat die Wärterin ein und setzte ihm ein Ende. »Bis Mittwoch.«

Eine Woche, zwei Wochen vergingen. Da Alice Elena alle drei Tage besuchen durfte, saß sie bis zum ersten Dezember, einem Donnerstag, in Mailand fest. Nun überredete sie Donella, mit ihr zusammen nach Florenz zu fahren. Es schneite, es war eiskalt. Das Zugabteil war überheizt und nach einer Stunde völlig verqualmt. Am frühen Nachmittag erreichten sie Florenz. Nach einem kurzen Anruf bei Dr. Cassini suchten sie ihn in seiner Praxis auf, die hell und geräumig war. Er zeigte sich sehr zuvorkommend. Er konnte sich den Nachmittag ab vier Uhr freihalten und lud sie zu sich nach Hause ein. Zu dritt fuhren sie in seinem Wagen, einem BMW mit Metallic-Lackierung und Automatic-Getriebe, den Alice sehr bewunderte.
»Ja, ein guter Wagen. Vor kurzem hatte ich allerdings Ärger mit dem Scheibenwischer...« Dr. Cassini schien plötzlich etwas verwirrt, »es regnete, auf einmal funktionierte er nicht mehr, und ich fuhr... relativ schnell. Ein ziemlicher Schreck!«
»Tut mir leid, daß wir Sie von der Arbeit abhalten«, sagte Donella.
»Ach, das macht doch nichts.«
Zu Hause bat Dr. Cassini sie in ein Wohnzimmer voller Gemälde und Skulpturen. »Das ist eine kleine Manie von mir«, erklärte Diego Cassini. Er mochte fünfundvierzig sein und sah körperlich unglaublich fit aus, dachte Alice für sich. Er trug einen gepflegten, kleinen Schnauzbart und eine Brille mit schmalem Rand. Seine Hände waren kräftig, seine Be-

wegungen ruhig. Er schien ein ausgeglichener Mensch zu sein, der sich in seiner Welt sicher fühlte. Bei einer Tasse Tee sprachen sie noch einmal über den fraglichen Tag, ohne daß sich etwas Neues ergeben hätte.
»Haben Sie nie mehr etwas von... Giovanna Grandine gehört?« fragte Alice nach einer Weile.
»Nur... durch die Presse«, erwiderte er.
»Ja, natürlich.«
Donella fragte sich, ob es nicht angebracht wäre, einen Abstecher nach F. zu machen und sich das Haus anzusehen. Sie wartete jedoch darauf, daß Alice den Vorschlag machte. Alice war seit Tagen reichlich grob zu allen, fast aggressiv. Magda Saveris Enthüllungen hatten alle völlig aus der Fassung gebracht, nur Alice nicht. Sie hatte sich irgendwie eingeigelt. Trotzdem verließ sich Donella weiterhin mehr auf Alice als auf sich selbst. Deshalb hatte sie sie auch nach Florenz begleitet, und deshalb überließ sie ihr das Wort. Aber der Vorschlag, nach F. zu fahren, kam nicht. Statt dessen nahm Alice – natürlich für beide – die Einladung an, bei Dr. Cassini zu Abend zu essen. Es gab gegrilltes Fleisch, danach kiloweise Mandelgebäck mit süßem Wein. Alles war vorzüglich. Alice und Donella übernachteten im Hotel, wohin sie Dr. Cassini selbstverständlich begleitete. Dort verabschiedeten sie sich.
Am nächsten Morgen, um Viertel nach zehn, fuhren sie zurück. Donella hatte Halsschmerzen, vielleicht auch etwas Fieber. Am Bahnhof schickte Alice eine Postkarte mit einem Gruß aus Florenz an Giulia in New York. Schon vor einigen Tagen hatte sie ihr auf Elenas Wunsch einen Brief geschrieben und ihr alles erzählt.
Donella döste, bis Alice sie wachrüttelte: »Komm, wir müssen aussteigen.«
»Sind wir schon da?«
»Nein, das ist Bologna.«
»Ja und?«
»Ich will mit Magda Saveri sprechen.«
»Kommt überhaupt nicht in Frage! Das schaffe ich nicht.«

Alice sah ein, daß sie nachgeben mußte. Vielleicht trieb sie es allmählich auch zu weit. Magda Saveri hatte – wenn auch ungern – auf Bitte der Anwälte ihre Darstellung wiederholt, die, wie sie sagte, gegen ihren Willen veröffentlicht worden war. Michele habe ihr zwei oder drei Tage vor seinem Tod gestanden, daß er ein Verhältnis mit Elena hatte, sich aber von ihr trennen wollte. Diese Aussage hatte den Ausschlag gegeben: Elenas Mutter willigte nun in eine ärztliche Untersuchung ein, und auch die anderen waren – mehr oder weniger offen – dafür, auf Elenas ›Unzurechnungsfähigkeit‹ zu setzen. Dadurch wurde für Alice alles noch unerträglicher. Ihre Ungeduld machte sie immer unproduktiver. Jetzt konnte sie auch nicht mehr ohne weiteres Giovanna Grandine alle Schuld zuschieben, zumal Elena so ausführlich von ihr erzählt hatte. Bei ihrem dritten Besuch hatte Alice versucht, noch mehr über Giovanna zu erfahren. Dabei hatte sich zufällig herausgestellt, daß Giovanna Linkshänderin war. Nun hatte die Autopsie aber unter anderem ergeben, daß die Stiche mit der rechten Hand ausgeführt worden waren, und zwar von unten nach oben. Und dennoch – wenn Alice alles noch mal durchdachte, tauchte da immer wieder Giovanna Grandine auf.

»Ich will mit Magda Saveri sprechen.« Sie versuchte es noch einmal.

»Ich nicht. Und jetzt schon gar nicht. bitte. Mir geht's nicht gut.«

Also fuhren sie nach Mailand zurück. Am Abend blieb Donella zu Hause; Alice ging zu Dolores und nötigte sie – ohne allzu große Mühe –, in eine Bar in der Brera mitzukommen. Dort kippte sie bis drei Uhr nachts einen Whisky nach dem anderen, so daß sie sich am Ende kaum noch auf den Beinen halten konnte.

# 13

Im Grunde war alles so wie immer, dachte Alice, als sie den Tisch deckte. Alles war wieder in die gewohnten Bahnen zurückgekehrt, ja... zurückgekehrt, das war genau das richtige Wort. Langsam kam auch ihre Arbeit wieder in Gang. Die Schreibmaschine, die Dolores geschickt hatte, war angekommen; für die Zollabwicklung hatte sie einen halben Vormittag gebraucht. Dolores und Alice hatten endlich zwei freie Abende gefunden, an denen sie in gemeinsamer Aktion ihre Sommergarderobe einmotteten. Außerdem hatte Alice jetzt ihr Puzzle fertig. Donella war wieder in Bologna und kam zweimal pro Woche nach Mailand, um Elena zu besuchen. Die Ärzte, insgesamt drei, hatten Elena untersucht und ihre hypothetischen Gutachten erstellt, die natürlich überhaupt nichts klärten. Es wurde Zeit, daß zusammen mit den anderen Gästen auch Elena wieder auftauchte, dachte Alice, als sie die Sektgläser bereitstellte. Es war der dreiundzwanzigste Dezember, Alices sechsunddreißigster Geburtstag. Auch Donella würde aus Bologna kommen. Alice hatte sie geradezu bekniet. Sie wollte Donella in aller Ruhe, vielleicht am Samstag bearbeiten, mit ihr zu Magda Saveri zu fahren.

Es wurde ein gelungener Abend. Alle waren von dem Menü begeistert. Erst gab es Krabbencocktail, auf Salatblättern angerichtet, dann Curryhuhn mit Reis und zum Abschluß, wie immer an ihrem Geburtstag, eine Zitronentorte. Man trank Champagner, Espresso und verschiedene Liköre. Von allem möglichen war die Rede, nur nicht von Elena.

Erst gegen halb zwölf – ein paar Freunde waren schon gegangen – versank Donella noch etwas tiefer in ihrem Sessel, legte die Beine über die Lehne und seufzte: »Letztes Jahr haben wir bei Elena gefeiert.« Alice erinnerte sich noch an

die Girlanden, die von Tür zu Tür gespannt waren, die Papierblumen, die Glückwünsche, an die witzigen Sprüche und Zeichnungen von Elena. Aber jetzt würde sie sich auf keinen Fall von Traurigkeit überwältigen lassen. Denn sie wußte, eine Depression würde unweigerlich dazu führen, daß sie wieder nachgrübelte und alles neu in Frage stellte. Und sie fürchtete sich vor ihrer eigenen Unsicherheit. Sie erhob sich von der Couch und fragte: »Möchtet ihr noch einen Espresso? Oder Whisky?«
Daria del Corno und Valentina Vanini antworteten fast gleichzeitig. Daria wollte lieber beim Wodka bleiben, Valentina bot sich an, noch eine Flasche Champagner zu öffnen. So wurde das Thema Elena wieder fallengelassen. Donella saß noch eine Weile nachdenklich und schweigsam in ihrem Sessel, dann stieg auch sie in die Diskussion über Abrüstung ein, die sich inzwischen entwickelt hatte.

Am nächsten Morgen, einem Samstag, wachte Alice gegen zehn Uhr auf und zog sich rasch an. Donella saß in der Küche, trank Kaffee und las die Zeitungen, die die Pförtnerin vor die Wohnungstür gelegt hatte.
»Hör mal, Donella. Wir haben zwar nicht mehr davon gesprochen, aber ich fände es immer noch gut, Magda aufzusuchen, weißt du, Micheles Frau. Ich will unbedingt hin. Bitte, komm doch mit. Sonst muß ich eben allein fahren, und...«
»Weiß Elena was davon? Hast du es ihr gesagt?«
»Warum?«
»Ich weiß nicht, was dabei rauskommen soll« – Alice störte es, daß sie »soll« sagte – »jedenfalls möchte ich nichts ohne Elenas Einverständnis unternehmen.«
»Elena hat keine besondere Meinung. Du kennst sie ja.«
Insgeheim fragte sich Alice, ob Elena auch mit Donella über dieses Detail gesprochen hatte, das sie so beunruhigte, weil sie es nicht genau zu fassen bekam. Dieses merkwürdige Detail, das sie an jenem Abend im Mailänder Hauptbahnhof gesehen oder gehört zu haben glaubte. Elena hatte bei den

letzten drei, vier Besuchen im Knast ständig darüber geredet, die ganzen vierzig Minuten lang.
»Hm. Warum willst du denn unbedingt hin?«
»Ich will sie sehen, wissen, was sie denkt, etwas von ihr selbst erfahren. Dieses Märchen, daß Michele und Elena sich trennen wollten, soll sie mir mal direkt ins Gesicht sagen. Darüber will ich reden.«
»Was? Darüber?!« japste Donella, sie erstickte fast, so hatte sie sich mit ihrem Kaffee verschluckt.
»Einfach mal mit ihr reden, meine ich. Soll ich dir auch einen Grapefruitsaft machen?« fragte Alice. Ohne eine Antwort abzuwarten, fuhr sie fort: »Weißt du, in dem Krimi, den ich gerade lese, trinkt einer, immer wenn er total gestreßt ist, zum Frühstück einen Kaffee und dazu ein paar Schluck Gin pur.« Sie mußte lächeln, als sie die beiden Gläser mit dem Saft und ihren Trauben-Feigen-Joghurt zum Tisch trug.
»Ich finde es jedenfalls nicht falsch, mit Micheles Frau zu sprechen. Was kann das schon schaden? Sie hat doch schon alles gesagt, schlimmer kann's eh nicht kommen! Wahrscheinlich spielt sie die untröstliche Witwe, um ihr Gesicht zu wahren. Aber das ist doch ihr Problem, oder?«
»Und wenn sie die lustige Witwe spielt?«
Alice faßte kurz diese Hypothese ins Auge, ließ sich aber nicht entmutigen: »Wir können hier doch nicht alle Möglichkeiten durchspielen. Fahren wir doch! Bitte.«
»Okay.« Donella schien nicht gerade überzeugt, aber Alice war schon zufrieden, daß sie überhaupt mitkam. Sie wäre auch allein gefahren, wie gesagt, aber zu zweit war es natürlich besser. Sie schlug vor, sofort nach dem Frühstück zu starten und in einem Restaurant bei Bologna, das für seine ausgezeichnete Küche bekannt war, zu Mittag zu essen. Donella wandte ein, sie könnte nach dem Geburtstagsfest unmöglich schon wieder so viel essen; sie würde lieber später in aller Ruhe losfahren. »Wir könnten ja heute abend hingehen«, meinte sie. Alice war das durchaus recht. Sie frühstückte zu Ende, dabei fühlte sie sich gut und voller Energie.

Warum, wußte sie auch nicht genau. Da sah man wieder mal, wie unnütz es war, sich von Zweifeln und Ratlosigkeit lähmen zu lassen.
Kurz nach zwölf Uhr fuhren sie los, um zwanzig nach zwei standen sie vor dem Haus der Saveris, einer Art Villa. Es hatte eine eigene Einfahrt; hinter einem großen Tor führte ein Kiesweg, der für ein Auto jedoch zu schmal war, zum Haus. Das Tor war geschlossen. Alice parkte das Auto in der Einfahrt. Sie läutete, und fast augenblicklich öffnete sich das Tor mit einem Klicken. Sie gab Donella, die im Wagen geblieben war, ein Zeichen und ging hinein. Links hinter dem Tor sah man einen vertrockneten Rosenstrauch, Gestrüpp und aufgehäufte Steine, daneben eine Harke. Der Weg bog nach etwa zwanzig Metern auf einen kleinen Vorplatz ein, der auch von einer anderen Seite erreichbar war, wie Alice bemerkte. Von dort also fuhren die Autos heran, denn dieser Weg war breiter. Auf dem Vorplatz standen die große Limousine, die Michele gehört hatte, ein Volvo, ein blauer Mini, ein Mofa und ein Dreirad. Als Donella Alice einholte, erschien in der Haustür gerade eine ungeheuer dicke Frau. Sie war nicht mehr ganz jung; ihre schwarzen Haare waren im Nacken zu einem Knoten zusammengebunden. Über ihrem Kleid trug sie eine blitzsaubere Küchenschürze.
»Sie wünschen?« fragte sie.
»Ich hoffe, wir stören nicht, aber wir würden gern mit der Signora sprechen«, antwortete Alice schnell. Ihre Stimme klang so resolut, wie sie es beabsichtigt hatte.
»Bitte, treten Sie doch ein«, sagte die Frau und schloß die Tür hinter ihnen. »Es ist kalt draußen.« – »Ja, furchtbar«, meinte Alice, »es ist ja auch Weihnachten.« – »Die Signora ist zwar zu Hause, aber ich weiß nicht, ob... sind Sie von der Zeitung?« erkundigte sich die Frau.
»Nein... das nicht. Ich bin Alice Carta, und das ist Donella Noja.«
Die Frau zeigte keine Reaktion, zumindest sagte sie nichts.

»Wir würden gern mit der Signora sprechen, nur ein paar Minuten...«
»Ach so, Sie sind die Schwester...«
Donella unterbrach sie vorsichtig: »Ja, die Schwester von Elena Noja.«
»Und ich eine Freundin«, fügte Alice hinzu, »hoffentlich stören wir nicht?«
»Nein... ich weiß nicht. Erst wollte die Signora keine fremden Leute sehen, aber... ich weiß nicht. Ich bin Romilde, ich war schon bei der Mutter von Michele Saveri angestellt, lange bevor er heiratete.«
Schon traten ihr die Tränen in die Augen. Alice bekam fast Aggressionen, es war wirklich nicht auszuhalten! Diese Mammas aus dem Volk, die immer gleich losheulten, dachte sie, versuchte aber, ruhig zu bleiben. Denn ein Besuch bei Magda Saveri schien nur dann möglich, wenn man sich mit Romilde gut stellte.
»Ah, dann gehören Sie ja sozusagen zur Familie...«
Damit hatte sie genau ins Schwarze getroffen. Romilde fing sich sofort und begann, von ihrer Geschichte im Hause Saveri zu erzählen. Micheles Tod schien sie wirklich getroffen zu haben. Das Gespräch wollte kein Ende nehmen, doch Alice konnte sich nicht dazu aufraffen, noch einmal nach Frau Saveri zu fragen. Endlich kam Romilde auf das Thema zurück: »Also, was machen wir nun? Ich geh' mal fragen.« Sie ließ die beiden in der Eingangshalle stehen.
Nach drei Minuten kam sie zurück: »Ich hab's Ihnen ja gesagt, der Signora geht es nicht gut. Aber Sie können trotzdem raufgehen. Sie ist nicht gerade erfreut, aber ich glaube, es kann ihr nicht schaden, wenn sie mal jemanden sieht.«
Ohne noch etwas zu sagen, begleitete sie die beiden in den zweiten Stock bis zu einer Tür, die angelehnt war. Hier blieb sie stehen und forderte sie auf: »Bitte, treten Sie doch ein.« Alle drei gingen hinein. Sie kamen in eine Art Arbeitszimmer. Auf den Tischen lag Silberbesteck herum. Romilde erklärte. »Ich bin gerade dabei, das Silber zu putzen. Bitte sehr...« Dabei deutete sie auf eine Tür links.

Sie traten ein. Magda Saveri lag im Bett.
Dieses Gesicht hat etwas unendlich Verführerisches, dachte Alice, als sie Magda Saveri sah. Es ist die Art, wie sie blickt, aber nicht nur der Blick allein; die vollkommene Linie der Jochbeine, aber nicht nur dies allein, die sanfte Wölbung der Wangen und der Lippen, aber nicht nur dies ... Es ist dieser ungeheuer sanfte Ausdruck, und die unvergleichliche Harmonie der Linien von Augenbrauen und Lippen. Nur so läßt sich Frau Saveri beschreiben, dachte Alice. Dabei vergaß sie nicht, daß Magda Saveri seit Jahren gelähmt war, ans Bett und an den Rollstuhl gefesselt, auf Pflege angewiesen. Schon jahrelang, seit einem Autounfall.
»Wie diese Bogenschützin«, hatte Alice zu Elena gesagt, als sie davon erfahren hatte.
»Was für eine Schützin?«
»Diese Bogenschützin, die sogar an der Olympiade teilgenommen hat. Sie ist gelähmt und schießt vom Rollstuhl aus.«
Auch Magda Saveri saß im Rollstuhl. Michele hatte sie oft in die Stadt zum Einkaufen begleitet. Sie fuhr ein Auto mit Spezialschaltung, und er hatte ihr nur beim Aussteigen helfen müssen.
»Fast habe ich mit Ihrem Besuch gerechnet«, begrüßte Magda die beiden. Alice war irritiert, das hatte sie nicht erwartet. »Sie haben mit uns gerechnet?« fragte sie. »Nicht mit Ihnen beiden. Guten Tag, Donella. Setzen Sie sich doch. Und Sie sind ...« Alice stellte sich vor. Kein Stuhl war frei; auf den zwei oder drei Sesseln lagen Kleider, Zeitungen, Papierkram und anderes Zeug. »Romilde! ... Romilde!« rief Magda. Dann klingelte sie und erklärte: »Sie muß runtergegangen sein. Warten Sie, sie soll Ihnen zwei Stühle freiräumen.« Alice wollte schon sagen, das könnten sie doch selbst tun, ließ es dann aber. Sie schwiegen sich an, bis Romilde kam und zwei gelb bezogene Sessel abräumte. Alles in diesem Zimmer war gelb, fiel Donella auf. Ob Michele hier geschlafen hatte?
Romilde verließ das Zimmer. Sie setzten sich, und Alice

fragte: »Sie haben unseren Besuch erwartet? Eine von uns beiden?«
»Gewissermaßen schon. Jedenfalls überrascht es mich nicht.«
»Nicht? Wieso nicht?«
»Die Zeitungen haben doch soviel Wirbel um den Fall gemacht! Was die mir alles in den Mund gelegt haben! Eine von Ihnen mußte einfach auftauchen... Wundert Sie das?«
»Hm, nein, eigentlich nicht. Deshalb wollte ich ja auch mit Ihnen sprechen. Was ich – was wir seltsam fanden, waren eben Ihre Erklärungen der Presse gegenüber.«
»Den Presseleuten habe ich gar nichts erzählt. Das kann ich Ihnen versichern! Glauben Sie mir, ich finde diese Affäre und den ganzen Klatsch höchst widerlich. Die Journalisten stürzen sich manchmal wie die Aasgeier auf solche Geschichten, und die Polizei kann absolut keine Diskretion wahren...«
»Dann stimmt also, was Sie erzählt haben?«
»Was denn?« Ihre Miene verdüsterte sich. »Wollen Sie wissen, ob es stimmt, daß mir Michele von seiner Beziehung mit Elena erzählt hat und von seiner Absicht... Seien Sie doch nicht albern... Darüber brauchen wir doch gar nicht zu reden.«
»Mir erscheint die Geschichte nicht sehr glaubhaft. Hören Sie, Sie brauchen kein Blatt vor den Mund zu nehmen, ich bin mit Elena eng befreundet und hätte es von ihr erfahren, wenn zwischen ihr und Michele...«
»Das interessiert mich alles nicht. Ich bin nicht die Art von Ehefrau, für die Sie mich halten... Michele hat es mir erzählt, aber ich habe es auch so gemerkt. Ich lebe schon lange damit, viel zu lange. Ich hätte... aber was geht Sie das an! Und jetzt hat es sowieso keinen Sinn mehr, darüber zu reden.«
Ich hätte die Scheidung eingereicht – wollte sie das sagen? Alice merkte, daß es sie Anstrengung kostete weiterzureden. Donella schwieg schon die ganze Zeit. Alice starrte auf die Bettdecke. Ihr Blick glitt über die Vorhänge, Magdas Hände, den Fußboden. Magda hatte schöne, gepflegte

Hände, nur ihr rechter Daumen war merkwürdig verstümmelt, sie fummelte ständig daran herum, das mußte eine Art Tick sein. Grauenhaft, dachte Alice. Nicht mitanzusehen! Wirklich seltsam: So eine wunderschöne Frau, und dann so ein absurder Tick! Ob sie eine Binde drumwickelt, wenn sie aus dem Haus geht? Sie schob diesen Gedanken beiseite und suchte nach etwas, das sie jetzt sagen könnte.

»Es tut mir leid. Wirklich. Ich wollte Sie nicht belästigen oder kränken. Ich bin einfach davon überzeugt, daß Elena keine Schuld an Micheles Tod hat. Deshalb will ich nichts unversucht lassen, um ihr zu helfen«, erklärte sie. Dabei kam sie sich lächerlich vor, immer lächerlicher. »Sie werden sicher in der Zeitung gelesen haben, daß Elena praktisch kein Alibi hat, jedenfalls kein glaubhaftes. Das ist das Schlimme.«

»Ja. Ich habe es auch gelesen, diese Giovanna...«

»Grandine.«

»Richtig.« Die Witwe schien gleichgültig, wie viele andere vor ihr, sobald dieses Thema angeschnitten wurde – gleichgültig und verständnislos, registrierte Alice, ließ sich aber nicht beirren: »Wissen Sie denn nichts von dieser Giovanna? Hat Michele sie nie erwähnt?«

»Was hat denn Michele mit ihr zu tun? Nein, er hat nie von ihr gesprochen.«

»Eigentlich gar nichts. Aber vielleicht hat Elena ihm was erzählt, sie war ja wochenlang völlig durcheinander wegen dieser Geschichte.«

»Nein, ich weiß wirklich nichts. Wer ist diese Giovanna eigentlich, gibt es die denn überhaupt?« Magda Saveri schien belustigt.

»Natürlich«, erwiderte Alice. Ich habe sie zwar noch nie gesehen... dachte sie bei sich. Wie gern hätte sie ein Foto von dieser Giovanna gehabt, aber Elena besaß keins, und so hatte sich Alice mit einer Beschreibung begnügen müssen. Sie hatte sie schon unzählige Male gehört, immer von neuem.

»Sie war... sie ist jung, vierunddreißig oder fünfunddreißig.

Nicht besonders groß. Hat braune Augen. Und einen abgebrochenen Schneidezahn...« Alice unterbrach sich, denn Magda sah aus, als sei sie unangenehm berührt. »...und sie ist Linkshänderin.« Jetzt schien Magda Saveri geradezu verärgert zu sein und allmählich die Geduld zu verlieren. »Was wollen Sie überhaupt, was wollen Sie denn von mir? Das interessiert mich alles gar nicht!«

Alice suchte nach einer Entschuldigung, aber Donella war schon aufgestanden, und so erhob sie sich auch. »Entschuldigen Sie, wir wollten Sie nicht ermüden. Vielleicht kommen wir ein anderes Mal wieder.«

Magda Saveri klingelte. Als Romilde eintrat, sagte sie: »Bringen Sie mir bitte das Pressamin, und machen Sie Licht im Treppenhaus, die Damen gehen.«

Donella und Alice verabschiedeten sich und verließen rasch das Zimmer. Romilde folgte ihnen ins Treppenhaus, schaltete das Licht an und bemerkte: »Ich habe gehört, wie Sie...« Aber Magdas Stimme rief sie ins Zimmer zurück: »Romilde, die Tabletten!« – »Auf Wiedersehen, auf Wiedersehen«, sagte Romilde rasch und ließ die beiden stehen, sie konnten ja allein hinuntergehen. Sie kennen ja den Weg, dachte sie, während sie Frau Saveri versorgte. Sie schloß die Fensterläden, rückte die Sessel zurecht und ging hinunter in die Küche. Rina, eine Hausangestellte, war bereits dabei, das Gemüse fürs Abendessen zu putzen. In diesem Haus gibt es mehr Dienstpersonal als Herrschaft, dachte Romilde. Sie sah aus dem Fenster. Der Wagen der beiden war verschwunden. Sie gab dem Mädchen einige Anweisungen und verließ die Küche. Merkwürdig, die Tür zum Eßzimmer stand offen. Sie trat ein und machte Licht. Da fuhr sie zusammen: Alice tauchte plötzlich hinter einem Vorhang auf, auch ganz erschrocken. Sie wurde rot.

»Psst!... Schließen Sie die Tür!«

»Na hören Sie mal! Was machen Sie denn hier?..« Romilde klinkte die Tür hinter sich zu.

»Ich wollte mit Ihnen sprechen. Was haben Sie da vorhin gesagt, auf der Treppe?«

Romilde antwortete rasch: »Aber... deswegen brauchen Sie mich doch nicht so zu erschrecken! Weshalb haben Sie sich denn versteckt?« Alice hätte es selbst nicht erklären können. Sie fürchtete, Romilde verärgert zu haben. Sie fühlte sich wie eine Diebin, die auf frischer Tat ertappt wird. Aber Romilde fuhr fort: »Also... was ich Ihnen sagen wollte: Ich hörte Sie vorhin mit der Signora reden, oben im Zimmer. Ich glaube, die Person, die Sie suchen, diese Signorina Grandine, also, wie Sie die beschreiben, mit dem abgebrochenen Zahn vorn und linkshändig, so eine hat bis März hier gearbeitet. Sie hieß aber Anna Certi, nein, Cerri. Anna Cerri hieß sie. Aber ich weiß nicht...«

»Sie war klein, dunkelhaarig, Linkshänderin und hatte einen abgebrochenen Schneidezahn?« Dabei sagte sich Alice, daß diese Merkmale alles bedeuten konnten oder nichts.

»Ja, genau. Wer weiß, warum mir Anna Cerri eingefallen ist, als ich Sie da vorhin reden hörte. Vielleicht wegen dem Namen – Giovanna, Anna – oder wegen dem kaputten Zahn und den Witzen, die sie darüber machte.«

Unglaublich, dachte Alice. Sie fand das gar nicht so witzig. Warum war Magda Saveri bei der Beschreibung Giovannas nicht sofort Anna Cerri eingefallen?

»Und was machte diese Anna hier? Haben Sie ein Foto von ihr?«

»Nein, Fotos habe ich keine. Sie war Krankenschwester und pflegte die alte Frau Saveri. Als die Signora starb, blieb sie noch ein paar Monate, weil die junge Frau sie brauchte. Eines Tages war sie... verschwunden. Als sie fortging, erklärte sie mir, sie würde in ein Studentenwohnheim ziehen. Dann ließ sie sich nie mehr blicken. Sie hatte auch einen Freund, so einen jungen Mann, einen Handwerker – Schreiner war er. Der kam eines Tages hierher und fragte mich, ob ich wüßte, wo sie wäre. Er hatte nämlich auch nichts mehr von ihr gehört. Ja, genauso war es.«

»Aha. Und dieser Schreiner? Haben Sie eine Ahnung, wo der wohnt?«

Wieder wurde geklingelt, Romilde sagte schnell: »Ich muß

hoch. Ich weiß nicht, wo er wohnt, aber er heißt Finetti, Giannino. Sie sollten jetzt besser gehen.«
Seltsame Atmosphäre hier! Alice verließ das Haus durch den Haupteingang, ohne sich noch einmal umzublicken. Falls Magda Saveri jetzt aus dem Fenster schaute, konnte sie sie nicht sehen, denn ihr Zimmer ging nicht nach vorne raus. Alice fragte sich überrascht, wie sie überhaupt auf diesen Gedanken kam. Dreihundert Meter weiter, hinter einer Biegung, wartete Donella im Auto. Alice stieg ein, sie sagte: »Los, fahren wir. Halt mal an der nächsten Bar.«
»Na, hast wohl wahnsinnige Entdeckungen gemacht, was?« spöttelte Donella. Jetzt spuckte sie große Töne. Dabei hatte Alice sie eben fast mit Gewalt zum Auto schleppen müssen, damit ihr Plan funktionierte und sie allein ins Haus zurückgehen konnte. Und große Entdeckungen waren es in der Tat. Bei der ersten Bar hielt Donella. Sie stiegen zusammen aus, denn Alice hatte noch nicht zu Ende erzählt. Es war kalt, langsam wurde es auch dunkel. In der hellerleuchteten Bar herrschte ein fürchterlicher Lärm. Alice bestellte zwei Espresso und zwei Grand Marnier, dann suchte sie das Telefon. Im Telefonbuch fand sie sofort einen Giannino Finetti, Tischler. Sie ging zur Theke zurück und schlug Donella vor, direkt zu ihm zu fahren, statt ihn anzurufen. Donella starrte sie entgeistert an.
»Wäre es nicht besser, erst mit Gaetano zu reden? Oder laß uns doch zu den Anwälten hier gehen. Findest du es wirklich so gut, etwas auf eigene Faust zu unternehmen?« Alice trank ihren Kaffee aus.
»Den Grand Marnier wollte ich eigentlich gar nicht, magst du ihn?« Sie schob Donella das Glas hin. »Zu den Anwälten habe ich kein besonderes Vertrauen. Die halten uns womöglich auf, bevor wir überhaupt wissen, ob die Sache von Interesse ist. Die bewegen sich im Schneckentempo, aber ich will endlich zur Sache kommen, verstehst du? Morgen erzählen wir es ihnen sowieso...« Ach, morgen ist ja Sonntag, fiel Alice ein. Da werden sie wohl kaum zu erreichen sein. Außerdem ist Weihnachten.

Donella trank die beiden Grand Marnier aus und kramte nach einem Taschentuch. Dann machten sie sich auf den Weg, um Giannino Finetti aufzusuchen. Die Tischlerei war geschlossen. Auf einem Schild an der Tür stand: »Fröhliche Weihnachten. Wir öffnen wieder am Mittwoch, dem 28. 12.« Es gab auch keine anderen Werkstätten oder Läden, wo man hätte nachfragen können. Ein paar Häuser weiter erkundigte sich Alice beim Pförtner nach Finetti. Sie bekam die Auskunft, er wohne über der Werkstatt, sei aber zu seiner Familie gefahren, irgendwo in der Provinz.

Bis Mittwoch war also nichts zu machen. Alice brachte Donella nach Hause, dann fuhr sie nach Mailand zurück. An einer Autobahnraststätte, wo sie tankte, wollte sie erst im Selfservice etwas essen gehen, fuhr dann aber doch lieber weiter. Kurz nach neun war sie in Mailand. Sie legte sich in die Badewanne und hörte sich dabei das Erzherzogtrio an.

Später rief sie ihre Mutter an, um etwas für den nächsten Tag auszumachen. Nachdem sie sich in der Küche mit einem Schinkenbrötchen und einem Milchkaffee gestärkt hatte, streckte sie sich auf der Couch aus, um bei einem Whisky-Soda mit Eis noch einmal das Erzherzogtrio anzuhören. Sollte sie sich aufrappeln und alles kurz aufschreiben, was sie rausbekommen hatte? Nein, lieber nicht, die Hektik hatte ihr für den Heiligabend gereicht.

Sie gab sich nun ihrer Weihnachtsstimmung hin, ließ sich von der Musik forttragen. Die Stille ihrer Wohnung umgab sie wie Watte. Weihnachten blieb eben Weihnachten, auch wenn es diesmal anders war und nicht so schön wie vor zweiunddreißig, dreiunddreißig Jahren, als sie das Schaukelpferd und den Cowboyanzug geschenkt bekommen hatte. Aber ein schlimmer Abend war es auch nicht, der würde sicher erst noch kommen. Alles schien ihr total sinnlos, auch ihre eigene Erwartung. Sinnlos, sinnlos. Sich das ständig zu wiederholen, war ihr wieder einmal Trost und Ansporn zugleich. Wieder einmal – und sicher nicht zum letzten Mal –, sagte sich Alice, um sich Mut zuzusprechen.

Sie fühlte sich schon leicht benebelt, trotzdem trank sie noch einen Schluck Whisky mit Eis.
Irgendwann mußte sie aufstehen, weil sie Streichhölzer brauchte. Sie füllte ihren Federhalter und legte im Flur die Geschenkpakete zurecht, die sie in rotes Glanzpapier eingewickelt hatte.
Es war kurz vor Mitternacht, fast schon der erste Weihnachtsfeiertag. Alice merkte, wie sie sich in eine grundlose Traurigkeit hineinsteigerte, und daß sie das absichtlich tat, um eine richtige Weihnachtsstimmung aufkommen zu lassen. Sie fand sich lächerlich, was für sie immer ein unerträgliches Gefühl war. Aber heute ging es ihr ja wirklich nicht gut. Sie mußte sich richtig zusammennehmen, sich quasi selbst überlisten, um bloß nichts zu vergessen. Klar, daß sie frustriert war. Sie schrieb ein paar Zeilen in ihr Tagebuch und füllte eine Anmeldung zu einem Klassentreffen der ehemaligen Schülerinnen ihres Gymnasiums aus. Abschicken würde sie sie doch nicht, dachte sie, als sie sich ins Bett verkroch. Daß sie so viele Dinge um sich hatte, gab ihr ein Gefühl von Sicherheit.

## 14

Am Mittwoch, dem 28., um zehn nach zehn, betrat Alice Giannino Finettis Tischlerwerkstatt. Es war ein großer Raum, der auf einen kleinen Innenhof führte. Überall standen verschiedenartige Bretter und Maschinen herum, alles war mit hellem Sägemehl bedeckt, es roch gut, nach Schreinerei eben. Giannino Finetti hörte Alice aufmerksam zu. Er war dünn, nicht besonders groß, feingliedrig und hatte einen wachen Blick. Auf dem Kopf trug er einen Papierhut, wie die Maurer, und hinter seinem rechten Ohr klemmte ein Bleistift. Alice fielen seine kräftigen, aber schlanken, knochigen Hände auf, die aussahen, als packten sie die Dinge behutsam, aber auch entschlossen an.

»Nein, ein Foto von Anna habe ich auch nicht. Ich hatte es zwar schon öfter vor, wissen Sie...«

»Was?«

»Fotos zu machen. Zum Beispiel, wenn wir sonntags rausfuhren, aber dann kam es doch nie dazu. Ich hätte wirklich gern eins gehabt. Einmal wollte ich ihr das aus ihrem Portemonnaie abschwatzen, aber sie wollte es nicht hergeben. Sie sagte, es wäre das einzige schöne Foto, das sie hätte. Manchmal fand ich das schon komisch.«

»Stimmt.«

»Aber vielleicht nur deswegen, weil dann alles so komisch wurde. Sie war plötzlich wie vom Erdboden verschluckt. An einem Dienstag – es war im März – gingen wir ins Kino, danach verabredeten wir uns für Samstag abend. Sie sollte mich abholen, wir wollten dann bei einem Freund essen. Sie kam aber nicht. Ich dachte, vielleicht mußte sie bei der Signora bleiben, vielleicht ging es der nicht gut – aber sie hätte mir wenigstens Bescheid sagen können.«

»Telefonierten Sie denn nie miteinander?«

»Wie? – Nein, ganz selten. Wenn nicht gerade was Besonderes los war, sollte ich sie nicht anrufen, sie wollte keinen Ärger mit der Signora. Eher rief sie mich an, oder sie kam vorbei. In jener Woche hatte ich Mittwoch und Donnerstag auswärts zu tun und kam erst spät zurück. Freitag arbeitete ich den ganzen Tag hier, sie ließ sich aber nicht blicken. Aber Sorgen machte ich mir eigentlich nicht.«
»Und Samstag abend suchten Sie sie bei den Saveris?«
»Ja. Und da stellte sich heraus, daß sie schon seit zwei Wochen nicht mehr dort war. Auch Romilde konnte sich nicht erklären, warum sie sich nicht mehr gemeldet hatte. Der Signora hatte sie angeblich gesagt, sie hätte eine Stelle im Krankenhaus gefunden, und da sie Medizin studieren wollte, erschien es der Signora das Beste für ihre... Zukunft.«
»Haben Sie denn mit der Signora Saveri gesprochen?«
»Ich? Nein, nur mit Romilde.«
»Und Gianna, Anna... wollte Ärztin werden?«
»Ja. Sie hatte eine Ausbildung als Krankenschwester und schon verschiedene Fortbildungskurse hinter sich. Seit drei Jahren war sie in Medizin eingeschrieben, ging aber kaum zu den Vorlesungen. Sie war ein bißchen träge.«
»Glauben Sie, daß es sich bei Anna Cerri und Giovanna Grandine um dieselbe Person handelt?«
»Hm, vor allem wegen dem abgebrochenen Zahn. Ist doch komisch, daß zwei Linkshänderinnen beide einen abgebrochenen Schneidezahn haben, oder?«
Alice fühlte sich plötzlich müde, ungeheuer müde. Aber zum Schlafen war jetzt keine Zeit, und auch nicht zum Rumgrübeln darüber, woher diese Müdigkeit kam.
»Zu dumm, daß keiner von uns ein Foto hat«, sagte sie bedauernd zu Giannino.
»Ja, wirklich schade. Ich würde Anna auch gern finden. Wer weiß...«
»Haben Sie seit damals nichts mehr von ihr gehört?«
»Nein, nie mehr. Ich hatte dann eine andere Freundin, aber Anna war schon eine irre Fau, wissen Sie. Von Heirat war

zwar nie die Rede, sie wollte ja nicht einmal mit zu meinen Eltern kommen, aber ich mochte sie sehr gern.«

Alice lächelte. Auch Giannino Finetti lächelte. Später, gegen eins, würde sie noch mal vorbeikommen, dann könnten sie ja zusammen essen gehen, schlug Alice vor. Jetzt habe ich ihn praktisch zum Essen eingeladen, dachte sie bei sich. Er war einverstanden, er würde auf sie warten; zuerst müßte er aber noch die Fensterrahmen für einen ganzen Block vom Sozialen Wohnungsbau fertigkriegen.

Sie ging hinaus. Das Wetter war ziemlich mies, das Jahr ging eben seinem Ende zu, wie Elena gesagt hätte. Jetzt vermißte Alice sie zum ersten Mal so sehr, daß es fast unerträglich war, sie hielt es kaum aus.

Auch Donella kam mit zum Essen. Das Gespräch drehte sich wieder um die beiden Frauen, die möglicherweise ein und dieselbe waren. Giannino Finetti schlug vor, doch noch mal mit Magda Saveri zu sprechen. »Sie werden sehen, wenn wir ihrem Gedächtnis etwas nachhelfen, fällt ihr vielleicht was ein. Womöglich hat sie sogar ein Foto. Anna mochte die Saveris sehr gern...« Wurde Giannino rot, oder täuschte sich Alice?

»Ich hasse Magda Saveri«, rief Donella, »je weniger ich sie zu Gesicht kriege, desto besser. Aber wenn ihr wollt, geht ruhig, wir sehen uns dann später.«

»Ja, gehen wir«, sagte Alice. Dann fügte sie hinzu: »Auch wenn es nichts nützen sollte... aber die Anwälte scheinen sich für die Geschichte mit Giovanna Grandine ja gar nicht mehr zu interessieren.«

Alice fand, Elenas Verteidigung sei nun allzusehr in die Mühle der Bürokratie geraten: Die Anwälte hatten auf verschiedene Strategien gesetzt, die jedoch – wie sich herausgestellt hatte – keine unmittelbaren Erfolge brachten. Alice zumindest sah das so. Der Umgang mit diesen Advokaten und ihrem »idiotischen Papierkram«, wie ihr Schwager das beim Weihnachtsessen treffend formuliert hatte, war mittlerweise der reinste Horror für sie. Ja, Horror, das war der einzig passende Ausdruck dafür.

»Wir wissen natürlich nicht, ob Anna und Giovanna...« Giannino Finetti brach ab. Er trank einen Schluck Wein und lächelte: »Jedenfalls sollten wir nicht den Mut verlieren.«
Und so sah Alice Carta, diesmal in Begleitung von Giannino Finetti, Magda Saveri wieder. Sie erschien ihr noch schöner, aber abweisender als beim ersten Mal. Ja, natürlich erinnerte sie sich an Anna Cerri, erklärte sie, sie hätte allerdings kein Foto von ihr, und auf die Idee, es könnte Giovanna Grandine sein, wäre sie wirklich nicht gekommen. Das klänge ja wie im Roman! Jedenfalls hätte sie von Anna Cerri seit Monaten nichts gehört. Das täte ihr leid, sie wäre eine große Hilfe gewesen, ein tüchtiges Mädchen und eine ausgezeichnete Krankenschwester! Damit war das Gespräch für sie beendet. Alice versuchte nachzuhaken, sah aber bald ein, daß sie nichts Neues rauskriegen würde. Außerdem wollte sie nicht, daß Romilde Ärger mit Magda Saveri bekäme; wenn sie noch weiterbohrte, würde Frau Saveri vielleicht neugierig werden, wie sie auf die Verbindung Anna – Giovanna gekommen wären. Deshalb empfahl sich Alice. Kurz darauf verabschiedete sie sich auch von Giannino, der immer schüchterner, verlegener, aber auch immer hilfsbereiter geworden war.
Bevor sie nach Mailand zurückfuhr, rief sie von einer Bar aus Donella an. Auf der Autobahn hatte sie den Eindruck, die Strecke in- und auswendig zu kennen – die Schilder mit den Kilometerangaben, die Raststätten, ja sogar einzelne Büsche auf dem Mittelstreifen.

# 15

Der Januar verging, ohne daß sich irgendwas ereignete. Die Lage war einfach verfahren. Der Ermittlungsrichter hatte Elena noch einmal verhört, und die Anwälte bemühten sich darum, daß sie vorläufig auf freien Fuß gesetzt wurde. Elena selbst trug nichts zur Klärung des Falles bei. Sie schien zu glauben, jeder könne Micheles Mörder sein. Also auch sie. Eine lächerliche, paradoxe Vorstellung.

Am Mittwoch, dem 8. Februar, fuhr Alice nach Bologna. Sie wollte Donella besuchen, die sich eine üble Grippe zugezogen hatte. Sie aßen zusammen zu Abend. Donella schlug ihr vor, über Nacht zu bleiben. Am nächsten Morgen hatte Alice einfach keine Lust, sofort aufzubrechen. Sie zögerte ihre Abreise bis fünf Uhr nachmittags hinaus. Als sie endlich losfuhr, war es bereits dunkel.

Auf der Fahrt hörte sie Bob Dylan. Langsam habe ich die Schnauze voll, dachte sie, gestrichen voll! Mehr fiel ihr nicht ein. Was konnte sie noch tun? Sie sehnte sich nach irgendwas Ausgeflipptem, aber ohne Elena war das nicht so einfach. Sie könnte umkehren und Magda Saveri noch mal besuchen, die schönste Witwe der Welt. Sie mußte lächeln. »Lay Lady, lay on my big brass bed...« hauchte Dylan aus dem Lautsprecher. Oder sollte sie nach Florenz fahren, zu Dr. Cassini? Alles Schnapsideen! Sie tobten durch ihr Hirn und laugten sie völlig aus. Das Ideale wäre... sie ließ den Gedanken sausen und konzentrierte sich jetzt ganz aufs Fahren. Sie war zwar nicht mehr so scharf darauf wie mit zwanzig, aber es machte ihr immer noch Spaß.

Als sie an diesem Donnerstagabend nach Hause kam, fand sie eine Karte von Dolores vor – aus Florenz, es ging um die üblichen Modekollektionen –, außerdem einen Brief von ihren Freunden aus Sizilien, die eine neue Weinsendung ankündigten. Sie duschte, warf sich in den grünen Overall und zog die ausgeleierte Wolljacke drüber. Mit dieser Jacke war sie eines Sonntagnachmittags erschienen, als sie zu einer Freundin zum Pokerspielen kam. Elena hatte sie mit den Worten empfangen, so ausgeleierte Jacken trage man besser zu Hause.

»Und wo sind wir hier? Etwa auf der Piazza?«

»Ich meinte, bei sich zu Hause, Honey. Bei sich zu Hause.«

Das mußte drei oder vier Jahre her sein, dachte Alice, während sie in ihrer linken Tasche nach dem Labello kramte. Sie machte sich etwas Milch warm, streckte sich auf der Couch aus und hörte ›Andenken‹, das Schubert-Lied, das sie am meisten liebte.

Am nächsten Morgen – sie fühlte sich jetzt richtig ausgeruht – legte sie die Platte gleich noch mal auf.

Gegen Mittag rief Donella an.

»Alles in Ordnung? Wie war die Fahrt?«

»Gut, danke. Mittlerweile kenne ich die Strecke auswendig. Und wie geht's dir?«

»Ach, besser. Heute morgen war ich sogar ein halbes Stündchen draußen, die Sonne schien. Es geht mir wirklich besser. Und denk dir, ich war nur eine halbe Stunde unterwegs, und schon weiß ich sämtliche Neuigkeiten! Sandra ist jetzt mit Arturo zusammen, die Schwestern Mattelli machen Ferien auf Ischia – ach, und Magda Saveri ist zur Thermalkur gefahren. Jedenfalls weiß ich über alles Bescheid.«

»Hm.«

»Eigentlich wollte ich dir nur sagen, daß meine Mutter morgen früh nach Mailand kommt. Könntest du sie am Hauptbahnhof abholen und zu Elena bringen? Die Anwälte können morgen nicht.«

»Ja, klar. Ich gebe ihr dann auch die Zigaretten für dich mit, wenn der Typ sie mir rechtzeitig beschafft.«

Eigentlich hatte sie gar keine Lust, Frau Noja zu sehen, dachte Alice, als sie den Hörer auflegte, aber es blieb ihr wohl nichts anderes übrig.

Zur selben Zeit saß Gaetano Ambrogi, der Anwalt, am Schreibtisch in seinem Büro, das Gesicht in den Händen vergraben, völlig deprimiert. Schon wieder mußte er ans Telefon, seine Sekretärin hatte ihm einen Anruf durchgestellt.

Alles hatte doch so simpel ausgesehen, fast zu simpel. Der Fall war für ihn eigentlich schon geklärt, und jetzt gab es so wahnsinnige Komplikationen! Am liebsten hätte er alles hingeschmissen und wäre abgehauen, nach Mexiko oder Kenia – schon öfter hatte er das gedacht, vor allem in den letzten Wochen. Nie hätte er für möglich gehalten, daß Elenas Verteidigung ihn derartig strapazieren würde.

Lange verharrte er so, den Kopf in den Händen, die Ellbogen aufgestützt. Plötzlich sah er Alice und Elena vor sich, damals, als Alice ihr Arbeitszimmer renovieren ließ. Maler, Schlosser, Elektriker und Schreiner werkelten herum. In einer Ecke war ein uraltes Geloso-Tonbandgerät aufgestellt. »Wie schön!« hatte Elena ausgerufen, als sie es entdeckte. Und Alice darauf ganz glücklich: »Schön, nicht? Ich habe es wieder ausgegraben, auf einem der Bänder muß nämlich die komplette Aufnahme von...« – »Gellis Geständnis über seine Aktivitäten in der Geheimloge P2 sein«, fiel Elena ihr ins Wort – was sie übrigens öfter tat. »Ja, genau. Das gesamte Geständnis von Gelli.«

Elena und Alice hatten in gewisser Hinsicht eine – total ausschließliche – Zweierbeziehung. Gleichzeitig waren sie aber alles andere als ein Paar.

Gaetano Ambrogi sah auf die Wanduhr zu seiner Linken. Sein Blick schweifte durch den Raum und blieb bewundernd an seinem Guttuso hängen, einem großformatigen Bild, das er etwa zwei Jahre zuvor erworben hatte. Natürlich war es das schönste in seiner Sammlung – und das größte.

Er rief seine Sekretärin und bat sie um einen starken Tee mit Zitrone.

»Daß man sie nicht häufiger besuchen kann, hat nichts weiter zu bedeuten«, erklärte Alice. Sie hatte Zahnschmerzen und war schlechter Laune. Frau Noja hatte sie nach dem Besuch bei Elena hier in diese Mailänder Trattoria eingeladen, wo man sehr gut aß, die Alice aber mittlerweile nicht mehr ausstehen konnte, weil sie mit zu vielen – und nicht nur angenehmen – Erinnerungen verbunden war. Oft kam das nicht vor, aber manchmal konnte ihr so eine geballte Ladung an Erinnerungen einen Ort doch richtig vermiesen, selbst dieses hervorragende Restaurant.
»Sicher, vielleicht sollte man das alles nicht überbewerten. Aber Elena hat zu ihrer Entlastung keinen Zeugen – außer sich selbst. Mein Mann ist schon ganz mutlos.«
Ist mir doch egal, dachte Alice, während sie ihren neapolitanischen Espresso trank, der hier von der Chefin persönlich zubereitet wurde. Alice erinnerte sich, daß sie einmal mit einer Frau, die sie wahnsinnig gut fand, in dieser Trattoria gegessen hatte. Sie sah Elenas Mutter an und sagte einen Satz, den sie eigentlich für Elena hatte aufsparen wollen.
»Daß man oft den Mut verliert, gehört einfach zum Leben, das ist nun mal so...«
»Wie?« fragte Frau Noja geistesabwesend und fügte hinzu: »Sicher, der Richter muß ganz schön Courage haben. Schrecklicher Beruf, nicht? Ich verstehe zwar nichts davon, aber eins weiß ich – es muß ein wirklich schrecklicher Beruf sein.« Seufzend fuhr sie fort: »Vier Messerstiche, von unten nach oben und von oben nach unten. Mir läuft es kalt den Rücken runter, wenn ich bloß dran denke.«
Alice fiel ein, daß auch ihre Mutter ständig von diesen Stichen mit dem Brieföffner redete und sie mit Fragen überschüttete. Ob die Polizei wüßte, was das für Stiche gewesen waren, mit der rechten oder der linken Hand ausgeführt oder wie sonst, wie sich alles abgespielt habe. Alice fand das einfach anstrengend. Lästig. Nicht direkt sinnlos, aber wahnsinnig lästig. Deshalb vermied sie es, daran zu denken. Zumal die anderen sich schon genug für diese makabren Einzelheiten interessierten.

Sie verlangten die Rechnung, dann begleitete Alice Elenas Mutter zum Hotel. Anschließend ging sie ins Wettbüro, fand aber keinen rechten Spaß an der Sache. Also zog sie weiter zu Antonia, einer Bekannten, die sie nur selten traf und die sich vor allem für Tiere und Dope interessierte. Antonia war nicht da. Nach Hause zurückgekehrt, soff sich Alice mit ihrem Non-blended-Scotch einen an. Beim Einschlafen spielte sie mit dem Gedanken, noch mal nach Florenz zu fahren und Dr. Cassini aufzusuchen.

Am nächsten Morgen rief sie ihn an. In seiner Wohnung meldete sich niemand, also versuchte sie es in der Praxis. Von der Sprechstundenhilfe erfuhr sie, der Doktor sei in Salsomaggiore, jedenfalls auswärts – Alice war vom Vorabend noch etwas benebelt –, er würde in fünf Tagen zurückkommen.

»Richten Sie ihm bitte aus, daß Alice Carta angerufen hat. Er möchte mich bitte zurückrufen, oder ich versuche es noch mal. Vielen Dank.«

Sie hatte Kopfschmerzen und nicht die geringste Lust, zu ihrer Mutter zu gehen, die sie doch zum Mittagessen erwartete. Geschnetzelte Nieren mit Püree, danach selbstgebakkene Schokoladenplätzchen. Wie schon vor zwei Wochen, wie in zwei Wochen wieder.

# 16

Es war Anfang März. Alice hatte gerade ihre Mutter, die jedes Jahr eine Auslandsreise machte, zum Flughafen gebracht; diesmal ging's nach Ägypten. Da überfiel sie plötzlich der Wunsch, mit Dr. Cassini zu sprechen. Sie hielt an der nächsten Telefonzelle, aber da sie keine Münzen bei sich hatte, mußte sie den Anruf aufschieben. Zwei Tage schob sie ihn vor sich her; denn wie immer, wenn sie ein Bedürfnis nicht sofort befriedigte, mußte sie sich erst mühsam aufraffen. Freitag abend rief sie ihn endlich an.
»Guten Abend, hier ist Alice Carta, aus Mailand.«
»Guten Abend Signorina, wie geht's?« Diesmal klang seine Stimme nicht nach Lächeln.
»Danke, gut. Ich hoffe, ich störe nicht?«
»Eigentlich schon. Aber das macht nichts. Ich habe Gäste zum Essen da. Ich war ein paar Tage weg, habe mir einen kleinen Urlaub genehmigt. Rufen Sie mich aus einem bestimmten Grund an?«
»Ich habe nächste Woche in Florenz zu tun und würde Sie gern treffen, wenn es Ihnen paßt.«
»Natürlich, gern. Wann kommen Sie denn?«
»Ich denke Mittwoch, am frühen Nachmittag.« Alice spürte ein Pochen in der linken Schläfe. »Ich melde mich, sobald ich in Florenz bin, ja?«
»In Ordnung, ich erwarte Sie. Jedenfalls... also ich meine... sonst gibt es keine Neuigkeiten, oder?«
Alice stellte sich Cassini vor, wie er Bohnen und Würste, Rindfleisch oder Wild auftischte, und erwiderte:
»Nein, nichts Besonderes.«
Nachdem sie aufgelegt hatte, wählte sie sofort eine andere Nummer. Da war schon Romilde mit ihrer unverkennbaren Stimme.

»Ist die Signora zu sprechen?«
»Wer ist da, bitte?«
»Erica Tiniggi.«
»Nein, sie hat sich hingelegt. Ich kann sie jetzt nicht stören. Wenn…«
»Gut, gut, macht nichts, ich rufe später noch mal an.«
Bevor sie sich ein Gläschen von dem Marsala eingoß, der gerade aus Sizilien eingetroffen war, verharrte sie einen Moment reglos. Sie spürte eine seltsame Atemnot, als wäre sie lange gerannt und doch nicht ans Ziel gekommen.

Am Montagabend genoß Alice schon die Vorfreude auf ihr Florenzunternehmen – ja, Vorfreude war das richtige Wort. Da spürte sie plötzlich starke Schmerzen in der linken Schläfe, in der ganzen linken Hälfte ihres Kopfes. Ihre Lippen waren ausgetrocknet, sie hatte Lust auf einen Whisky. Es war jedoch keiner mehr da, und der Labello lag im anderen Zimmer. Im Wohnzimmer hockte Dolores vorm Fernseher, sie sah sich eine Sendung über Schlankheitskuren an und las dabei Roland Barthes. Alice versuchte mühsam zu verdrängen, was ihr durch den Kopf schoß: Daß ihr Roland Barthes völlig oder ziemlich egal war. Daß sie keine Schlankheitskuren brauchte, sondern Elena. So wie man nach langer Trockenheit Regen braucht. Oder nach einem Tropenurlaub ein bißchen Mailänder Luft. Oder nach einem chinesischen Essen Spaghetti mit Tomatensoße. Noch ewig hätte sie so weitermachen können, merkte aber, daß sie nicht ganz ehrlich war. Das störte sie am meisten.

# 17

»Was heißt, ein bißchen Geld... die leben davon!« sagte Alice und starrte in ihre Kaffeetasse. Sie hatte gerade ein Verhör beim Ermittlungsrichter hinter sich, weshalb sie ihre Fahrt nach Florenz hatte verschieben müssen. Nun saß sie mit Gaetano in einer Bar. Sie debattierten über die Unfähigkeit der Polizei – nach Monaten hatten die immer noch nichts über Elenas verschwundenen Poncho in Erfahrung gebracht! Alice hatte einen solchen Haß, daß sie selbst erschrak. Das kannte sie gar nicht von sich. Schon beim Ermittlungsrichter hatte sie sich zu einem wahnsinnigen Wutanfall hinreißen lassen. Aber es hatte ihr wenigstens gutgetan.

»Und ihr? Habt ihr vielleicht versucht, aus dem Typ von der Bar rauszukriegen, ob Elena, die Elena, die er an dem Abend sah, zum Haustor hin oder von dort wegging?« Das war eine äußerst heikle Frage. Als Alice sie dem Mann gestellt hatte, war dieser unsicher geworden und hatte eingeräumt: »Vielleicht kam sie auch raus.« Und auch dem Richter hatte es bei dieser Antwort die Sprache verschlagen.

»Unterlassungen sind das, keine Untersuchungen – so arbeitet die Polizei!« schimpfte Alice nach ihrem zweiten Whisky. Sie bestellte einen Espresso. Gaetano blickte ernst drein, er flüsterte ihr zu:

»Laß das doch, Ali. Was regst du dich denn so auf, die Polizei ist nun mal so ineffizient. Das ist doch ein alter Hut!«

»Meinst du, deine freie, demokratische Gewerkschaft ist was Neueres?« entgegnete Alice, aber Gaetano ließ sich nicht aus der Ruhe bringen.

»Die machen's doch auch nur, weil sie ein bißchen Geld brauchen, oder?« sagte er trocken.

»Und werden Bullen?«

»Hm.«
»Was heißt, ein bißchen Geld... die leben davon!« widersprach Alice, dabei fühlte sie sich ziemlich blöd. Und deprimiert. »Und jetzt kann ich nicht mal nach Florenz fahren. Schade.«
»Findest du das denn so wichtig?«
Ganz zufällig trafen sich ihre Blicke. Zwischen ihnen beiden fehlte einfach Elena.
»Weiß nicht, ich bin mir nicht sicher. Ich wollte es eben. Hier rührt ja keiner einen Finger! Das einzige, was passiert, ist, daß nichts passiert – und alle scheinen das in Ordnung zu finden. Nur ich falle hier aus der Rolle mit meinen Nachforschungen, so lächerlich die auch sind und...« – undogmatisch, wäre ihr fast rausgerutscht. Aber eigentlich wollte sie Gaetano gar nicht ins Vertrauen ziehen.
Wie soll ich ihm und den anderen bloß klarmachen, daß ich nicht nur aus »Liebe und Gerechtigkeitssinn« – wie Dolores sagt – so verbissen Detektiv spiele. Sondern weil ich überzeugt bin, daß die Polizei unfähig ist, dachte Alice auf dem Nachhauseweg. Jetzt wäre ein Whisky gut, schoß ihr durch den Kopf, als sie dem Garagenwächter auftrug, ihren Wagen einzuparken.
Sie ging rauf, zuerst in die Küche. Ohne den Mantel auszuziehen, nahm sie eine Grapefruit und eine Orange aus dem Kühlschrank und preßte sie aus. Dabei las sie den Zettel, den ihr Signora Olga hingelegt hatte: Der Elektriker war da gewesen, hatte den Schaden aber nicht finden können, der am Abend vorher einen Stromausfall verursacht hatte. Alles hatte bestens funktioniert. Komisch.
Alice hatte immer noch Durst, irrsinnigen Durst. Die Zunge klebte ihr am Gaumen, die Augen taten ihr vor Überanstrengung fast weh. Es war erst zwanzig nach drei, sie hatte noch etwas Zeit, bevor sie losmußte, um Elena zu besuchen. Im Knast. Sie ging ins Arbeitszimmer rüber und setzte sich an die Schreibmaschine, eigentlich ohne bestimmte Absicht. Das Wort ›Absicht‹ spukte ihr überhaupt oft im Kopf herum. Wer konnte die Absicht gehabt haben, Michele zu

ermorden? Das war die erste Frage. Und wer konnte die Absicht gehabt haben, Elena zu schaden? Sie nahm ihren Brieföffner und drehte ihn hin und her. Konnte Elena die Absicht gehabt haben, Michele umzubringen? Konnte so ein Schmuckstück von Brieföffner überhaupt eine Waffe sein? Konnte Elena... Das Telefon läutete, jemand hatte sich verwählt. »Nein, hier wohnt kein Fabio, Sie sind falsch verbunden.« Sie legte auf. Wieder vor der Schreibmaschine, hörte sie noch das Echo ihrer Stimme und dann das Geklapper der Tasten, vermischt mit dem Lärm irgendeiner Maschine im Garten. Sie hatte einen wahnsinnigen Durst, wie immer, wenn sie geraucht hatte. Den Abend zuvor hatte sie oben bei Dolores verbracht, weil in einem Teil ihrer Wohnung der Strom ausgefallen war. Dolores hatte ein paar Freundinnen zu Besuch, unter anderem auch Antonia, die Gras mitgebracht hatte. Nach einem Joint bekam Alice immer einen Bärenhunger und am nächsten Morgen einen Wahnsinnsdurst. Und immer setzte sich irgendeine fixe Idee in ihrem Kopf fest. Diesmal dachte sie seit Stunden nur eins: Daß Liebe vor allem eine Strapaze ist.

Dem Besuch bei Elena am Nachmittag sah sie mit einigem Unbehagen entgegen. Sie hatte das Gefühl, es könnte unangenehm werden, nein, nicht unangenehm, eher anstrengend, so wie Schreiben im fahrenden Zug. So ekelhaft wie die Suche nach dem Sinn des Lebens, wenn man dazu auf nüchternen Magen eine nach der anderen raucht.
»Ach, daß ich's nicht vergesse, das wollte ich dir schon lange sagen...«
»Was denn?« seufzte Elena.
»Du hattest mir doch durch Gaetano ausrichten lassen, ich solle dir ein Buch mitbringen, erinnerst du dich?«
»Hm.«
»Ist schon länger her.«
»Ja. Und?«
»Du hast das Buch von Thomas Mann immer ›Hundeherz‹ genannt, aber in Wirklichkeit heißt es ›Herr und Hund‹! Ich

hab' mich immer gefragt, ob du das weißt und ob du gerade dieses Buch wolltest.«
»Ach so. Hast du Schmuggelzigaretten dabei?« Elena war auf ihre Frage gar nicht eingegangen, dachte Alice, als sie ihr die Muratti-Packungen rüberschob, die aus Dolores' Vorräten stammten. Sie begann wieder: »Ich frage ja nur. Du weißt doch, Details sind wichtig...«
»Und wir übersehen sowieso schon zu viele.« Elena blickte nachdenklich.
»Was ist denn?«
»Hm. Du hast doch Magda gesehen, nicht?«
»Magda Saveri? Du meinst, jetzt vor kurzem?«
»Nein, überhaupt schon mal.«
»Hm.«
»Ist dir nichts an ihr aufgefallen?«
»Wie – aufgefallen?«
»Na, eben aufgefallen. Wie würdest du sie beschreiben?«
»Zunächst mal... sie ist querschnittsgelähmt. Das springt doch sofort ins Auge, nicht?« Alice fiel auf, daß sie redete, als wollte sie sich rechtfertigen.
»Und was noch?«
»Sie hat so einen Tick, ihr Daumen ist schon ganz kaputt, so was hab' ich noch nie... nein, halt, stimmt gar nicht, wenn ich's mir recht überlege. Weißt du, wer auch so einen Tick hat, wenn man das überhaupt Tick nennen kann?«
»Mara«, sagte Elena langsam.
»Genau, Mara. Wußtest du das denn?«
»Ich dachte das auch schon. Mara... die haben wir doch seit Jahren nicht mehr gesehen! Aber so einen Tick vergißt man nicht so schnell!«
»Lebt die jetzt nicht in Neapel?«
»Mara? Ja, ich glaube. Sie kommt oft nach Mailand, zu ihren Eltern, aber bei mir hat sie sich nie mehr blicken lassen.«
»Wieso fragst du mich das überhaupt?«
»Ich weiß nicht. Dieser Tick von Magda Saveri beschäftigt mich andauernd. Ich wollte nur wissen, ob er auch dir auf-

gefallen ist, oder ob ich mich auf ein Detail fixiere, das andere einfach übersehen.«
»Soll ich dir noch was über Magda Saveri erzählen?«
»Was denn?«
»Sie ist die schönste Frau der Welt, das muß ich schon sagen.« Alice lächelte.
»Mir scheint, du bist ganz… zufrieden.«
»Vielleicht… Ich habe dir was zu lesen mitgebracht«, sagte Alice abschließend.
Die Besuchszeit war zu Ende. Sie legte ein Buch von Schnitzler, »Spiel im Morgengrauen«, neben die Zigaretten auf den Tisch.
Draußen regnete es, dabei war jetzt bereits März, der Winter fast schon vorbei. Alice hielt an einer Bar; von dort rief sie Gaetano an und bat ihn um einen Termin. Er schlug halb sieben vor. Ein Stück weiter, hinter der Katholischen Universität, parkte sie. Zu Fuß bog sie in eine kleine Gasse ein. Sie wollte sich eine Dokumentenmappe kaufen, die sie hier sicher finden würde. Außerdem mußte sie ein Bild abholen, das sie zum Rahmen gebracht hatte. In dem Laden, in dem sie übrigens Stammkundin war, ertönte beim Öffnen der Tür ein Glöckchen. Das mochte sie, das flößte ihr Vertrauen ein. – Auch ein Fläschchen Tinte, einen Kopfsalat und Cebion-Brausetabletten mußte sie besorgen. Auf dem Weg zurück zum Wagen ging sie rasch in eine Telefonzelle und rief Daria del Corno an, um sie zum Abendessen einzuladen. Daria sagte zu.
Vielleicht hat auch Poirot so angefangen, dachte Alice, als sie mit dem lahmen Lift – typisch für ein Anwaltsbüro – zu Gaetano hochfuhr, ohne Bezahlung, eigentlich eher zufällig. Ach nein, der war ja bei der belgischen Polizei, fiel ihr ein. Und ihre Gedanken schweiften wieder zu Magda Saveri.

»…aber da müßte schon Poirot kommen. Poirot… oder diese… Alice Carta…«, dachte Magda Saveri in diesem Moment. Sie nippte wieder an ihrem Tee.

»Aufzüge sind die Hölle für mich. Üble Sache, würde Daria sagen.« Alice schüttelte Gaetano zur Begrüßung die Hand.
»Warum denn?«
»Im Aufzug denke ich immer so komisches Zeug, und nachher kann ich mich nicht mehr dran erinnern. Die Zeit im Fahrstuhl ist einfach verlorene Zeit.«
»Wie geht's denn? Möchtest du was trinken? Eine Cola oder einen Drink?«
»Grand Marnier, wenn du einen hast.«
Gaetano bestellte bei seiner Sekretärin den Grand Marnier und einen Wodka, rückte seine Krawatte zurecht, fuhr sich durch die Haare an den Schläfen und begann: »Also, was ist los?«
»Ich wollte alles noch einmal mit dir durchsprechen.«
»Gibt es denn was Neues?« fragte er zögernd.
»Nein. Das ist es ja gerade – nichts passiert! Die Polizei rührt keinen Finger, der Richter kriegt auch nichts raus... aber denen scheint das nur recht zu sein, was? Die sind sowieso von Elenas Schuld überzeugt.«
»Die Geschichte ist eben reichlich kompliziert...«
»Und in einer komplizierten Geschichte ist wohl auch das Absurdeste plausibel«, entgegnete Alice und starrte auf den Aschenbecher.
»Du redest wie Corto Maltese.«
»Und deshalb möchte ich mit dir alles noch mal durchsprechen, von Anfang an. Geht das nicht?«
Es ging. Gaetano Ambrogi hörte fast eine Stunde lang zu, wie Alice Carta mit leidenschaftlichem Engagement den Fall rekonstruierte. Dann warf er einen Blick auf seine Uhr und sagte:
»Ich habe jetzt einen Termin. Schade... ach, übrigens... wir sehen uns wohl eine Weile nicht? Wolltest du nicht wegfahren?«
»Doch, übermorgen fahre ich nach München«, seufzte Alice.
»Hast du denn die Schule ganz aufgegeben?«

»Ja. Inzwischen macht es mir mehr Spaß, die Erbschaft zu verwalten.«
»Bleibst du lange weg?«
»Vier Tage, und zwei für die Fahrt. Mit dem Zug, ich fahre gern Zug.« Um nichts in der Welt wollte sie auf den Genuß verzichten, die verschneiten Hänge am Brenner wiederzusehen, die Berge und Hütten, das eingeschneite Holz – ein wunderschönes Bild. Allerdings schnitten sieben Stunden Zugfahrt einen völlig von der Außenwelt ab; falls etwas passierte, würde man sie nicht erreichen, und sie könnte nicht rechtzeitig zurück sein. Aber das konnte auch passieren, wenn sie beim Friseur unter der Trockenhaube saß. Da könnte sie auch nicht mitten in der Prozedur aufspringen, um zur Stelle zu sein. Aber was sollte schon passieren?
»Dolores hat die Telefonnummer von meinem Hotel«, sagte Alice. Dabei fiel ihr ein, daß der Schnee jetzt im März vielleicht schon weggetaut war, dort oben an der österreichischen Grenze. »Wenn also ...« Sie sprach nicht weiter, Gaetano hatte auch so verstanden.
Als sie mit dem Aufzug runterfuhr, ging ihr ein seltsamer Vers durch den Kopf, so was wie »In den Thermen von Salsomaggiore« auf die Melodie von »Der Schiefe Turm von Pisa«. Kaum war die Haustür hinter ihr ins Schloß gefallen, hatte sie es schon wieder vergessen. Eine Straße weiter blieb sie vor einem Möbelgeschäft stehen, das gerade schloß. Im Schaufenster waren zwei riesige, ovale Sofas ausgestellt; sie hatten einen weißen Seidenbezug mit buntem Pfauenmuster.
Alice traf Daria in der Bar ›Happy Days‹, wo sie sich verabredet hatten. Schon beim Eintreten fiel ihr ein Mann auf, der rechts an einem Tisch saß. Er rauchte Pfeife und schrieb – nein, übersetzte etwas. Er war mittleren Alters, hatte eine beginnende Glatze und trug eine getönte Brille. Sein Tabak verbreitete einen süßlichen Geruch.
»Auch so ein Kneipenübersetzer«, kommentierte Daria, als sie merkte, wie Alice den Mann musterte.
»Ach, du kennst ihn? – Ciao«, begrüßte Alice sie und strich ihr sanft über den Arm.

»Nein. Ich weiß nur, daß auch er als Übersetzer arbeitet. Manchmal schreibt er hier in der Bar. Was trinken wir denn?«
»Einen Aperitif, die Hausmarke, aber beeilen wir uns, ich habe Hunger.«
Wie üblich gingen sie ins ›Lepre‹, aßen Risotto, Hackfleischklößchen nach Hausfrauenart mit Spinat, und zum Nachtisch Krapfen. Schließlich war Karneval. Weshalb ich immer vergesse, wie lange der Karneval in Deutschland dauert? So lange wie in Mailand? Vielleicht länger? Oder kürzer? fragte sich Alice.
»Und du? Schreibst du nicht an einem Krimi?« erkundigte sich Daria, während sie sich die letzte Gabel Risotto in den Mund schob.
»Wie? Ja, er ist fertig.« Bei dem Gedanken an ihre Detektivstory mußte Alice in sich hineinlächeln – wie es sich gehört, gab es da eine Leiche, Verdächtige, einen Täter, falsche Indizien, Giovanna Grandine und glorreiche Enthüllungen in letzter Minute. So ähnlich hatte sie es damals durchgeplant, an dem Abend, an dem sie in der Viale Vittorio Veneto die Brücke überquerte.
Daria wollte noch ein paar Einzelheiten wissen, schließlich meinte sie: »Aber das ist ja wie... so eine Art Agatha Christie... so eine Art...«
»... Alice Carta«, fiel ihr Alice lachend ins Wort.

# 18

Am nächsten Tag traf das amerikanische Ehepaar ein, mit dem Alice nach München fahren mußte. Sie waren beide über fünfundsechzig, Millionäre – wer weiß, weshalb sie noch arbeiteten. Richtige Hollywoodklamotten trägt sie, dachte Alice, als sie die beiden zum Shopping ins Zentrum kutschierte. Die Schuhe mußten natürlich von Crisci sein, für die würde sie in den Staaten 350 Dollar hinlegen. Sie gingen auch auf einen Sprung zu Cova, einen Tee trinken; anschließend zu Noé, um Spielzeug für die Enkelkinder zu besorgen.

Es war ein ganz normaler Einkaufsbummel an einem ganz normalen Donnerstag, nur daß diese Amis ihr Geld so unbekümmert ausgaben, daß selbst Alice staunte.

Kurz vor sieben verabschiedete sie sich von ihnen. Die beiden wollten sich frisch machen und fürs Abendessen umziehen. Pünktlich um neun würden sie sich bei Marchesi wiedertreffen, zusammen mit Dolores und einem Freund, der ebenfalls mit dem German Business zu tun hatte.

Das »See you later« hallte Alice noch im Ohr. Um wieder Italienisch zu hören, stellte sie das Autoradio an. Zu Hause fand sie einen Zettel von Olga, ein »Signor Finetti« hatte angerufen. Giannino!

Sie rief sofort zurück, äußerst gespannt. Er erzählte ihr seelenruhig, bei einem Treffen mit Bekannten habe er erfahren, daß eine von ihnen Anna – oder Giovanna? – vor kurzem in Bologna gesehen hat. Zwar nur von weitem, sie sei sich aber trotzdem ziemlich sicher. Er wollte Alice nur Bescheid sagen, auch wenn es bestimmt nicht einfach sei, sie zu finden – wiederzufinden.

»Suchen Sie sie denn?« erkundigte sich Alice, gar nicht sonderlich aufgeregt.

»Ja, natürlich. Mehrere von uns kennen sie, und Bologna ist nicht Tokio. Vielleicht sage ich auch Romilde Bescheid...«
»Lassen Sie Romilde lieber aus dem Spiel«, rutschte es Alice heraus. »Das heißt... ich weiß nicht. Machen Sie, was Sie für gut halten. Sehen Sie selbst, Giannino. Jedenfalls vielen Dank. Hoffentlich haben Sie Erfolg.«
Wahrscheinlich ist sie's sowieso nicht, dachte Alice, während sie die Dusche anstellte.

Bevor Alice am folgenden Mittwoch in München in den Zug stieg, rief sie Giannino Finetti in Bologna an.
Große Hoffnungen machte sie sich nicht; deshalb war sie auch nicht allzu enttäuscht, als er ihr mitteilte – er selber schien untröstlich –, sie hätten Anna Cerri nicht gefunden, diese Freundin müsse sich wohl getäuscht haben. »Ach, leck mich am Arsch«, sagte Alice fast vernehmlich, als sie die Restmünzen aus dem Apparat fischte.
Das Geschäft in München war gut gelaufen; Alice hatte das Gefühl, nichts auf der Welt sei so leicht wie Arbeit. Man brauchte nur im richtigen Moment Geistesgegenwart, Leidenschaft und Intelligenz, und alles flutschte. Von anderen Dingen konnte man das nicht gerade behaupten.
Außerdem hatte sie in München Pretty King wiedergesehen, eine Freundin aus England, die schon fast ein Jahr in Bayern lebte. Mit ihr verstand sie sich einfach wahnsinnig. Ja, ›wahnsinnig‹ war das richtige Wort, dachte Alice. Es waren wahnsinnig gute Tage gewesen. Kalbshaxe, Steinhäger und Pretty King. Und an einem Abend sogar Disco. Sie hatte Elena nicht einmal vermißt, aber sie vermißte sie ja auch nicht immer! Nur manchmal, manchmal.
Sie ging zum Zug; bis zur Abfahrt waren es noch zehn Minuten.

# 19

Langsam ging der März zu Ende. Nach ihrer Münchenreise war Alice Carta klargeworden, daß sie mit Außenstehenden nur deshalb so wenig über Elena Noja sprach, weil es ihr im Grunde peinlich war. Die Amerikaner zum Beispiel oder auch ihre Arbeitskollegen waren nicht unbedingt über alles informiert. Und viele von ihren Bekannten hatten keine Ahnung, daß sie Elena Nojas Freundin war. Alice hatte bei sich selbst beobachtet, daß sie Außenstehende schon lange nicht mehr in die Geschichte einweihte. Nur mit Freundinnen oder Freunden sprach sie ausführlich darüber. Aber manchmal geriet »der Fall Noja« sogar in Vergessenheit, unverständlicherweise, dachte Alice. Sie befand sich da in einer merkwürdigen Situation.

Das versuchte sie Elena zu erklären, an einem Samstag Anfang April. Elena saß nun schon über fünf Monate im Knast.

»Also, ich fühle mich irgendwie gespalten, verstehst du, ein bißchen schizoid.«

»...«

»Obwohl – auch nicht mehr als sonst.«

»Der Ermittlungsrichter hat den Antrag auf vorläufige Freilassung abgelehnt.«

»Ach, Signorina, Sie brauchen nur einen hübschen kleinen Antrag zu schreiben... Entschuldige, Hélène, ich bin auch ziemlich fertig.«

»Hm. Ich blicke immer noch nicht richtig durch. Ich versuche ständig, alles noch mal zu rekonstruieren, dabei irre ich aber jedes Mal wie in einem Labyrinth herum – das kostet mich den letzten Nerv. Grauenvoll, einfach grauenvoll! Ich weiß nicht, wie ich da rauskommen soll... wenn ich überhaupt jemals rauskomme.«

Alice hörte kaum hin, sie hätte gern von ihrer neuen Liebe erzählt. Elena war die einzig richtige Zuhörerin, auch wenn sie hier in San Vittore saß.

»Sag's gleich, dann geht's schneller vorbei, das weiß ich aus Erfahrung.« Elena hatte sie also schon durchschaut. »Schluß mit dem Geschwätz und den falschen Skrupeln, spuck's doch endlich aus!« sagte Elena mit ahnungsvollem Blick. Alice bemühte sich, ihn geflissentlich zu übersehen, ihr fehlten einfach Kraft und Zeit.

Einmal hatte sie die ganze Besuchszeit darauf verwendet, sich über die deutschen Klos auszulassen; ein anderes Mal hatte sie Elena die weißen Schneeflächen am Brenner beschrieben. Dieser Samstag jedoch war fast ausschließlich Alices neuem Schwarm gewidmet. Ansonsten ging es nur um den seltsamen Tick von Magda Saveri, wie schon seit langem.

»O Gott, es ist schon wieder Zeit.« Nach Ablauf der vierzig Minuten hatte die Wärterin noch etwas gewartet, ohne einzugreifen, doch dann wurde sie resolut.

»Fährst du nun über Ostern weg?« wollte Elena wissen.

»Wieso? Das ist doch erst in einer Woche.«

»Ich frage ja nur.«

»Nein, ich glaube nicht. Dolores will zum See, um sich ein bißchen zu erholen. Bis dorthin schaffe ich es vielleicht auch. Weiter sicher nicht.«

»Hm... willst wohl am Ball bleiben!«

»...«

»Ciao, Ali.«

Samstag. Ein Samstag wie jeder andere. Alice packte zu Hause alles Nötige ein und fuhr los, nach Florenz.

Sonntag nachmittag, auf der Rückfahrt, dachte sie immer wieder »das war doch für die Katz«. Dr. Cassini war noch freundlicher gewesen als sonst, hatte aber weder Neues noch Interessantes berichtet.

Dabei hatte ihn Alice auch gefragt: »Kannten Sie zufällig die Familie Saveri?«

Natürlich hatte er überrascht reagiert und lediglich geantwortet: »Nein.«
Viel mehr kam nicht.
Alice hatte bei alten Bekannten zu Mittag gegessen und war wieder nach Mailand zurückgefahren, ohne in Bologna Zwischenstation zu machen. Als sie um fünf ihre Wohnung betrat, war sie überzeugt, die einzelnen Elemente nun bald zusammenzuhaben. Die Lösung mußte zum Greifen nahe sein, sie mußte sich nur richtig anstrengen!
Ausgerechnet jetzt muß ich mich verlieben, verdammt! stöhnte sie, während sie sich zum Duschen auszog.
Und jetzt? Schlafen? Etwas schreiben? Dolores anrufen?
Plötzlich wurde ihr klar, daß es für sie keine Verpflichtungen gab. Nur Elena gegenüber. Das war allerdings nicht wenig. Sie verließ das Haus. Kurz vor sieben stand sie in der Bar in der Nähe von Elenas Wohnung. Der junge Typ an der Theke lächelte ihr zu:
»Was machen Sie denn hier?«
»Ich war weg, bin erst heute wieder hier und kam zufällig vorbei«, log Alice.
»Alles in Ordnung? Wie geht's denn?«
»Hm. So la la. Ich hätte gern einen koffeinfreien Kaffee.«
»Sofort, Alice.«
O Gott, er nennt mich immer beim Vornamen, und ich erinnere mich nie, ob er Emilio oder Benito heißt, dachte Alice bei sich. Gleichzeitig sagte sie:
»Hören Sie, um noch mal auf... diese Nacht zurückzukommen... da haben Sie doch eine Frau mit Elenas Poncho vorbeigehen sehen, hier an der Bar vorbei...« Alice goß sich kalte Milch in den Kaffee, sah den Mann nicht an. »Sie kam aus dem Haus. Lief sie schnell?«
»Nein. Ganz normal. Nein, sie rannte nicht. Mir ist nichts Besonderes aufgefallen. Sie ging einfach nur vorbei. Ich kenne sie doch, und als sie vorbeiging, wie schon so oft, erkannte ich sie natürlich.«
»Ja, klar. Wie lange... dauerte das denn?«
»Wie?«

»Also, Sie haben da jemanden vorbeigehen sehen – wie lange dauerte das? Zehn Sekunden? Drei Sekunden? Eine Minute?«
»Na, ich habe hochgeschaut und sie eben ganz kurz gesehen, ich war doch bei der Arbeit.«
»Natürlich.« Es war eben ein Abend wie jeder andere gewesen, dieser 27. Oktober. Alice bezahlte ihren Kaffee, kaufte Zigarillos und eine Schachtel After Eight. Dann verließ sie die Bar.
Wenn sie der Sache nur auf den Grund kommen könnte! Dafür würde sie jetzt alles geben, jede neue Liebe, selbst wenn es Robert Redford wäre. Sie fühlte sich total verwirrt. Auch sie wußte nun nicht mehr, wie sie aus diesem vertrackten Labyrinth je herausfinden sollte.
Ob sich Magda Saveri oft am Telefon verleugnen läßt, wenn sie nicht gestört werden will? fragte sich Alice auf dem Heimweg. Diese Romilde war eine Haushälterin vom alten Schlag. Die Signora darf auf keinen Fall gestört werden, sie ist erst morgen früh wieder zu sprechen. Alice mußte lächeln, hielt sich aber nicht weiter mit diesem Gedanken auf.
Jetzt stand erst mal das Abendessen mit Dolores auf der Tagesordnung; zu Hause, damit man wenigstens merkte, daß Sonntagabend war. Spiegeleier, gegrillte Steaks mit Ketchup und Kartoffelsalat waren geplant. Hoffentlich hat Dolores Petersilie mitgebracht, dachte Alice.

## 20

»Auch ich mag sie geschnetzelt am liebsten«, seufzte Silvio, als er die Nierchen probierte. Es war der 27. April, Donellas Geburtstag. Sie saßen in einem ausgezeichneten Restaurant in Bologna. Alice, Silvio, Dolores, Donella natürlich, außerdem zwei Freunde aus Bologna, einer verheiratet, der andere schwul. Sie waren wohl Brüder, Alice hatte das, als sie ihr vorgestellt wurden, nicht richtig verstanden. Dann waren sie alle schon mitten in der Unterhaltung, und sie vergaß nachzufragen.

Nach dem Abendessen lud Donella alle auf einen Whisky zu sich nach Hause ein. Natürlich wurde die ganze Zeit kaum von Elena gesprochen. Sie war nun schon sechs Monate in Haft. Daran zu denken, war einfach lästig, so lästig wie ein quengelndes Kind – so unangenehm, daß man am besten darauf verzichtete.

Am nächsten Tag fuhren Silvio und Dolores nach Mailand zurück; Alice blieb noch, um sich mit den Anwälten zu treffen. – Wieder mal ein Schlag ins Wasser, dachte sie, als sie Sonntag nachmittag auf der Autobahn fuhr.

Das Wetter war so phantastisch, daß Alice Carta sich unversehens bei dem Gedanken an eine neue Liebe ertappte. Dabei war die letzte noch gar nicht vorbei. Aber Liebe und Frühling zusammen... Oft war es in ihrem Leben so gewesen, daß der Frühling neue Liebschaften mit sich brachte. Und umgekehrt wurden alle Jahreszeiten zum Frühling, wenn sie verliebt war. Aber beides zusammen war für sie wirklich das höchste der Gefühle! Alice seufzte tief und schaltete das Radio aus. Sie hatte gerade Parma hinter sich gelassen und hielt nun an einer Raststätte.

Während sie volltanken ließ, stieg sie aus und sah sich die Kassetten an, die in einem Plastikständer ausgestellt waren.

Aus dem Geschäft für Autozubehör fiel Licht auf den Vorplatz; drinnen sah Alice einen Tankwart, der mit einer Dose Tharus–99-l herumhantierte. Neben ihm stand eine Frau.
Sie war blond, ziemlich jung. Und trug eine bunte Wollmütze. Eine geradezu auffallend bunte Mütze! Alice kniff die Augen zusammen, um besser sehen zu können, riß sie aber sofort wieder auf. Völlig entgeistert starrte sie die Frau an, die bunte Mütze und den Umhang, der ebenfalls bunt war. Der kolumbianische Poncho – für jede Jahreszeit. Elenas kolumbianischer Poncho, Elenas Mütze!
Ohne eine Sekunde nachzudenken, riß sie die Tür auf und stürzte auf die Frau zu. Fast schrie sie: »Woher haben Sie diesen Umhang? Sagen Sie sofort, woher Sie diesen Umhang haben!«
Die Frau starrte sie verdattert an.
»Woher Sie den Umhang haben, habe ich gefragt, und die Mütze! Wo haben Sie die Sachen her – sind Sie taub?«
Die Frau sah erschrocken aus: »Ich... weiß nicht... mein Freund hat sie mir geschenkt. Aber wieso eigentlich? Was wollen Sie überhaupt?«
»Aha. Ihr Freund. Und woher hat der sie? Wer hat sie ihm gegeben?«
»Also hören Sie mal, was wollen Sie überhaupt von mir?«
»Und wo ist Ihr Freund?«
Der Tankwart, der immer noch mit der Dose rumhantierte, unterbrach seine Arbeit, sah die beiden an, dann ging er zur Tür und rief: »Dante!« Ein zweiter Tankwart kam herein und wischte sich die Hände ab: »Bin ja schon unterwegs. Schluß für heute. Was ist denn?« Dann wandte er sich der Frau mit dem Poncho zu: »Ich zieh' mich nur um, wir gehen gleich.«
»Sind Sie der Freund von dieser Frau?« fragte Alice.
Auch er schien so verblüfft, so erschrocken wie seine Freundin.
»Ja, ich bin Dante Caramaschi. Ist was passiert?«

»Deshalb habe ich dich ja gerufen. Hör' doch mal zu, was die Dame will«, sagte der erste Tankwart und verschwand.
»Diese Frau hier behauptet, Sie hätten ihr diesen Umhang und die Mütze geschenkt« – Alice versuchte, ruhig zu bleiben – »stimmt das?«
»Ja. Warum?«
Auch der wird rot, dachte Alice. Oder bilde ich mir das in der Aufregung nur ein? Sie knöpfte sich die Jacke auf, es war heiß hier und stank ekelhaft nach Kerosin, Wagenschmiere und Benzin. Sie wollte nicht erst lange herumreden.
»Weil dieser Umhang gestohlen ist. Die Mütze auch. Alles gestohlen. Woher haben Sie die Sachen?«
»Ich... habe sie gefunden.« Seine Freundin warf ihm einen kurzen Blick zu, er winkte jedoch ab: »Ach, laß' doch, die Frau weiß eh Bescheid, hat doch keinen Sinn zu behaupten, ich hätte die Sachen gekauft. Und was ist schon dabei? Die habe ich gefunden, außerdem ist es schon lange her und niemand hat sie abgeholt... Deshalb habe ich sie behalten und ihr geschenkt, das heißt... gegeben.« Er starrte Alice an. »Gehören sie Ihnen?« Er schien verlegen, aber doch ruhig. Alice glaubte ihm, seine Frage beantwortete sie jedoch nicht.
»Wo haben Sie sie denn gefunden?« wollte sie statt dessen wissen.
»Hier, an der Tankstelle. In einer Tasche. Jemand hat sie stehenlassen, vergessen...«
»Was heißt das – stehenlassen? Wie kann jemand einfach so eine Tasche vergessen?«
»Eines Nachts – es ist schon länger her – kam hier einer vorgefahren. Sein Wagen hatte einen Elektrikschaden, das Kabel des Standlichts war nicht richtig isoliert. Für die Reparatur mußte er den Kofferraum öffnen... Ja, so war's. Wir nahmen die Tasche raus, und dann blieb sie hier stehen.«
»Wahnsinn«, murmelte Alice. Ihr drehte sich alles vor den Augen. »Wann war das?« fragte sie, »wann? Wie können Sie sich überhaupt noch an diese Reparatur und alles übrige

erinnern, bei den vielen Leuten, die hier vorbeikommen?«
Dante, der Tankwart, erwiderte überrascht: »Wie! Warum sollte ich mich nicht erinnern! Wenn die Tasche hier rumstand, werde ich wohl noch wissen, wie sie hier gelandet ist, oder?«
»Und wann war das? Wissen Sie das auch noch?«
»Im Oktober, Ende Oktober: Oder... doch, Ende Oktober. Ein Sauwetter damals, in dieser Nacht. Es goß in Strömen. Der Wagen hielt hier, die Scheibenwischer funktionierten nicht. Der Herr wollte mal nachsehen lassen. Da rufen die also mich« – er deutete auf die Werkstatt – »nachts sind wir nur wenige hier, wissen Sie, und nicht alle verstehen was von Autoelektrik. Also bin ich hin...«
Während er weitererzählte, versuchte Alice, alles auf die Reihe zu kriegen. Der Wagen war also nicht von Mailand gekommen, sondern in die entgegengesetzte Richtung – nach Mailand – gefahren. Und dieser Dante, der etwas von Autoelektrik verstand, war von einem Kollegen gerufen worden, um einen Scheibenwischer zu reparieren. An einem Auto, das Alice nicht unbekannt war. Sie war sich absolut sicher, es könnte sich hier nur um *einen* Wagen handeln!
»Was für ein Wagen war das denn?« erkundigte sie sich.
»Eine Limousine, BMW, mit Einspritzmotor.«
»Metallic, Kennzeichen Florenz«, ergänzte Alice.
»Genau. Woher... wissen Sie das denn? Wer sind Sie überhaupt?«
»Ich weiß es eben. Eine ziemlich komplizierte Geschichte.«
Alice hätte jetzt diesen Dante Caramaschi, seine Freundin und alle anderen Tankwarte an dieser verfluchten Tankstelle am liebsten umarmt! All diese Leute, die offenbar keine Zeitung lasen, nie etwas von einem verdammten kolumbianischen Poncho gehört hatten, geschweige denn von einem gottverdammten Arzt und Gentleman!
Sie ging zum Münzfernsprecher, der sich im Laden befand. Dante Caramaschi war weggegangen, um sich umzuziehen.

Seine Freundin im kolumbianischen Poncho blieb bei Alice. Sie hatte ihr sogar geholfen, die ganze Raststätte nach Münzen abzuklappern. Alice wählte Gaetanos Nummer, dabei schnupperte sie herum. Der Geruchssinn war schon immer ihr ureigentlichster Sinn gewesen! Bei ihr war er einfach doppelt so stark ausgeprägt wie bei anderen. Sie war glücklich. Jetzt, da sie zurückblickte, war sie glücklich. Ganz einfach glücklich, ohne das Ganze richtig zu verstehen. Sie dachte an den Tankwart – der hatte vielleicht einen witzigen Namen! Nach kurzem Läuten meldete sich Gaetano.
»Hier ist Ali. Ich bin in einer Autobahnraststätte bei Parma. Gerade habe ich was Irrsinniges erfahren. Am Abend des 27. Oktober fuhr Dr. Cassini Richtung Mailand; er hielt hier an dieser Tankstelle, um seinen Wagen reparieren zu lassen. Er hat hier eine Tasche vergessen, in der Elenas kolumbianischer Poncho und ihre Mütze waren, hörst du? Ist das nicht verrückt?«
»Ja, ich höre. Wirklich verrückt. Wie hast du das rausgekriegt?«
»Mir ist hier eine Frau über den Weg gelaufen, die den Poncho anhatte. Diese Frau ist die Freundin des Tankwarts, und der hat ihr den Umhang und die Mütze geschenkt, weil niemand die Sachen abgeholt hat. Was für ein Zufall! Und da habe ich sie einfach gefragt, das war alles. Was soll ich denn jetzt tun?«
»Bleib erst mal dort. Kann ich zurückrufen?«
Alice erkundigte sich bei der Frau, die es aber nicht wußte und deshalb nach Dante rief. Dieser schrie aus dem Nebenraum, man könne nur selbst anrufen, aber nicht angerufen werden. Es gäbe aber noch ein Privattelefon; er nannte ihr die Nummer. Gaetano versprach, später zurückzurufen, und legte auf.

»Spuck's aus.« Elena fuhr sich ständig mit der Zunge über die Lippen. »Spuck's aus«, wiederholte sie. Alice trank einen Schluck Teachers. »Fürchterlich, dieser Whisky«, stöhnte sie. »Macht nichts«, erwiderte Elena. »Wieso,

macht nichts?« – »Ausrufezeichen!« – »Ich kenne eine, die hat ihrer Mutter ein Bügeleisen an den Kopf geschmissen.« – »Wie ist er?« fragte Elena, wobei sie auf Alis Glas deutete. »Gut. Teachers. Gut? Ich weiß nicht. Probiere mal.« – »Ja, ich probiere.«
Elena wachte auf. Seltsamer Traum!
»Der hat uns doch das Zimmer gegeben, oder?« Diese Frage, die ihr vor Urzeiten einmal eine gewisse Silvia gestellt hatte, spukte Alice im Kopf herum, während sie auf Gaetanos Anruf wartete.
»Der hat uns doch das Zimmer gegeben?« – Diese Frage hatte überhaupt keinen Sinn, sie ließ sich auch gar nicht beantworten. Sie war wie ein Refrain, der immer wiederkehrte, während sie auf den Anruf wartete.
Was hatte Dr. Cassini bloß mit dem kolumbianischen Poncho zu tun? Warum war Cassini in der Mordnacht nach Mailand gefahren? Noch dazu mit Elenas Umhang und Mütze? Hatte *er* Michele umgebracht? Welchen Grund hätte er haben sollen? Vielleicht kannten sich Elena und Cassini? – Unmöglich, das hätte sie doch gewußt! Gab es etwas, das Alice von Elena nicht wußte? Was hatte dieser gottverdammte bunte Poncho auf halber Strecke zwischen Bologna und Mailand zu suchen? Auf der Strecke nach Mailand, so weit von Florenz entfernt?
Endlich klingelte das Telefon.
»Ja, bitte.«
»Ali, ich bin's. Entschuldige, es hat etwas länger gedauert. Kannst du diese Leute noch aufhalten?«
»Wie?«
»Sie irgendwie festhalten. Ich bin gleich da, ich fahre sofort los, die Anwälte aus Bologna auch. Es ist eine Frage von einer, maximal anderthalb Stunden...«
»Die würden doch sowieso nicht abhauen«, sagte Alice, eigentlich eher zu sich selbst. »Okay, wir warten hier auf euch.« Dann erklärte sie Gaetano genau, an welcher Tankstelle sie war.
Sie legte auf. Dante Caramaschi hatte sich inzwischen in

Schale geworfen. Er stand da und klimperte mit seinem Schlüsselbund.
»Kommt jetzt die Polizei?«
»Wie? – Nein... ich weiß nicht. Ich glaube, nur die Anwälte. Wieso?«
»Ich wollte schnell bei ihr zu Hause vorbeigehen« – er deutete auf seine Freundin – »ich hole ihr nur was anderes zum Anziehen.« Als er auf die Tür zuging, bemerkte Alice, daß er leicht hinkte. Sie wußte, daß sie nichts zu befürchten hatte.
»Brauchen Sie lange?« fragte sie.
»Nur eine halbe Stunde. Ich bin gleich wieder zurück.«
Alice sah auf die Uhr. Es war fast halb sieben.
»Sie können ja in der Bar warten, dort ist es gemütlicher«, schlug Dante Caramaschi vor. Dann ging er. Mit einer einladenden Geste wandte sich Alice an die Frau:
»Kommen Sie mit? Dort stinkt es nicht so.«
»Einverstanden. Ich könnte jetzt echt einen Schnaps oder so was vertragen.«
Sie traten auf den Vorplatz. Alice mußte ihren Wagen noch einparken und das Benzin bezahlen. An der Tür zur Bar holte sie die Frau wieder ein. Bevor sie hineinging, blickte sie prüfend zum Himmel. Er schien sich zu bewölken. Vielleicht gibt es Regen, dachte sie.
Bei einem doppelten Whisky pur erzählte Alice der Frau – sie hieß Lucilla – die ganze Story. Lucilla war reichlich schockiert, nie hätte sie sich träumen lassen, daß sie monatelang in einem so bedeutungsträchtigen Poncho herumgelaufen war. Als sie ihn von Dante bekommen hatte, war sie nicht sonderlich begeistert gewesen. Aber mittlerweile mochte sie ihn richtig gern, weil er so praktisch war und so schöne Farben hatte.
Lucilla starrte Alice mit weit aufgerissenen Augen an, ab und zu stieß sie kleine Schreckensschreie aus.
»Lesen Sie denn keine Zeitung?« wunderte sich Alice. Diese Frage war doch eigentlich ganz naheliegend.
»Selten«, erklärte Lucilla sehr bestimmt, das Thema schien

damit für sie erschöpft zu sein. Sie war etwa sechsundzwanzig, siebenundzwanzig Jahre alt, ziemlich klein, hatte ein lebendiges, ausdrucksvolles Gesicht, dunkle Augen und schöne Zähne. Sie sprach mit dem für die Emilia Romagna typischen Einschlag. Alice hätte zwar nicht sagen können, ob es der Dialekt von Bologna, Parma oder irgendeiner anderen Stadt war, aber aus der Emilia stammte er ganz eindeutig.

Als Dante zurückkam – Alice war richtig froh, ihn wiederzusehen –, erzählte ihm Lucilla, völlig aufgelöst, die ganze Geschichte.

Schweigend hörte er zu. Er hatte ihr einen hellblauen Mantel mitgebracht. Den Umhang und die Mütze stopfte er in eine braune Tasche, zog den Reißverschluß zu und stellte sie neben Alice auf den Boden. »Hier«, sagte er, »Tasche und Mantel… ich meine, Umhang, ist alles hier drin. Schon eine irre Geschichte…«

»Ist das die besagte Tasche?« wollte Alice wissen.

»Ja. Eigentlich ist sie nichts Besonderes, oder? Sie stand im Abstellraum und riecht jetzt wahrscheinlich nach Autolack.«

Es war eine ziemlich abgewetzte Ledertasche mit mehreren Seitentaschen und großen Henkeln.

»Sonst war nichts drin«, versicherte Dante und ging zur Theke.

Mit einem Riesenglas Gin und einem Fläschchen Tonic Water in der Hand kam er zurück und setzte sich. Alice fragte:

»Erinnern Sie sich an den Mann mit dem BMW?«

»Wie? – Ja, so ungefähr. Leute sieht man hier ja jede Menge. So auf den ersten Blick würde ich vielleicht eher das Auto als ihn wiedererkennen.«

»Sagen Sie denn Ihrer Freundin Elena jetzt nicht Bescheid?« wollte Lucilla wissen. Alice sah sie an und dachte, die muß mehr getrunken haben, als sie verträgt! Ein privates Telefongespräch mit jemandem im San Vittore! Sie antwortete nicht, stand auf und holte sich noch einen Whisky.

Und doch war die Anwesenheit von Dante und Lucilla irgendwie tröstlich.
Sie warf einen Blick nach draußen. Es regnete. Auf einmal fühlte sie sich müde, hundemüde.
Um zwanzig nach acht trafen die Anwälte aus Bologna ein.
Alice kannte eigentlich nur Campi, mit den anderen beiden – Corali und Mangoni – hatte sie nur selten zu tun gehabt. Mangoni, der älteste von den dreien, war ziemlich groß und hager. Er hatte weißes Haar und hellblaue Augen. Sein Gesicht war von Falten durchzogen. Corali sah ausgesprochen clever aus, ihm schien nichts zu entgehen. Er mußte etwa sechzig sein. Er paffte eine nach der anderen, wobei er die Zigarette zwischen die Zähne geklemmt hielt. Bei einem Treffen mit Corali hatte Alice einmal versucht, ihn nachzumachen – mit dem Ergebnis, daß ihre Zigarette fast auseinanderfiel, der Filter schwarz wurde und sie sie am Ende nicht mehr rauchen konnte.
Die drei nahmen Platz, Alice machte alle miteinander bekannt. Dann begann Dante Caramaschi noch mal mit seiner Geschichte.
»Wieso wissen Sie eigentlich noch so genau das Datum?« hakte Campi nach.
»Ich bin mir ganz sicher, weil ich meine Schicht immer eintrage. Es war Ende Oktober und ein Donnerstag, daher läßt sich das Datum genau feststellen.« Er hielt Campi einen Notizblock, so eine Art Kalender, hin. »Schauen Sie selbst. ›A‹ bedeutet die Schicht von sechs Uhr morgens bis zwei Uhr mittags, ›B‹ von zwei bis zehn Uhr abends, ›C‹ von zehn Uhr abends bis morgens um sechs. ›D‹ heißt arbeitsfrei, und das Sternchen steht für die Sonderschicht an Sonn- oder Feiertagen, die mache ich immer von zehn Uhr morgens bis sechs Uhr abends.« Er holte tief Luft und trank einen Schluck von seinem Gin Tonic. Der Anwalt sah das Notizbuch aufmerksam durch, dann reichte er es den anderen.
»Ja, hier steht's, Donnerstag, 27. Oktober, Schicht C. Um

wieviel Uhr kam der BMW denn hier vorbei?« wollte Campi noch wissen.
»So um... eins, vielleicht auch halb zwei.«
Dante fuhr mit seinem Bericht fort.
»Führen Sie nicht Buch über die Reparaturen und die Kennzeichen der Wagen?« erkundigte sich Mangoni.
»Nein, normalerweise nicht. Registriert werden nur die Wagen, die abzuschleppen sind. Wenn es sich um kleinere Reparaturen handelt, die schnell erledigt sind, schreiben wir die Kennzeichen nicht auf. Dazu sind wir nicht verpflichtet. Sie können gern beim Chef nachfragen...«
»Wie viele Personen waren denn in dem Auto?«
»Nur ein Mann«, antwortete Dante prompt. »An dem Abend goß es in Strömen. Die Scheibenwischer waren kaputt, ein Kabel war nicht richtig isoliert. Auch der linke Blinker funktionierte nicht. Und das vordere... nein, hintere Licht, links...«
»Sie erinnern sich aber gut!...« bemerkte Campi.
»Na ja, er hat ja auch die Tasche hier stehenlassen... ist doch klar, daß ich mich da erinnere.« Dante war die Ruhe in Person.
»Natürlich, das leuchtet mir ein. Erzählen Sie weiter.«
»Ich ließ ihn den Wagen in die Garage fahren, wo er mir genau erklärte, was kaputt war. Dann ging er in die Bar. Ich holte ihn aber gleich zurück, weil ich an den Kofferraum mußte, um den Blinker zu reparieren. Er schloß auf und holte die Tasche raus. Dann ging er wieder in die Bar. Ich brachte den Schaden in Ordnung. Als er zurückkam, mußte er aber noch etwas warten. Er schlenderte hier so rum, schaute ab und zu nach draußen, alles ganz normal... und an die Tasche dachten wir beide nicht mehr... Er wollte noch tanken. Die Tasche... blieb dort stehen. Mir fiel das erst später auf, als ich das Licht ausschalten wollte. Aber da war er schon weg.«
»Haben Sie sich während der Reparatur mit ihm unterhalten?« fragte Mangoni.
»Wie – unterhalten?«

»Ich meine, worüber haben Sie gesprochen?«
»Was weiß ich! Vielleicht über den Regen, das Unwetter, und daß da ein kaputter Scheibenwischer ein ganz schönes Risiko ist. Und daß das eine schlechte Zeit für Autofahrer ist...«
Und daß Zeit Geld ist, fügte Alice im Geiste hinzu. Sie ging zur Theke, sie hatte Hunger. Die Brötchen sahen nicht besonders einladend aus. Also bestellte sie einen Cappuccino und ein Stück Torte. Sie hatte den letzten Bissen noch nicht verdrückt, als Gaetano eintrat. Er sah sich kurz um, nickte seinen Kollegen am Tisch zu und kam zu Alice herüber.
»Es ist etwas spät geworden, ich bin in einen Stau geraten... Wie geht's denn?« Er lächelte sie an.
»Hm.« Sie kratzte sich an der Stirn und trank ihren Cappuccino aus. »Dieser Automechaniker, Dante Caramaschi – der übrigens etwas hinkt – erzählt gerade alles den Anwälten. Jetzt ist er sicher gerade an dem Punkt angelangt, wo er nach ein paar Stunden die Tasche öffnete und den Poncho fand. Nach ein, zwei Wochen, oder gar Monaten, schob er schließlich seine letzten Skrupel beiseite und schenkte alles seiner Freundin. Kann er deshalb Ärger bekommen?«
»Warum sollte er?«
»Eben. Er ist wirklich nett.«
Alice blinzelte. Sie fuhr fort: »Mein Gott, was für 'ne Story! Er behauptet, er würde den Wagen wiedererkennen, und vielleicht auch den Fahrer... Und außerdem... als ich Dr. Cassini zum ersten Mal traf, damals, als Donella und ich in Florenz waren, weißt du noch?... also da fuhr er uns in seinem BMW Metallic rum. Ich bewunderte seinen Wagen, und er schwärmte von den Vorteilen des Einspritzmotors und der Automatik. Wirklich ein tolles Auto, wenn einem der Wagentyp gefällt... Er erwähnte sogar auch noch, der Scheibenwischer wäre mal ausgefallen... in einer Regennacht!«
Alice zahlte, dann zündete sie sich einen Zigarillo an.
Sie setzten sich zu den anderen. Gaetano begrüßte alle und fragte die Anwälte etwas, das Alice nicht richtig verstand.

»Alles in Ordnung. Wir haben alle nötigen Angaben von Herrn Caramaschi, er wird gegebenenfalls als Zeuge aussagen. Sehen Sie mal.« Corali reichte Gaetano sein in Leder gebundenes Notizbuch mit den Aufzeichnungen. Gaetano überflog sie, wobei er manchmal – überrascht oder zweifelnd – die Stirn runzelte oder zustimmend nickte.
Dante erschien Alice jetzt nicht mehr so ruhig, er hatte knallrote Ohren und sah erhitzt aus.
»Ich mache mich mal auf den Heimweg«, sagte Alice kurz darauf. »Kann ich sonst noch irgendwas tun?« wandte sie sich an Gaetano.
Er sah von den Notizen auf.
»Nein, nichts. Morgen vormittag habe ich einen Termin beim Ermittlungsrichter, ich habe ihm schon Bescheid gesagt. Wahrscheinlich kommt gleich jemand her, es war noch nicht klar, ob aus Parma oder Reggio. Ich melde mich später bei dir. Vielen Dank jedenfalls, Alice. Du siehst ziemlich müde aus. Willst du nicht lieber warten und mit mir zurückfahren?«
»Um Himmels willen, nein, ich habe doch mein Auto hier! Ciao, auf Wiedersehen.« Plötzlich fiel Alice noch etwas ein, sie wandte sich an Gaetano: »Hast du Donella Bescheid gesagt?«
»Ja, ich habe sie von Mailand aus angerufen. Sie wollte zu ihren Eltern fahren, ihrem Vater geht's überhaupt nicht gut. Sie hofft, daß sie ihn mit der guten Nachricht aufmuntern kann. Ich habe ihr versprochen zurückzurufen, das mache ich jetzt gleich. Eigentlich habe ich auch vor, bei den Nojas vorbeizuschauen, wenn es nicht zu spät wird.«
Ich mag wie Corto Maltese reden, dachte Alice, aber du redest wirklich wie der typische Anwalt. Wie theatralisch du das ›r‹ aussprichst, das soll wohl nach Stärke und Sicherheit klingen!
»Gut. Also noch mal…« – erneutes Händeschütteln. Zu Dante sagte sie: »Vielen Dank. Vielleicht sehen wir uns noch. Alles Gute und machen Sie sich keine Sorgen…«
Alice brach auf. Es regnete, warm war es auch nicht gerade.

Sie stieg ins Auto, ließ den Motor an und startete voll durch. Dabei bekam ihr rechter Fuß, wie immer bei Regen, eine kleine Dusche ab, weil sich Wasser in der Lüftung angesammelt hatte. Ein notorisches Übel in solchen Autos!
Jetzt war sie wieder auf der Autobahn. Viel lieber hätte sie bei Cassini vorbeigeschaut, ein höchst vergnüglicher Gedanke! Sie schaltete das Radio an. Nein, das war wohl nichts. Sie legte die neue Kassette ein – ein Geschenk von Daria del Corno – und düste nach Hause, begleitet von ›Shock the Monkey‹.

## 21

Am 30. April berichteten die Zeitungen von Bologna, Parma und Reggio Emilia im Lokalteil, eine neue Zeugenaussage habe das Interesse am Fall Saveri-Noja wieder aufleben lassen. Eine Tasche mit dem verschwundenen Poncho sei gefunden worden. Dies habe die Ermittler auf eine neue Spur gebracht; sie fahndeten nun nach einem großzylindrigen Wagen, einem Mercedes, einem BMW oder Rover.
Die verschiedenen Versionen widersprachen einander, sie waren ziemlich konfus. Die Polizei bewahrte absolutes Stillschweigen, aber aufgrund von Indiskretionen war doch etwas durchgesickert.
Kurz nach neun rief Donella Alice an, um ihr das sofort zu erzählen.
»Und wer hat die Zeitungen informiert? Etwa die Anwälte?« fragte Alice, noch ganz verschlafen.
»Nein. Ich habe mich erkundigt, die waren es nicht. Die Polizei auch nicht. Es wird wohl dieser Automechaniker gewesen sein. Die haben vielleicht ein ungereimtes Zeug geschrieben... Sogar aus Parma und Reggio haben sie mich angerufen, alle wollen etwas anderes gehört haben... Und das trotz offizieller Informationssperre!«
Armer Dante, wahrscheinlich wollte er bei einem Freund nur seinem Herzen Luft machen. Sie fragte:
»Und nun?«
»Keine Ahnung. Jetzt, wo Cassini Bescheid weiß, haut er womöglich ab.«
»Haut er ab?«
»Ja. Er verschwindet, er haut ab. Daß er die Tasche verloren hat, weiß er natürlich schon lange. Warum er sie wohl nicht abgeholt hat? Vielleicht hatte er Angst, weil er dachte, die Leute von der Raststätte hätten die Zeitung gelesen.«

»Denen liegt doch nichts ferner! Einfach unglaublich. Ach, du meinst, er haut ab?«
»Jedenfalls hat er genug Zeit, alles zu organisieren. Ich finde es einfach genial, wie du das gedeichselt hast, Ali.«
»Danke, danke. Ein echter Glücksfall. Wäre ich Samstag nicht in Bologna geblieben, dann wäre mir diese Lucilla mit dem Mäntelchen gar nicht über den Weg gelaufen.«
Alice spürte ihre Nervosität, ihren Sarkasmus. Alles kam ihr wie im Traum vor, was sonst selten passierte. Nach dem Gespräch mit Donella versuchte sie wieder einzuschlafen, aber schon wieder klingelte das Telefon. Diesmal war es Gaetano.
»Ich habe eine gute Nachricht. Heute vormittag verhört die Polizei Dr. Cassini, der Richter ist bereits überzeugt, daß diese Sache äußerst wichtig ist.«
»Sehr gut. Hast du schon gehört? Die Zeitungen in der Emilia haben bereits alles veröffentlicht.«
»Ja. Donella hat's mir erzählt. Ich lasse mir die Artikel besorgen. Schade, jetzt können wir das Überraschungsmoment nicht mehr nutzen. Es wäre besser gewesen, wenn vorläufig niemand was davon erfahren hätte.«
»Richtig.«
»Aber vielleicht kriegt er in Florenz überhaupt nichts davon mit...«
»Steht denn was im Corriere della Sera?« fragte Alice. Sie ließ sich auf einen Stuhl fallen, sie hatte Rückenschmerzen.
»Nein, nichts.«
»Na, hoffen wir das Beste.«
Alice raffte sich endlich zum Duschen auf. Ich sollte mal wieder reiten gehen, meine Knochen sind ja total eingerostet, dachte sie. Schon wieder läutete das Telefon, aber diesmal ging sie nicht dran. Als Alice aus dem Badezimmer kam, stieß sie im Flur auf Signora Olga. Montags kam sie immer etwas später, weil sie vorher noch einkaufen ging.
»Guten Morgen.«
»Morgen, Olga. Wie war das Wochenende?«

»Danke, und bei Ihnen? Möchten Sie Kaffee oder Tee?«
»Kaffee bitte.«
»Auch Orangensaft?«
»Ja.«
»Sind Sie allein?«
»Ja, Olga. – Danke.«
Als Alice sich anzog, hörte sie, wie Olga jemandem die Türe öffnete; es war Dolores, die vor der Arbeit auf einen Sprung vorbeikam.
»Ja gern, vielen Dank«, hörte sie Dolores zu Olga sagen, die ihr einen Kaffee angeboten hatte. Gästen bot Olga immer etwas an. Einmal hatte sie den Malern zwei Flaschen Montalcino kredenzt, die diese bis auf den letzten Tropfen geleert hatten. Das hatte ihr Alice nur schwer verzeihen können.
»Du bist gestern wohl spät nach Hause gekommen?« meinte Dolores, als sie zu ihr ins Schlafzimmer trat.
»Nein, aber bei dir brannte kein Licht mehr...«
»Ich war mit Germana, Lucia und Daria essen. Und du? Wie geht's dir?«
»Du weißt wohl noch gar nichts, was?« sagte Alice.
»Was gibt's denn?«
»Große Neuigkeiten, Darling. Nimm dir doch heute mal frei, geht das nicht?«
»Was ist denn los?«
»Das erklär' ich dir später. – Also, geht das nicht?«
»Ich bitte dich, Ali, bist du verrückt geworden?«
Wie ich mich nach jemandem wie Elena sehne! Mit der gibt's immer was zu entdecken, nie hört die Suche auf, dachte Alice. Die hier haben dagegen alle schon Bilanz gezogen. Schluß. Aus. Fertig.
»Auf, trinken wir erst mal Kaffee.«
Beim Frühstück erzählte sie Dolores und Olga, was am Abend zuvor geschehen war. Olga freute sich, und Dolores erst recht. Das Telefon klingelte, und die Neuigkeit konnte sofort weiterverbreitet werden.
»Ein echter Krimi! Nicht so ein Schrott, wie du ihn

schreibst, so was Phantasieloses, mit einer Haushälterin, die Olga heißt! Sie entschuldigen doch...« Dolores lächelte Olga an.
»Den schreibe ich nicht mehr, Dolo.«
»Wie bitte?«
»Ich hab' die Nase voll, hab' alles in den Papierkorb geschmissen.«
»Wieso denn das?«
»Ich schreibe jetzt einen Liebesroman, was richtig Seriöses. Für Krimis hab' ich kein Talent.«
»Möchten Sie noch Kaffee, Dolores?« fragte Olga friedfertig.
»Nein. O Gott, schon zwanzig nach zehn, ich muß mich beeilen! Bis heute abend. Bist du zu Hause?«
»Ja, ich glaube schon. Ciao, viel Spaß bei der Arbeit!«
»Ciao. Wiedersehen, Olga, schönen Tag noch.«
Brauch' ich nun Ruhe oder Leute um mich? fragte sich Alice, als sie noch mal ins Bad ging, um das Make-up aufzulegen. Auch etwas Parfüm konnte nicht schaden. Wie aufregend könnte das Leben sein, wenn ich mehr Energie hätte, dachte sie. Sie rief Daria an, erreichte sie aber nicht mehr.
»Machen Sie doch bitte Steaks und Kartoffelsalat. Ich möchte um ein Uhr essen und bringe noch einen Gast mit.«
»In Ordnung. Soll ich das Wild schon abhängen lassen, oder warten wir damit noch etwas?«
»Ach, richtig.« Ihre Masseurin besorgte ihr manchmal Fasanen und Rebhühner, allerdings war die Zubereitung dann immer eine Wahnsinnsaktion. »Sehen Sie selbst, aber vielleicht sollten wir lieber noch warten. Oder werden die schlecht?«
»Nein, das nicht, ich habe sie eingefroren, so halten sie monatelang.«
»Gut, also warten wir lieber... Ach, was ich Ihnen noch sagen wollte, Olga, lassen Sie doch im Arbeitszimmer die Fenster offen, die Luft ist so verqualmt.«

»Mach' ich.«
»Bis dann. Wenn jemand anruft, sagen Sie, er soll es später noch mal versuchen oder mich im Büro anrufen, wenn es ganz dringend ist; ich bleibe etwa eine Stunde dort. Wenn sich Daria del Corno meldet, richten Sie ihr aus, sie soll zum Mittagessen kommen.«
Als Alice Carta im Büro auftauchte, wurde dort gerade über einen Elfmeter in irgendeinem Endspiel diskutiert, das am Vortag stattgefunden hatte. Niemand machte Anstalten, das Gespräch zu unterbrechen, ganz im Gegenteil. Aber solange die Leute arbeiteten... Alice unterhielt sich oft mit ihnen, auch wenn es montags immer nur um dieses Thema ging. Sie zog sich in ihr Büro zurück, die Arbeit lief wie von selbst.
Um zwölf machte sie Schluß. Sie ging zu Elenas Wohnung. Dort bat sie Giovanni, den Pförtner, die Putzfrau zu bestellen, man mußte dem Schicksal irgendwie auf die Sprünge helfen. Es wurde einfach Zeit, daß diese Wohnung wieder funktionierte.
Unten in der Bar rief sie Daria an, die jetzt zu Hause war. Sie verabredeten, sich in zehn Minuten zu treffen.
»Sagen Sie mal, könnte es nicht ein Mann gewesen sein, den Sie da an besagtem Abend mit Elenas Poncho hier vorbeigehen sahen?« fragte Alice den Typ hinter der Theke. Sie trat näher und nippte an ihrem Daiquiri.
»Wie?« Er war völlig verdattert.
»Könnte das nicht ein Mann gewesen sein?«
»Wie? Ein Mann?«
»Ja!! Ein Mann! Mit... dem kolumbianischen Umhang und der bunten Mütze auf dem Kopf.« Der Typ blickte immer verdutzter drein, er riß die Augen auf und schien immer nervöser zu werden. Er schluckte:
»Also... ich weiß wirklich nicht... ein Mann... ja, könnte sein, ich weiß nicht, ich sah...« Hilflos brach er ab.
»In Wirklichkeit haben Sie nur einen bunten Umhang gesehen, den Sie kannten, nicht? Darunter konnte doch weiß der Teufel wer stecken! Oder?« fragte Alice mit einem Lä-

cheln. »Wir haben nämlich den Poncho wiedergefunden, ein Mann hatte ihn mitgenommen. Deshalb ist nicht ausgeschlossen, daß er es war, der damals in dieser ›Verkleidung‹ das Haus verließ.«
Das Gespräch war nicht einfach, es war nicht gerade ein small talk übers Wetter. Dieser Mann hatte wohl ein Brett vor dem Kopf.
»War die Polizei denn heute vormittag nicht hier?« erkundigte sich Alice.
»Nein. – Weiß man jetzt, wer diesen Architekten umgebracht hat?«
»Ja.« Dr. Cassini hat Michele ermordet, dachte Alice, aber warum? Die Polizei überarbeitete sich wirklich nicht an diesem Fall.
Sie nickte dem Typ zu und verließ die Bar. Dann holte sie Daria ab, die schon vor ihrer Haustür wartete.
»Ciao.«
»Ciao.«
In diesem Moment stieg in Alice Carta eine böse Vorahnung auf. Sie konnte das nicht näher definieren. Einfach ein schlechtes Gefühl. Beim Milchgeschäft hielt sie an, um frische Ricotta zu kaufen. Dabei erkundigte sie sich gleich, ob das Olivenöl aus den Abruzzen schon angekommen sei. – Nein, noch nicht, aber in ein bis zwei Tagen wäre es bestimmt da, versicherte die Milchfrau. Sie hätte sich auch gerne noch über ihre Arthrose ausgelassen. »Wird wohl am Wind liegen«, sagte Alice kurz angebunden. Sie ging zum Auto zurück. Daria blickte versunken hinaus.
»Was ist denn?« fragte Alice und sah zum Haus rüber.
»Ich denke gerade, daß Elena bald wieder hier sein wird, so wie früher. Aber erkläre mir jetzt alles noch mal genauer; mit deinen Auskünften heute morgen am Telefon war ich noch nicht zufrieden.«
»Findest du das denn nicht toll?«
»Doch. Ganz toll.«
»Das möchte ich meinen! Beim Essen erkläre ich dir alles.«

»Gestern abend habe ich Gedichte aus dem Mittelalter gelesen, ein echtes Vergnügen, sag' ich dir!«

»Soso.« Alice schwieg einen Moment. Nach kurzem Zögern fügte sie hinzu: »Und ich habe gestern begriffen, daß ich Kino eigentlich nicht mag.«

»Wieso? Warst du gerstern abend im Kino?«

»Nein, ich überlegte es nur kurz, aber da wurde mir klar, daß es mich im Grunde nicht interessiert. Das einzige, was mich interessiert, ist Schreiben.«

»Hast du nur keine Lust, ins Kino zu gehen, oder grundsätzlich keine Lust auf Filme?«

»Beides.«

»Bei mir ist das anders. Es kommt zwar vor, daß ich nicht gern hingehe, aber Filme sehe ich schon gern.«

»Hm. Ich auch – ja, ich vielleicht auch... Casablanca, Anastasia und noch ein paar andere. Aber sei doch nicht immer so haarspalterisch!«

»Haarspalterisch?«

»Ja, genau das bist du! Du läßt einem auch gar keine Sicherheit!«

»Reichlich vordergründige Sicherheit.«

»Ja, schon. Aber es gibt bestimmte Dinge, an denen läßt sich nicht rütteln. Steig aus, wir sind da. Wir sind etwas spät dran, Olga wird bestimmt sagen, sie hätte sich schon Sorgen gemacht.«

»Du bist wohl ein richtiger Ingrid-Bergman-Fan? Oder ist das Zufall?« fragte Daria im Lift.

»Was?«

»Na... Casablanca, Anastasia... deshalb dachte ich...«

»Du stellst Fragen! Kommt daher und will tausend Dinge gleichzeitig von dir wissen: Ob du denkst, daß die Frauen was kapieren, welchen Wein du zum Essen willst, was du morgen abend machst, ob dir deine Arbeit gefällt...« Alice lachte. »Hier, halt mal.« Sie drückte Daria eine Tüte in die Hand und schloß auf. Im Grunde schien alles wieder in die alten Bahnen zurückgekehrt. So schnell geht das? fragte sich Alice. Sie rief: »Wir sind's, Olga!«

Nach dem Essen streckte sich Alice auf dem Bett aus, während Daria und Olga einen zweiten Kaffee tranken. Sie sprang gleich wieder auf, um ein Buch zu holen, ließ es dann aber und legte sich wieder hin; sie wollte versuchen zu schlafen.

## 22

An diesem Montag, dem 30. April, erschien der Ermittlungsrichter in Dr. Cassinis Wohnung. Er kam in Begleitung eines Polizeibeamten aus Mailand und eines Kollegen aus Florenz. Er präsentierte einen Haft- sowie einen Durchsuchungsbefehl. Dr. Cassini war nicht zu Hause. Seine Putzfrau, die jeden Morgen kam, erklärte, der Arzt sei wie üblich vor ihrer Ankunft, so gegen halb neun, aus dem Haus gegangen. Sie würden ihn in seiner Praxis antreffen. Zum Mittagessen käme er nie nach Hause.

»Ich würde mich hier gern mal umsehen«, erklärte der Richter.

Er hieß Lodovico Adoveddini und war am 14. Februar geboren. Sein ganzes Leben lang hatte er so idiotische Sprüche ertragen müssen wie: »Oh! Sankt Valentin! O Valentino vestito di nuovo!, wie schon Pascoli sagte...« Er war ein finsterer, bärbeißiger Typ, den diese ständigen Frotzeleien auch nicht gerade sanfter gemacht hatten. Der Fall Noja hatte zunächst so einfach ausgesehen. Daß nun dieser Arzt plötzlich mit Umhängen und Taschen durch die Gegend fuhr, stellte ihn ganz unerwartet vor neue Probleme.

Nachdem er einen Blick in die Wohnung geworfen hatte, verabschiedete er sich. Fünf vor zwölf war er in der Praxis Cassini-Salvetti. Die Sprechstundenhilfe empfing ihn mit strahlendem Lächeln.

»Adoveddini, Polizei. Ist Dr. Cassini da?«

»Nein. Haben Sie einen Termin?«

»Nein. Ist er weggegangen?«

»Also... ich weiß nicht genau. Aber wenn Sie einen Termin möchten...«

Er unterbrach sie:

»Ich suche Dr. Cassini. Wo ist er?«

»Ich weiß es wirklich nicht. Vielleicht im Krankenhaus?«
Sie sahen fast gleichzeitig auf die Uhr. Eine Kirchturmuhr schlug.
»Wann hat er denn die Praxis verlassen?« bohrte der Richter aus Florenz weiter.
»Die Praxis verlassen? Heute morgen habe ich ihn noch gar nicht gesehen. Er muß ganz früh hier gewesen sein, vielleicht ist er im Krankenhaus... Ich weiß nicht; ich mußte auch schon zwei Patienten wegschicken...«
»Um wieviel Uhr kamen Sie denn hier an?« wollte der Richter wissen.
»Ach, lassen Sie doch!« unterbrach ihn Adoveddini und fügte verärgert hinzu: »Der ist uns durch die Lappen gegangen.«
»Aber die Zeitungen in Florenz haben doch nichts...«
»Was gehen mich die Zeitungen von Florenz an! Ein Mörder... der liest sogar die Zeitungen von New York! Dem ist bestimmt nicht entgangen, daß wir ihn suchen. Der ist doch nicht dumm! Verschwunden ist er! Verschwunden.«
Der Richter runzelte die Stirn und seufzte: »Glauben Sie mir, den kriegen wir nie mehr.«
»Sie meinen... Dr. Cassini hat sich umgebracht?« fragte sein Kollege.
»Umgebracht? Wie kommen Sie denn darauf! Abgesetzt hat er sich! Umgebracht! Das ist doch absurd! Wieso hätte er sich umbringen sollen?!«
»Vielleicht dachte er, er sitzt in der Falle...«
Adoveddini seufzte wieder. Er hätte seinem Kollegen noch einiges an den Kopf knallen können, murmelte aber nur: »Nein. Abgesetzt hat er sich. Das ist alles. Erkundigen Sie sich am Flughafen und sehen Sie, was Sie tun können. Gehen wir«, wandte er sich an den Polizisten, seinen Begleiter.
Zwei Stunden und zwanzig Minuten später erfuhr der Richter vom Mailänder Polizeipräsidium, daß es nichts Neues gab: Dr. Cassini war nicht aufzufinden. Aus seiner Wohnung waren der Paß und einige Kleidungsstücke ver-

schwunden. Am Morgen, kurz vor neun, hatte er bei seiner Bank Geld abgehoben. Danach verloren sich seine Spuren. Natürlich war nicht auszuschließen, ja es war sogar wahrscheinlich, daß er unter falschem Namen ins Ausland geflohen war. Die Polizei in Florenz wollte die Fahndung jedenfalls verstärken.

Kurz vor fünf machte sich der Ermittlungsrichter auf den Heimweg. Auf der Fahrt nach Mailand hüllte er sich in Schweigen. Nur einmal, kurz hinter Parma, auf der Höhe dieser verfluchten Raststätte, stieß er wutschnaubend ein Wort hervor: »Scheiße!«

»Kompliment, mein Lieber! Richtig gut habt ihr das gemacht, ihr tollen Richter, Anwälte und Polizisten!« Alice schlürfte an einem Whisky. Stundenlang hatte sie am Schreibtisch in ihrem Arbeitszimmer auf einen Anruf gelauert, bis sich Gaetano endlich meldete, zum letztenmal. Dr. Cassini hatte versucht zu fliehen, war jedoch von der französischen Polizei auf Gesuch der italienischen Behörden festgenommen worden, als er in Roissy gerade ein Flugzeug nach Venezuela nehmen wollte. Er war bereits dem Mailänder Ermittlungsrichter übergeben worden.

Jetzt konnten Gaetano, Dolores und Alice endlich in aller Ruhe zu Abend essen.

Das war wieder einmal eine besondere Gelegenheit, und so holte Alice eine Flasche von ihrem Wein für besondere Gelegenheiten hervor.

»Ich weiß zwar nicht, wem ich gratulieren soll, aber ich bin so froh! Morgen besuche ich Elena hoffentlich zum letztenmal in San Vittore, oder was meinst du, Gaetano?« fragte Alice, als sie die Flasche auf den Tisch stellte.

Sie warf einen Blick auf die Küchenuhr – es war zehn nach elf.

»Schon möglich. Wir müssen abwarten, was Cassini aussagt. Wenn er ein Geständnis ablegt, ist alles klar, dann wird sie in ein oder zwei Tagen entlassen, wenn nicht…«

»Na, du bist witzig, Gaetano!« Alice lachte.

In der Luft hing ein ekelhafter Gestank. Alice hatte kurz zuvor mit einem Gummi gekokelt, während sie mit Donella telefonierte. Dolores war im Bad und wusch sich die Hände. Dieser Tag hatte es wirklich in sich gehabt! Dieser Arzt – erst verschwunden, abgehauen in Richtung Südamerika, dann in Paris geschnappt und jetzt vielleicht schon wieder in Mailand...

»Ich muß unbedingt meine Frau anrufen und ihr Bescheid sagen«, erklärte Gaetano.

»Ja, tu das.«

»Hoffentlich verpatzt die Polizei jetzt nicht noch alles«, meinte Dolores, als sie in die Küche zurückkam und sich wieder setzte.

»Hm, ja. Ich traue all diesen Fahndern, Bullen und Anwälten auch nicht besonders...« Alice grinste. Sie wußte, daß sie einen zuviel gekippt hatte, aber unter diesen Umständen konnte man sich das schon mal erlauben, bei so einem Streß.

Diese ganze Geschichte hatte etwas Verrücktes an sich. Nichts schien unmöglich. Was Dr. Cassini wohl erzählen würde? Das war jetzt das eigentlich Interessante, dachte Alice, als sie sich auf ihren Stuhl fallen ließ.

Beim Essen stellten sie natürlich die wildesten Hypothesen auf, die fast alle recht optimistisch oder zumindest irgendwie akzeptabel waren.

Dr. Cassini hatte sich diesen Montag, den 30. April, wohl etwas anders vorgestellt. Schon vor halb neun hatte er – trotz der wirren Berichterstattung – genug begriffen, um sich sofort zur Flucht zu entschließen. Aber dann hatten sie ihn in Paris verhaftet. Verhaftet – in letzter Minute. Und wie sie mit ihm umgesprungen waren! Ohne die geringste Erklärung hatten sie ihn nach Italien gebracht. Zurückgebracht nach Mailand, ausgerechnet nach Mailand.

Der Richter deutete auf einen Stuhl.

»Bitte, nehmen Sie Platz.«

Er setzte sich.

Seine Personalien – Name, Vorname, Adresse und so weiter – hatte ein Polizist schon aufgenommen. Das Leben war doch seltsam. Aber er bereute nichts, er hatte es eben versucht. Doch sie hatten ihn gefaßt. Ihm fiel der Titel eines amerikanischen Romans ein, ›Der süße Wahn‹ oder so etwas Ähnliches.
Sicher, er war nicht gerade in der richtigen Verfassung, um es mit dem Richter aufzunehmen. Er hätte gern auf die Uhr geschaut, aber die hatte er abgeben müssen, genauso wie den Paß und seine Brieftasche. Eine Krawatte trug er an diesem Tag nicht.
Aus einem Nebenraum kam Radiomusik.
»Es ist kurz nach Mitternacht«, sagte der Richter. »Null Uhr vierundzwanzig, wenn Sie's genau wissen wollen.«
»Danke.«
»Bitte. – Rauchen Sie?« fragte der Richter und hielt ihm eine Schachtel Chesterfield hin.
»Danke«, wiederholte Cassini. Er nahm die Streichhölzer, die vor ihm auf dem Tisch lagen, zündete sich eine Zigarette an und zog den Rauch langsam ein. Der Richter hustete. Er sagte:
»Möchten Sie mir jetzt nicht alles erzählen? Wirklich alles?«
»Was heißt alles?« fragte Cassini ruhig zurück.
»Die Wahrheit. Von Anfang an. Das kann Ihnen und allen anderen Beteiligten nur helfen.«
»Die Wahrheit! Ich habe nichts zu sagen, weder Wahres noch Falsches. Sie wollen von mir die Wahrheit hören. Die Wahrheit worüber denn?«
»Na gut, dann werde ich Ihnen jetzt ein paar Fragen stellen. Woher haben Sie die braune Tasche mit dem Damenponcho und der Mütze? Die Tasche, die Sie am 27. Oktober abends an der Raststätte von S. stehenließen?«
»Die Tasche...« Cassini zog an seiner Zigarette und runzelte die Stirn. Seine Hände zitterten.
»Die Tasche...« wiederholte er, »ich weiß nicht, wovon Sie sprechen.«

»Aha. Dann möchte ich Sie etwas anderes fragen. Wo haben Sie Herrn Michele Saveri kennengelernt?«

»Saveri...« Cassini fummelte mit der linken Hand an seiner Nase herum, mit der rechten drückte er seine Zigarette aus. Wenn ich nur mehr Zeit hätte, einfach mehr Zeit, dachte er.

»Ich habe diesen Michele Saveri nicht umgebracht. Ich kenne ihn gar nicht. Ich weiß nicht, wer das sein soll.«

Ihm war klar, so ging es nicht. Wie lange würde er noch durchhalten? Bestimmt nicht lange. Er war für so etwas einfach nicht geeignet.

»So. Sie stellen sich also stur. Na, sehen wir mal weiter. Was hatten Sie am Abend des 27. Oktober auf der Autobahn zwischen Parma und Mailand zu suchen?«

»Ich war auf der Autobahn?«

»Das frage ich Sie ja gerade.«

»Ich weiß es wirklich nicht. Wie soll ich mich daran noch erinnern?«

»Es war ein Donnerstagabend. Der Tag, an dem eine gewisse Frau Noja, Elena Noja, in Ihrem Haus in F. auftauchte. Erinnern Sie sich nicht daran? Wir sprachen doch vor ein paar Monaten schon darüber.«

»Ach so. An dem Abend war ich zu Hause.«

Der Richter zog bedächtig den Rauch seiner nächsten Chesterfield ein und blickte an die Decke. Aus dem Nebenraum klang immer noch Musik herüber.

»Denken Sie noch mal genau nach, Herr Cassini. Ich hole inzwischen was zu trinken. Was möchten Sie, Mineralwasser oder Tee?«

Cassini fröstelte, ihm drehte sich alles vor den Augen; er hätte sich am liebsten hingelegt, sich ausgeruht.

Der Richter verließ den Raum, Cassini blieb allein zurück. Plötzlich fiel ihm wieder ein, wie ihn Elena Noja angeblickt hatte – an jenem Nachmittag in F. Da wußte er, daß er verloren hatte. Vielleicht gab es noch eine letzte Möglichkeit, sich aus der Affäre zu ziehen, aber die würde bestimmt auch nicht klappen. Was hatte Elena Noja eigentlich mit all dem zu tun? Er hatte verloren, das wußte er jetzt. So total verlo-

ren, daß er sich fast für den Richter freute. Der würde jetzt nämlich gleich erfahren, daß er gewonnen hatte. Cassini mußte an seine Mutter denken, an seinen Vater, an seine Freunde, während er dasaß und auf Adoveddini wartete.
Kurz darauf verstummte das Radio, es herrschte Stille. Absolute Stille.
Er hatte Durst. Das Mineralwasser, das der Richter ihm mitbrachte, tat gut.
»Ich hab's mir noch mal überlegt«, sagte er und stellte sein Glas ab. »Wozu noch länger Zeit verlieren! – Obwohl, was die Zeit angeht...« Er lächelte. Auch der Richter lächelte. Zeit hatten sie beide. Unendlich viel Zeit. Mehr, als je für ein Geständnis nötig wäre.
»Soll ich anfangen? Ja?« fragte er.
»Ich höre.«
»Also gut.«
Er goß sich Wasser nach, während er im Geiste sein Haus in Florenz und einen Golfplatz vor sich sah. Alles vorbei. Jeder Versuch, sich aus der Affäre zu ziehen, war zum Scheitern verurteilt. Jetzt war der Moment der Abrechnung gekommen, dachte er. Die Abrechnung – was für ein großartiges Ereignis, das gab es nur einmal im Leben.
»Und außerdem« – er spann seine Gedanken nun laut weiter – »bin ich nicht katholisch, ich glaube nicht an eine höhere Gerechtigkeit, an eine Belohnung oder... irgendeine Art der Vergeltung im Jenseits. Alles spielt sich hier und jetzt ab. Ich will versuchen, mich klar auszudrücken, Sie werden mit mir keine...«
»Zeit verlieren? Keine Sorge«, entgegnete Adoveddini, diesmal ohne zu lächeln.
»Vor etwa zwei Jahren lernte ich auf einem Ärztekongreß in Rom eine Frau kennen, eine Krankenschwester...« Der Richter sah ihn verständnislos an. »Lassen Sie mich weitererzählen, dann werden Sie alles verstehen... Eine sehr intelligente Frau... Ich verliebte mich in sie. Sie war für mich die große Liebe. Sie wohnte in Bologna und wollte das Staatsexamen in Medizin machen. Ich wollte sie... heiraten, ich

lebte nur noch für sie. Nach wenigen Monaten hatte sie mich völlig um den Verstand gebracht. Ich liebte sie wahnsinnig... aber das gehört nicht hierher. Ein paar Monate, nachdem wir uns kennengelernt hatten, zog sie zu den Saveris; dort betreute sie eine alte Dame... und dann, nach deren Tod, die junge Frau, die körperbehindert ist. Genaueres kann ich dazu nicht sagen, ich kenne das alles nur aus ihren Erzählungen, aus der Zeit, als sie dort arbeitete. Ich glaube nicht, daß sie mich wirklich liebte, aber sie akzeptierte mich. Ich half ihr, wo ich nur konnte... das genügte mir schon. Mehrmals versuchte ich, sie zu überreden, von Bologna wegzuziehen, aber davon wollte sie nichts wissen. Ich vertraute ihr blind, ja wirklich. Blind aus Liebe.« Cassini lächelte und nahm sich noch eine Zigarette, ohne zu fragen. »Ein paarmal im Monat besuchte sie mich; manchmal kam sie mit nach F. Ich hatte ihr die Schlüssel für das Haus gegeben, auch den für mein Arbeitszimmer. Dadurch fühlte ich mich ihr enger verbunden und redete mir ein, sie gehöre zu mir. Und ich vertraute ihr.«

Dr. Cassini fuhr sich durch die Haare, rieb sich die Augen. Ihm war furchtbar kalt.

»Vor etwa einem Jahr sagte sie dann, wir sollten uns nicht mehr so oft sehen und uns auch nicht mehr so oft anrufen. Ich wußte nicht, was ich davon zu halten hatte. Jedenfalls war ich noch blinder als zuvor, jetzt aber aus Eifersucht. Schon seit längerem wußte ich, daß sie ein Verhältnis mit einem jungen Mann aus Bologna hatte. Er war in ihrem Alter, aber es war nichts Ernstes. Das konnte also nicht der Grund sein...«

Cassini schwieg. Plötzlich fing er wieder an zu sprechen, jetzt ganz laut und aufgeregt: »Ich spionierte ihr nach... ja... ich spionierte ihr hinterher, ich war völlig außer mir! Ich bekam heraus, daß sie ein Verhältnis mit Saveri angefangen hatte. Das müssen Sie sich mal vorstellen! Sie wohnten unter einem Dach, die Frau ist körperbehindert, und die hatten ein Verhältnis! Ich glaubte, wahnsinnig zu werden. Ich konnte nicht mehr arbeiten, fühlte mich alt, häßlich und

dumm. Aber ich liebte sie so sehr, daß ich nur noch... Fehler machen konnte.«
Wieder unterbrach er sich; er schien auf irgend etwas zu warten.
»Wie heißt denn diese Dame?« fragte der Richter in aufmunterndem Ton.
»Anna. Anna Cerri.«
Der Richter verzog keine Miene, er registrierte lediglich den ihm unbekannten Namen. »Und dann?« fragte er.
»Ich machte ihr einige Male eine Szene, was mir selbst ganz peinlich war. Dann verschwand sie. Ich sah sie nie wieder, sie war einfach verschwunden, verstehen Sie! Als hätte sie sich in Luft aufgelöst. Keine Spur mehr von ihr, weder bei den Saveris noch sonstwo in Bologna. Ein paar Wochen später gab ich mir dann einen Stoß und wandte mich an Herrn Saveri. Ich sagte ihm, daß ich alles wüßte. Zunächst versuchte ich es im guten. Er gab zwar alles zu, tat aber so, als wäre nichts dabei, als ginge mich das überhaupt nichts an. Er drohte mir sogar und behauptete, Anna hätte... Angst vor mir... vor mir Angst!... Ich sollte sie in Ruhe lassen. Alle beide. Aber ich fand keine Ruhe. Tagelang verfolgte ich ihn, um herauszufinden, ob sie sich trafen, und wo und wann. Aber offensichtlich waren sie schlauer als ich.«
Dr. Cassini goß sich noch etwas Wasser ein, trank einen Schluck und fuhr dann fort:
»Viel schlauer als ich. Er ganz besonders. Inzwischen hatte ich nämlich entdeckt, daß er noch eine Geliebte hatte, eine Frau aus Mailand, eben diese Frau Noja. Das machte mich nur noch aggressiver. Ich weiß nicht, ob Sie mich verstehen, ob man das überhaupt verstehen kann. Es war eine schlimme Zeit. Endlich sah ich sie eines Tages zusammen, in Mailand. Das war im Sommer. Ich folgte Anna... hielt sie an... sagte ihr alles. Ich hoffte, sie würde etwas verstehen, ich könnte sie überzeugen... Sie war anscheinend erschrokken, sagte, ja, sie wüßte von der anderen. Sie würde ihn nicht mehr treffen. Und wir... das wüßte sie noch nicht, sie wäre völlig fertig. Sie sagte immer nur, sie wolle in Ruhe gelassen

werden, allein sein... Dann verschwand sie wieder spurlos. Aber ich hatte mittlerweile erfahren, daß sie in Mailand unter einem anderen Namen lebte... Sie nannte sich Giovanna... Giovanna Grandine. So stellte sie sich zum Beispiel auch bei ihrem Pförtner vor, dort, wo sie wohnte...«
Den Richter riß es fast vom Stuhl. Giovanna Grandine!
»Giovanna Grandine?« wiederholte er.
»Ja«, antwortete Cassini ganz verblüfft. »Ich fragte sie, warum sie ihren Namen geändert habe, und sie erklärte, sie habe sich vor mir... verstecken wollen, damit ich sie nicht finde, sie habe Angst, ich könnte ihr was tun...«
»Hatten Sie sie denn bedroht?« fragte der Richter mit ernster Miene.
»Bedroht? Ich liebte sie, wie ich noch nie jemanden geliebt hatte. Ich liebte sie... und habe sie verloren... Saveri ist schuld daran! Und sie wollte nicht auf mich hören! Ende September ging ich noch einmal zu ihm, diesmal nicht im guten. Er behauptete, sie würden sich nicht mehr sehen, auch er habe nichts mehr von ihr gehört. Ich war körperlich völlig am Ende, konnte nicht mehr schlafen, nichts mehr essen, mich auch nicht auf die Arbeit konzentrieren. Mein Leben war völlig aus den Fugen geraten. Aber... irgendwie nahm ich ihm die Geschichte ab, schöpfte wieder Hoffnung und glaubte, sie käme zu mir zurück, verstehen Sie. Eines Tages, im Oktober, sah ich die beiden wieder in Mailand – zusammen. In Mailand. Ich hatte beruflich dort zu tun. Ich sah sie vom Bus aus, sie schlenderten die Straße entlang. Saveri und Anna. Ich mußte mich zusammenreißen, in Gegenwart meiner Kollegen. Ich konnte ihnen nicht hinterherlaufen, sie nicht aufhalten. Ich war wie gelähmt, völlig fertig. Ich kehrte nach Florenz zurück und fuhr für ein paar Tage nach F. Dort erschien, an besagtem Donnerstag, diese Frau Noja, gerade als ich wieder abreisen wollte. Sie suchte... Giovanna Grandine! Stellen Sie sich das vor! Ich weiß nicht, was da über mich kam, es war schrecklich... ich hatte einfach zuviel gelitten. Ich brachte Frau Noja zum Zug, dann fuhr ich nach Bologna, um Saveri zur Rede zu stellen. Aus

einer Telefonzelle in der Nähe seines Hauses rief ich ihn an. Er reagierte ziemlich sauer, sagte, er habe zu tun, ich solle ihn gefälligst in Ruhe lassen, außerdem müsse er weg. Er konnte nicht wissen, daß ich nur ein paar Schritte von seiner Wohnung entfernt war... Kurz danach verließ er das Haus und fuhr weg... Ich fuhr ihm nach – mit der Kraft der Verzweiflung. Ich hätte ihn überallhin verfolgt, so sehr haßte ich ihn, seine Sicherheiten, sein Doppelleben... sein Dreifachleben, seine Intrigen. Ich haßte ihn... Nicht nur, daß er meine große Liebe zerstört hatte, es war ihm auch noch völlig egal; er trieb einfach sein Spiel mit mir.«
Cassini schwieg einen Augenblick. Wieder schien er auf eine Frage zu warten. Jetzt wollte der Richter wissen:
»Warum haben Sie denn damals in F. mit Frau Noja nicht über diese Frau Grandine, das heißt Anna Cerri, gesprochen?«
»Das war doch meine Privatangelegenheit. Daß Frau Noja dort auftauchte, war für mich der Beweis, daß die beiden sich noch sahen. Sie verfolgte ihre Rivalin heimlich. Eigentlich waren wir in einer ganz... ähnlichen Situation... Aber das interessierte mich nicht. Absolut nicht.«
Er schwieg wieder.
»Ich höre«, ermunterte ihn Adoveddini und schlug die Beine übereinander. »Erzählen Sie doch weiter.«
»Das ist nicht einfach, wissen Sie. Gar nicht einfach.« Nach kurzem Zögern fuhr er fort:
»Ich weiß nur, daß ich alles aus Liebe getan habe.«
»Und weiter?« wiederholte der Richter.
»Ich folgte ihm bis nach Mailand, bis vor Frau Nojas Haus. Er ging rein. Ich wartete einen Moment, dann rief ich ihn von einer Telefonzelle aus an, ich erklärte, Anna sei bei mir und wir wollten mit ihm reden. Er sagte, er sei hier bei anderen Leuten zu Gast. Was für eine Unverfrorenheit!... Bei anderen Leuten! Dieser Schuft! Er schien reichlich nervös, denn er hatte wohl nicht mit mir gerechnet. Und völlig aus der Fassung geriet er, als ich ihm sagte, er brauche keine Angst zu haben, seine Geliebte würde sowieso nicht so bald

zurückkommen... Ich hatte Frau Noja ja erst nach sechs am Bahnhof in Florenz abgesetzt, daher wußte ich, daß sie nicht so schnell hier auftauchen würde. Es war kurz nach zehn, ich hatte also Zeit. Schließlich gab er nach, wollte aber unbedingt runterkommen. Ich ließ mich jedoch nicht von meiner Idee abbringen und ging hoch. »Wo ist denn Anna?« fragte er. – »Die kommt gleich nach«, antwortete ich. »Ich bin jedenfalls hier. Trinken wir doch was.« – Ja, ich wollte was trinken, ich brauchte dringend einen Schluck. Ich wußte noch nicht, was ich danach tun würde. Er goß uns was ein. Ich setzte mich und sagte: »Lassen Sie die Finger von Anna!« Er war arrogant und unverschämt wie immer. Ich haßte ihn! Er brüllte mich an, ich sei verrückt, und das Mädchen, die Ärmste, hätte ich restlos terrorisiert. Dann wollte er wohl auf den Balkon... ich weiß nicht, es ging alles so schnell. Da lag ein Brieföffner... auf einem Tischchen... so eine Art Messer, ich nahm es... ein paar Sekunden, dann war alles vorbei. Ich weiß nur noch, daß mir ganz kalt wurde.«
»Wie oft haben Sie zugestochen?« fragte der Richter.
»Ich weiß nicht... Drei-, vier-, zehnmal. In diesem Moment fühlte ich, daß ich existierte.«
»Gingen Sie mit dem Vorsatz in die Wohnung, ihn umzubringen?«
»Das kann ich nicht sagen. Nie habe ich jemanden so gehaßt, nie.«
Der Mann sagt die Wahrheit, dachte Adoveddini. Er hat ihn so sehr gehaßt, daß er ihn umgebracht hat. Vielleicht nicht vorsätzlich, aber doch, ohne es zu bereuen.
»Er hat mein Leben zerstört«, sagte Cassini.
»Und was taten Sie dann?«
»Ich trank erst mal was. Vielleicht finden Sie das komisch, aber so war es. Schon merkwürdig, daß man in solchen Augenblicken zu völlig absurden Handlungen fähig ist, finden Sie nicht? Dann suchte ich in einem Schrank was zum Überziehen, ich wollte das Haus unerkannt verlassen und so tun, als wäre ich... Daß Frau Noja dadurch solche Scherereien

bekommen würde, hätte ich nie gedacht. Ich fand den Poncho, warf ihn mir über, ging runter und fuhr weg.«
»Haben Sie die Wohnungstür hinter sich zugemacht?«
»Wie? – Nein, es war eine Tür mit Schnappschloß. Sie fiel hinter mir zu. Öffnen muß man sie mit einem Schlüssel, aber beim Weggehen braucht man sie nur hinter sich zuzuziehen«, erwiderte Cassini, etwas verwundert über diese Frage.
»Aha«, meinte der Richter, »und dann?«
»Was möchten Sie denn sonst noch wissen?«
»Was taten Sie danach?«
»Ich fuhr zurück. Aber kurz vor Bologna beschloß ich umzukehren und Anna zu suchen. Auch unter dem Namen Giovanna Grandine. Ich wollte in verschiedenen Krankenhäusern nachfragen, vielleicht arbeitete sie dort irgendwo. Ich weiß nicht – jedenfalls kehrte ich um. Aber dann hatte ich dieses Pech mit dem Scheibenwischer, es goß in Strömen, und ich bekam Angst... richtige Angst...« Er brach ab.
»Ja, und?«
»Ich dachte nur noch mal nach... Wirklich Angst, in dieser Nacht, auf der Autobahn mit dem defekten Scheibenwischer. Als ich von der Tankstelle wegfuhr, verließ mich irgendwie der Mut. Also kehrte ich nach Hause zurück, nach Florenz.«
»Woher hatten Sie denn die Tasche?«
»Die Tasche? Ach ja, das alte Ding hatte ich immer im Kofferraum.«
»Und wann merkten Sie, daß Sie sie verloren hatten?«
»Wie? Ich weiß nicht... ein paar Tage später. Ich dachte schon gar nicht mehr daran, aber dann las ich in der Zeitung von dem verschwundenen Poncho. Da wollte ich ihn... beseitigen. Im Kofferraum fand ich ihn aber nicht mehr. Erst als ich alles wieder rekonstruierte, kam ich darauf, daß ich die Tasche nur an der Tankstelle verloren haben konnte. Das war mein Glück, denn monatelang brachte niemand die Tasche mit mir in Verbindung.«

»Das ist richtig. Und Anna Cerri haben Sie nicht mehr gesehen?«
»Nein.« Dr. Cassini sah Adoveddini fest an. »Glauben Sie mir etwa nicht?«
»Doch, ich glaube Ihnen. Haben Sie auch nicht mehr nach ihr gesucht?«
»Wie könnte man je aufhören, die Frau zu suchen, für die man lebt? Natürlich suchte ich sie, aber ich weiß, es ist sinnlos. Alles ist sinnlos. So war es, und so ist es. Sinnlos«, schloß Cassini.
»Haben Sie einen Anwalt?«
»Wie? Ja... nein... Hm, einen Freund, in Florenz, sicher. Ich werde ihn anrufen. Danke.«
Der Richter goß Tee in zwei Gläser, reichte ihm eins und sagte: »Hier, trinken Sie. Wir müssen noch eine Weile wach bleiben. Sie müssen nämlich alles noch mal wiederholen. Trinken Sie.«

# 23

Genau einen Monat später, am 30. Mai, saßen Elena Noja und Alice Carta mit Giulia im Restaurant. Giulia war gerade aus den Staaten eingetroffen – allein, um in Italien Ferien zu machen. Die beiden hatten sie morgens am Flughafen abgeholt und sie später ins exklusivste Fischrestaurant der Stadt geschleppt. Bei Austern und Champagner erzählten sie ihr endlich in allen Einzelheiten, was passiert war, viel ausführlicher, als das je per Brief möglich gewesen war.

»Und dann das unbeschreibliche Chaos! Gaetano telefonierte ständig hin und her, die Bullen aus Reggio Emilia und aus Parma kamen, keiner hatte eine Ahnung, wer zuständig war, und das Pärchen ganz blaß vor Schreck...«

»Und von all dem wußte ich nichts! Ich erfuhr es erst knapp zwei Tage später, als Gaetano und der Richter mich besuchten. Cassini war verhaftet worden, spielte aber den Ahnungslosen!«

»So ein Schwein!« schimpfte Alice und wischte sich mit ihrer weiß-rosa gemusterten Serviette den Mund ab. »Aber dann hat er doch gestanden.«

Elena blickte sie an. Jetzt kam der unangenehmste Teil der Geschichte. Aber inzwischen lag alles so weit zurück, daß auch Elena ohne größere Probleme darüber reden konnte. Giulia wollte noch Näheres über die Spaghetti *alle vongole* wissen, dann war sie wieder ganz Ohr.

»Also, Dr. Cassini lernte Giovanna alias Anna Cerri im Winter vor zwei Jahren auf einem Kongreß über Hormontherapie kennen. Er verliebte sich sofort in sie, und sie ging auf seine Avancen ein. Obwohl sie in verschiedenen Städten wohnten – sie lebte in Bologna –, sahen sie sich oft. Er half ihr beim Studium, bei der Arbeitssuche und so weiter. Bald hatten sie eine feste Beziehung, er wollte sie heiraten, aber sie wich immer aus. Ein paar Monate später fand sie Arbeit bei den Saveris. Dr. Cassini verfolgte sie praktisch, spionierte ihr hinterher. Daher wußte er genau, daß sie was mit Giannino Finetti hatte. Er tolerierte das aber, denn er war überzeugt, daß es nichts Ernstes war. Aber dann kriegte er raus, daß sie mittlerweile ein Verhältnis mit Michele hatte.«

Giulia verschluckte sich fast, sie riß ungläubig die Augen auf.

»Anna Cerri, Giovanna Grandine, hatte ein Verhältnis mit Michele?«

»Ja, genau. Schon monatelang. Und gleichzeitig traf er sich mit mir. Mit mir in Mailand, mit ihr in Bologna, bis sie auch nach Mailand zog.«

»Wie? Wer ist hierhergezogen?« fragte Giulia gespannt.

»Anna. Sie hatte hier eine neue Arbeit gefunden und ließ sich nicht mehr blicken, auch bei Cassini nicht. Sie nannte sich nun Giovanna Grandine, offensichtlich wollte sie sich ihm entziehen, oder vielmehr seinen Annäherungsversuchen, um es mal so zu sagen. Er hatte sie bedroht, deshalb bekam sie es mit der Angst zu tun; zumindest vermutet man das – Giovanna Grandine alias Anna Cerri ist nämlich immer noch nicht wieder aufgetaucht. Und wir dachten schon an die Roten Brigaden, statt dessen wollte sie nur einen gefährlichen Liebhaber abhängen!«

Der Ober brachte die Spaghetti *alle vongole* und einen überbackenen Reis mit Meeresfrüchten, der köstlich aussah; Elena bestellte noch eine Flasche Champagner.

»Das heißt, sie zieht nach Mailand und geht ihm so durch die Lappen?« lachte Giulia. Alle drei lachten.

»Ja, genau«, sagte Alice. »Allem Anschein nach ist Cassini verrückter, als er aussieht. Irgendwann stellt er dann Michele zur Rede, ganz gentlemanlike allerdings, und erfährt, daß der sich noch mit Anna trifft. Mehr kommt bei dem Gespräch nicht raus. Daraufhin beschattet er Michele, aber ohne Erfolg. Ohne Erfolg, denn wenn Michele nach Mailand kam, besuchte er wahrscheinlich Elena. Also konnte

Cassini ihn hier nie mit Anna zusammen ertappen. Er wußte, daß Michele in einer gewissen Wohnung eine gewisse Dame aufsuchte, nämlich die hier anwesende Frau Dr. Elena Noja«, witzelte Alice.
Elena verzog keine Miene, sie aß schweigend weiter.
»Jedenfalls kapierte Dr. Cassini an besagtem Donnerstag in Florenz, daß Elena eben *diese* Frau Elena Noja war. Das brachte ihn derart aus der Fassung, daß er sie so schnell wie möglich loswerden wollte, sie zum Bahnhof begleitete, und dann nach Bologna fuhr, um Michele aufzusuchen. Er traf ihn auch an, wollte ein Treffen erzwingen, bedrohte ihn. Anscheinend reagierte Michele etwas kurz angebunden, wahrscheinlich war ihm nicht klar, daß er es mit einem Geistesgestörten zu tun hatte.«
»Und dann fuhren sie zusammen nach Mailand?« fragte Giulia.
»Nein, Michele fuhr allein los und Dr. Cassini ihm hinterher. Er behauptet, er habe Michele angerufen und ihn gebeten, ihn in die Wohnung zu lassen. Daraufhin ging er hoch. Er wollte von Michele wissen, wo Anna steckte. Es kam zu einer Auseinandersetzung, und er brachte ihn um. Dann ging er wieder.«
»Ach, deshalb lautet die Anklage nicht auf vorsätzlichen Mord?« bemerkte Giulia. Sie lächelte.
»Ja. Das ist was ganz anderes. Er wird wohl relativ gut dabei wegkommen, ein paar Jahre Knast, jedenfalls nicht lebenslänglich. Außerdem ist er oder war zumindest ein angesehener Mann. Dazu kommt noch die Unzurechnungsfähigkeit, sicher wird es nicht allzu schlimm für ihn ausgehen.«
»Er kannte keine Gnade, als Elena im Knast saß«, meinte Giulia.
»Nein, er mimte sogar den verständnisvollen, liebenswürdigen Gentleman«, erklärte Alice und fügte noch hinzu: »Jedenfalls ist er nicht ganz normal. Elenas Poncho mitzunehmen! Anscheinend zog er ihn über, als er das Haus verließ – wobei nicht klar ist, ob er dies in einem Anfall von Gerissenheit oder von Wahnsinn tat.«

Bei dieser Geschichte war überhaupt nie klar, wo die Grenze zwischen Gerissenheit und Wahnsinn verlief. Aber inzwischen lag alles schon so weit zurück, daß für Alice wie für Elena der Fall geklärt schien. Alles hatte seine Logik, war plausibel. Einmal hatte Alice die ganze Story beim Friseur erzählt. Dabei war ihr aufgefallen, wie anders man spricht, wenn man unter der Trockenhaube sitzt. Es hat etwas seltsam Künstliches an sich, etwas Verrücktes, was aber toleriert wird, weil es die Umstände rechtfertigen.

An einem der nächsten Abende – Giulia war nach Süditalien weitergefahren – saßen Elena und Alice zusammen in Elenas Wohnung. Alice hatte es sich wie immer in ihrem Lieblingssessel bequem gemacht. Die Balkontür stand offen, draußen war es mild.

»Irgendwas habe ich einfach noch nicht richtig kapiert«, sagte Elena.

»Ach, jetzt kommt die Geschichte mit dem übersehenen Detail. Wie in diesem Thriller ›Der Vogel mit den Kristallfedern‹ – da ist doch auch was ganz Nebensächliches, das Schlüsselindiz.« Alice trank ihren Whisky aus und kaute nachdenklich auf einem Eiswürfel herum. Im Leben gab es doch schon genug Sorgen, Ärger und tägliche Frustrationen, dachte sie. Wozu sollte man also seine Zeit mit der Suche nach diesen ewigen Details verschwenden?

# 24

Acht Monate später wurde Dr. Cassini zu 20 Jahren Haft verurteilt. Elena und Alice verfolgten die Prozeßberichte in der Presse aufmerksam, aber mit einer gewissen Distanz. Sie nahmen sie zum Anlaß, noch einmal über Elenas Gedächtnisschwund zu streiten. Warum hatte sie sich nicht erinnern können, wann sie wo gewesen war?

»Es fiel mir eben einfach nicht mehr ein!«

»Amnesie.«

»Wie?«

»Amnesie.«

»Was gibt's denn da zu lachen?«

»Mir ist gerade was eingefallen. Eine Schülerin von Lucia, die nie was tut, behauptet auch, sie habe eine Amnesie gehabt, als sie zehn war. Wenn jetzt ein Lehrer was von ihr will, zuckt sie nur mit den Schultern und sagt: ›Ich hatte doch eine Amnesie.‹ Jetzt ist sie vierzehn.«

Elena lachte: »Ich habe auch was Witziges auf Lager.«

Alice sah sie fragend an und nahm die Postkarte, die Elena ihr reichte. Sie kam vom Titicaca-See, auf ihrer Rückseite stand:

> »Ich habe gehört, daß Du meinetwegen Ärger hattest. Ich hoffe, inzwischen ist alles wieder in Ordnung. Melde Dich doch mal. So long, Giovanna.«

»Der reinste Wahnsinn.« Alice legte die Karte auf den Tisch, nahm sie aber gleich wieder und fragte: »Soll ich sie zerreißen?«

»As you like.«

Alice Carta riß sie sorgfältig in kleine Stücke; im letzten Moment fiel ihr ein, wenigstens die Briefmarke zu retten. Der Sohn ihrer Pförtnerin war nämlich ein begeisterter Briefmarkensammler.

»Es ist kalt hier, mich friert's. Funktioniert die Heizung nicht?«
»Doch«, antwortete Elena, »ich glaube schon. Schalte mal den Fernseher an, dann...«
»Wird's uns wärmer?«
»Ja. Nein, die übertragen das Festival von San Remo, komm, wir sehen mal, wie es ist, ja?«
Alice stand auf und schaltete den Apparat an. Es war Anfang Februar, und sie war wieder mal bei Elena.
»Ich brauche eine Nagelfeile, hast du eine?« fragte sie, während sie aufs Badezimmer zusteuerte.
»Ali!«
»Was denn?«
»Ali, komm mal schnell her! Ich hab's! Es ist mir eingefallen! Setz dich erst mal«, sagte Elena; sie stand auf.
»Du bist ja ganz blaß. Hélène, was ist denn?«
»Jetzt erinnere ich mich wieder. Aber es ist komisch. Ich wollte sagen...«
»Na, sag schon.«
»An diesem Abend im Bahnhof... Ich telefonierte doch damals mit der Signora... wie hieß die noch mal?«
»Chiavicati«, stöhnte Alice. »Also, ich gehe mal die Feile holen, die Geschichte kenne ich schon.« Sie verließ das Zimmer, Elena folgte ihr in den Flur, in Gedanken versunken.
»Also, ich telefonierte, irgendwann drehte ich mich zur Telefonzelle neben mir um, und da sah ich Mara – mit der einen Hand am Türgriff. Verstehst du?«
»Ja«, antwortete Alice etwas unsicher. »Ja, natürlich, erzähl doch weiter!«
»Was weiter?«
»Also, da war...«
»Mara! Maras kaputte Hand. Der kaputte Daumen. Das war's! Ich hatte da plötzlich eine Assoziation... Magda Saveri, Michele... Es war nur ein Flash, ich hätte ihn gern festgehalten. Oder vielleicht wollte ich auch Mara begrüßen. Da lief mir ein Schauer über den Rücken. Mir ging es ja sowieso schlecht an diesem Abend.«

»Ach, ich verstehe«, sagte Alice, ohne sie anzusehen. Die Übertragung von San Remo hatte begonnen.
»Na, jedenfalls finde ich es gut, daß es mir wieder eingefallen ist«, seufzte Elena und streckte sich auf dem Sofa aus. »Wirklich, so ein lächerliches Detail, und doch so belastend! In diesem Chaos, in dieser verzweifelten Situation völlig untergegangen! – Reich mir mal die Schokolade rüber.«
Alice schob ihr die Silberschale mit den Pralinen hin und begann, sich ihren Fingernägeln zu widmen. Endlich ist mir alles klar, dachte sie. Seit Jahren hatte sie sich nicht mehr so lebendig, so energiegeladen, so glücklich gefühlt! Sie unterbrach ihre Maniküre und zündete sich einen Zigarillo an.
»Ist noch was?...« Elena sah sie fragend an.
»Hm.« Jetzt bleibt nur noch die Frage: Wem sage ich es? Wem sage ich es zuerst? dachte Alice. Gaetano? Elena? Daria? Dolores? Silvio? Donella? Meiner Mutter? Oder wem sonst?
Dann wurde ihr plötzlich klar, was sie eigentlich schon längst wußte: Es gab nur einen einzigen Menschen, dem sie das erzählen würde. Zuallererst. Dann würde sie es vielleicht auch Elena sagen, aber erst später, irgendwann einmal.
»Also, ich gehe jetzt nach Hause.«
»Wieso denn?«
»Ich hab' da so eine Geschichte...«
»Schon wieder?« Elena lachte. »Wer ist es denn?«
»Das erkläre ich dir ein anderes Mal. Ist nichts Ernstes, wird sich wohl bald wieder in Luft auflösen, as usual.«
»Ah, dachte ich's mir doch. Kommst du später wieder hierher?«
»Ich weiß nicht, ich glaube eher nicht. Oder vielleicht sehr spät. Versprechen kann ich es nicht. Wenn du müde bist, geh schlafen, du brauchst nicht auf mich zu warten.«
»Danke, sehr nett.« Elena vergrub sich im Sofa und wickelte ihre Füße in die Decke. »Schließt du bitte von außen ab, ich habe keine Lust, extra aufzustehen.«

Unten auf der Straße musterte Alice ihre Schuhe. Besonders sauber waren sie nicht gerade, wie peinlich. Nach ihrer Uhr war es zehn nach neun, aber die ging wahrscheinlich nach. Sie wollte keine Zeit verlieren, deshalb verzichtete sie darauf, noch mal zu Elena hoch oder zu sich nach Hause zu gehen, um die schmutzigen Mokassins zu putzen. Sic stieg ins Auto und fuhr los.

Um halb zwölf war sie da. Einige Fenster im Haus waren noch erleuchtet. Sie läutete sofort am Tor, weil sie es besser fand, sich nicht erst telefonisch anzumelden.

»Wer ist da?« fragte jemand über die Sprechanlage.

»Alice Carta. Ich bin eine Freundin der Signora. Ist sie zu Hause?«

Sie hörte das Schloß klicken, das Tor öffnete sich. Ein paar Schritte auf dem Kiesweg, dann fünf Stufen. An der Tür erwartete sie nicht Romilde, sondern eine jüngere Frau, die etwas verschlafen aussah.

»Treten Sie ein. Wen darf ich anmelden?«

»Alice Carta.«

»Ich geh' mal fragen, warten Sie einen Augenblick.«

Die Frau verschwand nach oben. Aus der Küche hörte man die Übertragung von San Remo. Alice musterte noch einmal ihre Schuhe.

»Kommen Sie bitte, die Signora erwartet Sie oben.«

Alice nahm immer zwei Stufen auf einmal. Im ersten Stock bemerkte sie eine Art Aufzug neben der Treppe. So einen für Behinderte, Gichtkranke oder Gelähmte, dachte sie. Bei ihren früheren Besuchen war er ihr gar nicht aufgefallen. Sie blieb auf dem Treppenabsatz stehen und schaute nach unten.

Die Frau, die ihr geöffnet hatte, starrte sie an und sagte: »Oben, im zweiten Stock. Sie ist im Wohnzimmer, links...«

»Ja, ich weiß. Vielen Dank«, antwortete Alice. Sie fragte sich, ob es hier ein Haustelefon gab. Es war einfach eine wunderschöne Villa, alles war aufeinander abgestimmt.

Sie klopfte sachte an die Tür.

»Herein.« Diese Stimme! Sie würde sie nie vergessen!
»Sagen Sie bloß nicht, Sie hätten mich erwartet«, sagte Alice Carta zur Begrüßung.
»Hab' ich doch gar nicht gesagt, oder?« gab Magda Saveri zurück.

# 25

Daran werde ich noch oft denken, schoß es Alice Carta durch den Kopf, als sie Platz nahm. Magda Saveri saß an einem kleinen Tisch, sie hatte wohl eine Zeitung oder eine Zeitschrift gelesen. Eine Platte lief, war es die Coriolan-Ouvertüre? Die Musik war sehr leise gestellt. Alice sah Magda an. Beide sahen sich an. Lange. So lange wie noch nie zuvor, und doch noch nicht lange genug.

»Wollen Sie erzählen? Oder…« fragte Alice nach einer Weile.

»Versuchen Sie es doch lieber, ja?«

Wahnsinnige Situation, dachte Alice. Sie begann.

»Sie hatten diesen Autounfall, vor etwa drei Jahren… Lassen Sie uns da anfangen. Bald danach, sehr bald, konnten Sie wieder gehen. Kein Arzt kann beweisen, daß man gesund ist, wenn man behauptet, es gehe einem schlecht, stimmt's? Und die Pflegerin, die Ihre Schwiegermutter ins Haus geholt hatte, blieb nach deren Tod noch eine Weile hier, um sich um Sie zu kümmern. Warum täuschen Sie vor, gelähmt zu sein?«

»…«

»Dafür kann es verschiedene Gründe geben. Zum Beispiel, weil es bequem ist. Oder weil Sie sich von Michele bedienen lassen wollten. Es könnte auch eine Methode sein, sich vor unangenehmen Verpflichtungen zu drücken und hier nur die Leute zu empfangen, die Ihnen passen. Ist es nicht so?«

»Doch. Von allem etwas.«

»Diese Krankenpflegerin, Anna Cerri… Linkshänderin übrigens, sie hatte einen abgebrochenen – fast hätte ich gesagt… kariösen – Schneidezahn…«

»Möchten Sie was trinken?« unterbrach sie Magda Saveri. »Wir werden wohl etwas länger brauchen.«

»War das erste eine Frage?«
»Ja.«
»Aah.« Alice holte tief Luft. »Ja. Einen Whisky bitte.«
»Der steht in dem kleinen Schrank, rechts von Ihnen.« Alice beugte sich rüber und angelte vom Sessel aus nach zwei Gläsern und einer Flasche Ballantine's.
»Es ist auch Chivas da, und...«
»Den hier mag ich am liebsten«, sagte Alice und öffnete die Flasche. »Der ist zur Zeit mein Lieblingswhisky. Der und Jack Daniel's«, fügte sie hinzu.
Sie goß zwei Gläser reichlich voll, eines reichte sie Magda Saveri.
»Anna Cerri war mehrere Monate hier. Sie kannte Dr. Cassini überhaupt nicht. Und dann... hat sie vielleicht was gestohlen?«
»...« Magda Saveri zog die Brauen hoch, sah Alice an, mit der Andeutung eines Lächelns. Sie antwortete nicht.
»Also, Anna klaute. Genauer gesagt, Sie entdeckten, daß sie schon immer geklaut hatte. Wer weiß, wieviel sie in den Monaten hier beiseite geschafft hat! Bei der alten Dame. Geld, Schmuck, alles mögliche. Dadurch wurde sie erpreßbar. Aber welchen Sinn sollte das haben? Welchen Sinn hat Ihr Leben? Welchen hatte es? Ihr Leben, meine ich, nicht Annas.«
Magda Saveri blickte sie immer noch an, wieder zog sie die Brauen hoch, ihre Lippen waren leicht geöffnet. Alice nahm einen kräftigen Schluck.
»Sie wußten, daß Elena Micheles Geliebte war, daß Michele eine Geliebte in Mailand hatte. Das zum ersten. Zum zweiten: Diego Cassini liebte Sie – nicht Anna Cerri. Seit Jahren liebte er Sie schon. Als er mit so großartiger Aufrichtigkeit von seiner Liebe zu der Frau seines Lebens sprach, meinte er die Liebe zu Ihnen. Vielleicht liebte er Sie schon, bevor Sie Michele heirateten, vielleicht verliebte er sich erst später, jedenfalls – er lernt Sie kennen, verliebt sich in Sie und liebt Sie auch heute noch – ein Verehrer, enttäuscht für den Rest seines Lebens...«

»Soll ich dazu etwas sagen?« fragte Magda Saveri.
»Wie Sie wollen.«
»Ich lernte Cassini im Frühjahr vor vierzehn Jahren kennen. Und er ist mir immer – Sie sagten es schon – ein treuer Freund geblieben.«
»Ein treuer Freund«, wiederholte Alice.
»Erzählen Sie weiter.«
»Es gibt da drei Elemente, die zusammentreffen: Cassini liebt Sie und ist zu allem bereit. Sie wollen sich an Michele und Elena rächen. Anna Cerri ist erpreßbar und dadurch eine potentielle Komplizin geworden, auch wenn sie selbst das nicht richtig durchschaut. Und was war Ihr Ziel? Mir ist nicht klar, ob Sie von Anfang an beabsichtigten, Michele umzubringen. Sicher, Sie wollten sich rächen. Wie lange haben Sie für diesen Plan gebraucht? Einen winzigen Augenblick, vermute ich, und lange Monate...«
»Entschuldigen Sie, wenn ich Sie unterbreche, aber in einem Punkt irren Sie.«
»Wahrscheinlich nicht nur in einem, wie Sie noch sehen werden.«
»Cassini war nicht zu allem bereit, wie Sie meinen. Er glaubte bis zum Schluß, daß wir Michele, das heißt Elena, also allen beiden, einen dummen Streich spielen wollten.«
»Einen Streich?«
»Elena...« – Magda Saveri blickte etwas verwundert – »Elena sollte es mit der Angst zu tun bekommen. Wir wollten ihr einen Schreck einjagen, einen gehörigen Schreck! Ist das etwa kein Streich?«
»Lassen Sie mich erst mal weiterreden.«
»Wie Sie wollen.«
»Übrigens... Gestatten Sie mir eine Zwischenbemerkung... Wenn Sie ein Mann wären, hätte ich nicht mehr Angst als jetzt, aber auch nicht weniger...«
»Wenn ich ein Mann wäre, säßen wir jetzt nicht hier«, entgegnete Magda Saveri.
»Sie brauchen viele Monate, um alles zu organisieren. Sie müssen Anna Cerri überreden, Ihnen bei dem Streich zu

helfen. Sie soll nach Mailand ziehen, bekommt dort eine Wohnung und irgendeine Arbeit. Es dauert Monate, bis alles arrangiert ist. Ich beneide Sie um Ihre Cleverness und bewundere, was mir selten passiert, Ihr geniales Denken...«
»Ganz meinerseits. – Ohne unsere gegenseitige Bewunderung säßen wir jetzt nicht zusammen, meinen Sie nicht?«
»Anna Cerri ist nun Giovanna Grandine. Und Elena Noja lernt sie kennen. Ihr Ehemann, Romilde, Finetti und andere Leute wundern sich über Annas ›Verschwinden‹, und Sie tun so, als wären Sie genauso überrascht. Verzeihen Sie, wenn ich etwas weiter aushole, aber ich möchte nichts vergessen.«
Magda Saveri lächelte und trank ihren Whisky aus. Dann hielt sie Alice ihr Glas hin und bat: »Gießen Sie mir noch einen ein.«
»Giovanna Grandine bekommt von Ihnen den Namen, die Wohnung und jegliche Unterstützung. Cassini, der beweglicher ist als Sie, hilft Ihnen dabei. Giovanna hat die Aufgabe, Elena völlig durcheinanderzubringen. Ein ausgeklügeltes System... hier, Ihr Whisky, geht das so?... Cassini kennt alle Details, ohne aber das eigentliche Ziel zu durchschauen. Wer weiß, wie oft alles schon perfekt, die Lösung zum Greifen nah schien, und dann geschah im letzten Moment doch wieder etwas Unerwartetes, so daß Sie das Ganze aufschieben und wieder von vorn beginnen mußten. Sie mußten einen günstigen Augenblick abpassen, aber gleichzeitig jeden Moment handlungsfähig sein. Andererseits konnte es ja auch von Vorteil sein, alles aufzuschieben. Sie hatten ja nichts zu verlieren. Im Gegenteil! Zum Beispiel, daß Elena und Giovanna zusammen nach Florenz fuhren – einfach genial! Allerdings konnten Sie nicht absehen, wie Elena von Mal zu Mal reagieren würde... Jede Verzögerung kam Ihnen gelegen, so konnten Sie... das Feuer um so kräftiger schüren.«
Alice zündete sich eine Zigarette an, ihre erste hier; vielleicht hatte sie das Wort ›Feuer‹ animiert. Selten habe ich so wenig geraucht wie heute abend, dachte sie.

»Und damit wären wir beim 27. Oktober. Bis zu diesem Datum ist alles klar.«
»Mehr oder weniger.«
»An jenem Vormittag sind Sie mit Ihrem Mann in der Stadt und treffen dort Donella Noja, die gerade aus Mailand zurückgekommen ist. Sie erzählt ganz beiläufig, Elena sei nach Florenz gefahren, um nach einer Freundin zu suchen, sie kehre aber im Laufe des Abends nach Mailand zurück. Als Michele das hört, beschließt er, abends zu Elena zu fahren und sie zu überraschen. Sie durchschauen seine Absicht, weil sie ihn und sein Verhalten seit Jahren genau kennen. Nun geht alles sehr schnell. Das Netz zieht sich zusammen. Sie rufen Diego Cassini in F. an, sagen ihm, daß Elena bei ihm auftauchen würde, und daß er sie eine Weile aufhalten solle. Da bekommt es der arme Cassini mit der Angst zu tun. Er meint, das ginge selbst für einen üblen Streich zu weit, und bittet Sie um ein Treffen. Raffiniert wie Sie sind, wiegen Sie ihn in der Illusion, Sie würden nur seinetwegen einer Verabredung ›zustimmen‹. Cassini weiß auch, daß Sie nicht gelähmt sind. Schon seit einiger Zeit müssen Sie ihm Zugeständnisse machen, um ihn bei Laune zu halten. Sie sind ja sogar zusammen nach Salsomaggiore gefahren, nicht?«
»Wie haben Sie denn das rausgekriegt?« fragte Magda Saveri.
»Wie alles andere auch. Ich kombiniere einfach, wie bei einem Puzzle, das habe ich schon immer gerne gemacht.«
»Ach so.«
Alice holte tief Luft und trank den letzten Schluck von ihrem Ballantine's.
»Gegen neun Uhr abends kommen Sie mit dem Zug in Mailand an. Denn kaum war Michele abgefahren, haben Sie das Haus verlassen. Und wie schaffen Sie es, aus dem Haus zu kommen? Sie lassen sich runtertragen, ins Auto setzen, in Ihren blauen Mini mit Spezialschaltung. Sie sagen, man brauche sich wegen Ihrer Rückkehr keine Sorgen zu machen, ein Freund würde Ihnen helfen. Wann Sie zurückkä-

men? – Früh oder spät, Sie wollten aber auf keinen Fall gestört werden. Michele kommt sowieso nicht nach Hause; wie erwartet, hat er eine geschäftliche Angelegenheit auswärts vorgeschoben. Dann fahren Sie zum Bahnhof, was ein gewisses Risiko beinhaltet. Aber niemand sieht Sie.«
Magda Saveri sah erschöpft aus. Sie kniff die Augen zu und strich sich mit der Hand über die Stirn. Es wirkte ehrlich.
»Fühlen Sie sich nicht wohl?« fragte Alice.
»Nun... Sie können doch nicht erwarten, daß es mir blendend geht. Wie haben Sie sich denn diese Theorie zusammengereimt?«
»Welche Theorie? Ach so. Nennen Sie es ruhig Theorie, und zusammengereimt. Ich habe einfach kombiniert, wie ich bereits sagte. Monatelang dachte ich praktisch an nichts anderes. Zum Beispiel auch dann, als Sie ›durchsickern‹ ließen, Michele hätte Ihnen gestanden, daß er sie betrog... aber das war ja erst viel später, immer schön der Reihe nach! Also, Sie kommen nach Mailand. Dort rufen Sie bei Elena an; Sie lassen das Telefon so lange läuten, bis sich Michele meldet. Sie überreden ihn, Sie in die Wohnung hereinzulassen. Sie gehen hoch. Oder vielleicht kommt er runter? Um Ihnen zu helfen? Michele weiß ja nicht, daß Sie gehen können. Das war wohl eine... schöne Überraschung für ihn! Im Grunde führen Sie nun genau das aus, was Dr. Cassini gestanden hat. Und was passiert jetzt in Elenas Wohnung? Streiten Sie sich? An diesem Punkt verstehe ich eins nicht ganz: Wie schafft das eine Frau, einen Mann umzubringen?«
Plötzlich mußte Alice an Dolores denken, ohne daß sie sich erklären konnte, warum.
Gleich darauf fuhr sie fort: »Die Polizei stellte damals fest, daß es vor dem Mord zu Handgreiflichkeiten gekommen war. Trotzdem müssen die Stiche – mit der rechten Hand ausgeführt – für Michele völlig überraschend gekommen sein.« Alice goß sich und Magda Saveri noch etwas Whisky nach.
»Ich kam mit voller Absicht nach Mailand, in Elenas Wohnung«, sagte Magda Saveri langsam.

»Eben, genau. Ich frage mich nur, wie Sie konkret vorgegangen sind. Eigentlich frage ich mich noch vieles andere, das können Sie mir glauben. Zum Beispiel... Hatten Sie eine Waffe dabei? Und warum nahmen Sie den Brieföffner? Sie konnten doch nicht sicher sein...«

»Wollen Sie jeden Handgriff wissen? Malen Sie sich's doch selbst aus! Sie haben schließlich genug Phantasie... Wir haben nicht gestritten, im Gegenteil. Ich versuchte ihn zu beruhigen, denn er war außer sich vor Wut. Ich warnte ihn, er solle bloß aufpassen, ich hätte gesagt, daß ich hierherkäme. Was für eine Angst er da bekam, vor dem Skandal... verstehen Sie, plötzlich hatte er Angst. Nicht vor mir – vor dem Skandal! Daß ich die Absicht haben könnte, ihn umzubringen, daran dachte er nicht im entferntesten. Ich hielt das doch schon lange nicht mehr aus! Ein Mann, der einen ständig betrügt, ist so was Widerwärtiges...«

Daß wir hier so ruhig plaudern! dachte Alice und nahm den Faden wieder auf.

»Also, nachdem Sie ihn auf dem Balkon umgebracht haben, suchen Sie einen Umhang, irgendeinen Mantel von Elena und finden diesen bunten Poncho, genau das Richtige für Sie. Ich habe mich nämlich immer gefragt, was für ein Interesse Cassini daran gehabt haben könnte, den Umhang mitzunehmen, da es ihm im Grunde nur darauf ankam, Michele aus dem Weg zu räumen. Warum hätte er den Verdacht auf Elena lenken sollen? Das hat mir nie eingeleuchtet. Trotzdem glaubten wir ihm alle. Es war doch immerhin möglich, daß der Mörder an jenem Abend, unmittelbar nach der Tat, auf absonderliche Ideen kam. In Ihrem Fall ist da allerdings gar nichts Absonderliches dabei, im Gegenteil. Es ist genial! Sie fahren zum Bahnhof, ziehen sich dort um, vielleicht auch schon im Taxi. Wo hatten Sie denn Ihren Mantel?«

»Wann?«

»Als Sie Elenas Wohnung verließen.«

»In der Reisetasche.«

»Und weshalb hatten Sie die dabei?«

»Sie ist ziemlich groß, es paßt viel rein. Ich benutze sie für

Einkäufe oder als Reisetasche, wenn ich nur kurz unterwegs bin... Weshalb interessiert Sie das so?«

»Ich würde gern wissen, ob Sie schon bei Ihrer Abfahrt in Bologna vorhatten, in Elenas Mantel aus dem Haus zu gehen, ober ob in letzter Minute Ihr Perfektionismus zugeschlagen hat.«

»Ach so, ich verstehe.«

»Also, was nun?«

»Sie müssen wohl alles bis ins kleinste Detail ausleuchten, wie?«

»Nun, wenn Sie nicht wollen... Es ist im Grunde auch nicht wichtig. – Vom Bahnhof aus rufen Sie dann bei Cassini an, erreichen ihn aber nicht. Sie versuchen es auch bei Elena. Und dabei hat Elena Sie gesehen, allerdings ohne es zu wissen.«

»Elena hat mich gesehen?« Zum ersten Mal an diesem Abend schien Magda Saveri zu erschrecken.

»Aber sie weiß es nicht, sie hat Sie nicht bewußt wahrgenommen. Komisch, nicht? Sie waren in der Telefonzelle neben ihr. Etwas unvorsichtig, würde ich sagen, aber nach der ganzen Plackerei hatten Sie schon ein bißchen Glück verdient.«

»Als Sie vorhin davon sprachen, ich hätte über Micheles Affäre was ›durchsickern‹ lassen... was wollten Sie damit sagen?«

»Wie? – Ach so. Ich wollte sagen, auch hier taten Sie eigentlich zuviel des Guten... Es war ein Risiko, vor allem, als Cassini auspackte, meinen Sie nicht? Sie sprachen von der Affäre, die Michele mit Elena hatte – Cassini sprach von Micheles Affäre mit Anna Cerri... Mir kam das gleich komisch vor. Ich glaube, in dem Moment schlug die öffentliche Meinung etwas um, man hielt Michele nun für den geborenen Ehebrecher, den totalen Don Giovanni – na ja, für den totalen vielleicht nicht –, aber jedenfalls für einen, der keine Gelegenheit ausläßt, Sie zu betrügen. Natürlich hatte er Ihnen gestanden, daß er ein Verhältnis – auch ein sehr wichtiges – mit Elena hatte, er hatte Ihnen aber versprochen, es abzubrechen. Das habe ich... von meiner Pförtnerin erfahren, denken Sie nur! Jedenfalls sind Sie hier zu weit gegangen. Finden Sie nicht?« fragte Alice mit einem tiefen Seufzer. Sie war richtig außer Atem. Magda Saveri sagte gar nichts. Also fuhr Alice fort:

»Alles übrige war nur noch anstrengend. Sie fahren ab, steigen in Parma aus, treffen dort Cassini. Sie geben ihm den Poncho... geben ihm Poncho und Mütze... Und was sagen Sie ihm? Die Sachen würden Anna Cerri gehören. Das Spielchen hätte nun lang genug gedauert. Anna Cerri müßte jetzt weg von hier, verschwinden, und diesmal endgültig. Sie geben ihm ein Flugticket – wer weiß, wie lange es schon bereitlag – und beauftragen ihn, alles nach Mailand zu bringen, zu Anna. Sowohl Sie als auch Cassini wissen natürlich, wo sich Giovanna Grandine alias Anna Cerri versteckt hält. Er ist wahrscheinlich erst einmal erschrocken, kapiert gar nichts, und außerdem ist er blind vor Liebe. Zu Ihnen. Nicht zu Anna Cerri alias Giovanna Grandine, die er ja kaum kennt. Irgendwie schaffen Sie es, ihn zu überreden, und er fährt nach Mailand. Dort erledigt er alles. Anna alias Giovanna wird nach Südamerika geschickt, sie ahnt nicht, daß sie in ein Verbrechen verwickelt ist. Jahre wird sie dort zubringen müssen, wenn sie nicht verhaftet werden will. Wahrscheinlich haben Sie ihr keine Lira mitgegeben. Sie brauchen ihr ja nur mit einer Anzeige zu drohen, um sie zu erpressen. Und Sie... Sie kommen danach hierher zurück.«

Magda Saveri zog die linke Braue hoch und griff zu einer Zigarette.

»Garantiert gibt es da noch einige Punkte«, fuhr Alice fort. »Jeder wird noch welche entdecken. Auch mir ist wahrscheinlich manches entgangen. Zum Beispiel: Cassini vergißt die Tasche in der Raststätte. Warum beunruhigt ihn das gar nicht weiter? Weil er offensichtlich der Meinung ist, der Poncho gehöre Anna, nicht Elena. Stimmt's?... Und Sie – perfekt, wie Sie das einfädeln – sagen ihm in dieser Nacht in Parma nicht, daß Sie Michele umgebracht haben. So bleibt er relativ ruhig und schickt Anna/Giovanna weg – sehr weit weg. Als er ein paar Tage später aus der Zeitung erfährt, was wirklich geschehen war, ist es für Sie einfacher, ihn zu besänftigen. In Salsomaggiore, vielleicht auch schon vorher, erzählen Sie ihm alles, bis ins kleinste Detail. Deshalb ist er so genau informiert, als wäre er selbst der Mörder. Sicher... da gäbe es noch viele Details...«

Wieder sahen sich Alice Carta und Magda Saveri an. Ganz in Gedanken sagte Alice: »Diego Cassini ist nun schon seit Monaten in Haft. Das ist nicht gerade wenig. Wer könnte das bestreiten? Jedenfalls wird er nie auspacken, wenn er bis jetzt schon monatelang dichtgehalten hat, selbst nach seiner Verurteilung. Diego Cassini wird nie auspacken. Diese Sicherheit für Sie – das muß doch überwältigend sein! Haben Sie keine Schuldgefühle oder so etwas? Ich meine, nicht wegen Cassini. Aber wegen Michele?«

»Was haben Sie jetzt vor? Werden Sie mich anzeigen?« fragte Magda und drückte ihre Zigarette aus.

»Wer? Ich?« Alice zündete sich einen Zigarillo an, mit der Bemerkung: »Die stinken ein bißchen, mehr als Zigaretten, aber für Raucher ist es erträglich.«

In ganz ungewohntem Ton fuhr sie fort: »Elena ist draußen. Elena im Knast – das wäre zuviel verlangt, selbst für so einen perfekten Mord. Elena ist frei, das ist das Wichtigste für mich, das einzig Wichtige. Schon die ganze Zeit. Und eigentlich ist das der Grund, weshalb ich nicht schon früher alles durchschaut habe, ja nur aus diesem einen Grund: Weil ich nur ein Ziel hatte – ich wollte nicht die Wahrheit entdekken, ich wollte Elena aus San Vittore herausholen. Cassini liebt Sie so vergeblich, so sklavisch, schon seit Jahrzehnten, im stillen, ohne Hoffnung, ohne Ansprüche. Was Ihnen da eingefallen ist – einfach genial: Wie Sie Anna Cerri zur Komplizin machten. Wie Sie Giovanna Grandine erfanden. Wie Sie alles so drehten, daß Cassini keine Beweise in der Hand hatte, selbst wenn er ausgepackt hätte... Und wie Sie die Lähmung simulierten. A propos... lange wird es nicht mehr dauern, bis Sie wieder gehen können, vermute ich.

Heutzutage vollbringt man ja wahre Wunder in der Rehabilitation… Im Grunde sind Sie ja nur frei, weil Diego Cassini Sie liebt. Ein anderer hätte alles erzählt, auch ohne Beweise. Ein anderer würde sicher alles erzählen. Er nicht. Hat zwanzig Jahre abzusitzen und schweigt…«
»Er hat mir immer gesagt, daß ihm das Leben ohne mich nicht viel bedeutet«, sagte Magda Saveri, »daß es gar nichts gibt, was ihm viel bedeutet.«
»Ja, das merkt man. Also… das ist sein Pech. Sind Sie ihm irgendwas schuldig? Das werden Sie beide wohl selbst wissen. Für mich ist das so in Ordnung. Aus verschiedenen Gründen. Elenas wegen. Meinetwegen. Weil ich alles Exzessive verabscheue, und Cassinis stumme Liebe ist exzessiv, einfach eine Schande! Außerdem…«
Sie setzte sich im Sessel zurecht, »… bin ich nicht von der Polizei. Und außerdem…«
Sie sprach nicht zu Ende.
Magda Saveri schwieg einen Moment. Dann erhob sie sich und sagte:
»Ich habe Lust auf eine heiße Schokolade, möchten Sie auch eine? Schlafen Sie doch hier, heute nacht. Es ist spät geworden. Sie können morgen zurückfahren. Wir können uns noch ein bißchen unterhalten.«
Alice hütete sich, ihrer obigen Aufzählung noch hinzuzufügen, daß Magda Saveri die schönste Witwe der Welt sei. Sie fragte:
»Haben Sie etwas von Michele geerbt?«
»Sehr wenig. Was ich besitze, gehörte mir schon immer. Also? Sie haben meine Frage nicht beantwortet«, gab Magda Saveri zurück.
»Ja«, sagte Alice Carta.

# Die Frau in der Gesellschaft

**Maya Angelou**
**Ich weiß, daß der gefangene Vogel singt**
Band 4742

**Shulamit Arnon**
**Die gläserne Brücke**
Roman
Band 4723

**Mariama Bâ**
**Der scharlachrote Gesang**
Roman
Band 3746

**Martine Carton**
**Etwas Besseres als einen Ehemann findest du allemal**
Roman
Band 4718

**Dagmar Chidolue**
**Annas Reise**
Roman
Band 3755

**Janina David**
**Leben aus zweiter Hand**
Roman
Band 4744

**Sabine Deitmer**
**Bye-bye, Bruno**
Wie Frauen morden
Kriminalgeschichten
Band 4714

**M. Rosine De Dijn**
**Die Unfähigkeit**
Band 3797

**Anna Dünnebier**
**Eva und die Fälscher**
Roman
Band 4728

**Ursula Eisenberg**
**Tochter eines Richters**
Roman
Band 10622

**Oriana Fallaci**
**Brief an ein nie geborenes Kind**
Band 3706

**Maria Frisé**
**Montagsmänner und andere Frauengeschichten**
Band 3782

**M. Gabriele Göbel**
**Amanda oder Der Hunger nach Verwandlung**
Erzählungen
Band 3760

**Agnes-Marie Grisebach**
**Eine Frau Jahrgang 13**
Roman einer unfreiwilligen Emanzipation
Band 10468
**Eine Frau im Westen**
Roman eines Neuanfangs
Band 10467

**Helga Häsing**
**Unsere Kinder, unsere Träume**
Band 3707

# Fischer Taschenbuch Verlag

fi 20/17 a

# Die Frau in der Gesellschaft

**Helga Häsing / Ingeborg Mues (Hg.)**
**Du gehst fort, und ich bleib da**
Gedichte und Geschichten von Abschied und Trennung
Band 4722

**Bessie Head / Ellen Kuzwayo / Nadine Gordimer u.a.**
**Wenn der Regen fällt**
Erzählungen aus Südafrika
Herausgegeben von Ann Oosthuizen
Band 4758

**Jutta Heinrich**
**Alles ist Körper**
Extreme Texte
Band 10505

**Das Geschlecht der Gedanken**
Roman. Band 4711

**Eva Heller**
**Beim nächsten Mann wird alles anders**
Roman. Band 3787

**Claudia Keller**
**Windeln, Wut und wilde Träume**
Briefe einer verhinderten Emanze
Band 4721

**Kinder, Küche und Karriere**
Neue Briefe einer verhinderten Emanze
Band 10137

**Der Flop**
Roman
Band 4753

**Sibylle Knauss**
**Erlkönigs Töchter**
Roman. Band 4704

**Christine Kraft**
**Schattenkind**
Erzählung. Band 3750

**Fern Kupfer**
**Zwei Freundinnen**
Roman
Band 10795

**Jeannette Lander**
**Ich, allein**
Roman. Band 4724

**Rosamond Lehmann**
**Aufforderung zum Tanz**
Roman. Band 3773

**Der begrabene Tag**
Roman. Band 3767

**Dunkle Antwort**
Roman. Band 3771

**Der Schwan am Abend**
Fragmente eines Lebens
Band 3772

**Wie Wind in den Straßen**
Roman. Band 10042

**Doris Lerche**
**Eine Nacht mit Valentin**
Erzählungen
Band 4743

**Dorothée Letessier**
**Auf der Suche nach Loïca**
Roman
Band 3785

# Fischer Taschenbuch Verlag

fi 20/19 b

# Die Frau in der Gesellschaft

**Dorothée Letessier**
**Eine kurze Reise**
Aufzeichnungen einer Frau. Band 3775

**Hera Lind**
**Ein Mann für jede Tonart**
Roman. Band 4750
**Frau zu sein bedarf es wenig**
Roman. Band 11057

**Monika Maron**
**Flugasche**
Roman. Band 3784

**Johanna Moosdorf**
**Die Freundinnen**
Roman. Band 4712
**Jahrhundertträume**
Roman. Band 4739
**Fahr hinaus in das Nachtmeer**
Gedichte. Band 10217

**Kristel Neidhart**
**Scherbenlachen**
Eine Liebesgeschichte
Band 3791

**Kristel Neidhart**
**Vier Wände gaukeln mir Heimat vor**
Erinnerungen
Band 4729

**Maria Nurowska**
**Postscriptum für Anna und Miriam**
Roman. Band 10309

**Karin Rüttimann**
**Schwalbensommer**
Roman. Band 4749

**Marlene Stenten**
**Puppe Else**
Band 3752
**Die Brünne**
Erzählungen
Band 4706

**Monika Tantzscher (Hg.)**
**Die süße Frau**
Erzählungen aus der Sowjetunion
Band 3779

**Miriam Tlali**
**Geteilte Welt**
Roman aus Südafrika
Band 4710

**Miriam Tlali**
**Soweto Stories**
Band 10558

**Sybil Wagener**
**Das kleinere Unglück**
Roman. Band 3748

**Charlotte Wolff**
**Augenblicke verändern uns mehr als die Zeit**
Autobiographie
Band 3778
**Flickwerk**
Roman. Band 4705

**Hedi Wyss**
**Flügel im Kopf**
Roman. Band 3719

**Yvette Z'Graggen**
**Zeit der Liebe, Zeit des Zorns**
Band 3757
**Zerbrechendes Glas**
Roman
Band 4737

# Fischer Taschenbuch Verlag

fi 20/6c

BECK & GLÜCKLER

Giuseppe Fava: «Ehrenwerte Leute»

Roman. 319 S., gebunden, DM 34,–
Aus dem Italienischen von Peter O. Chotjewitz
ISBN: 3-924175-65-9

«Ehrenwerte Leute» ist ein Mafia-Schlüsselroman, ein Kriminalroman ohne Täter, ohne Kommissar, ohne die beruhigende Aufklärung der Morde, ein Roman um eine junge Frau, für die ein sizilianisches Bergdorf zum Alptraum wird.

Der sizilianische Journalist Giuseppe Fava hat dieses Buch im Jahre 1975 geschrieben. Heute, da sein Autor das Opfer eines Mordes geworden ist, der mafiose Züge trägt, kommt ihm der Rang eines menschlichen und mutigen Zeugnisses zu, das die nur literarische Bedeutung des Romans noch übersteigt.

BECK & GLÜCKLER

DER VERLAG FÜR ITALIENISCHE, FRANZÖSISCHE UND PORTUGIESISCHE LITERATUR